Die Anordnungen des Arztes

Ein Milliardar-Arzt-Liebesroman

Gerettet von dem Arzt Buch zwei

Von Jessica Fox

Erschienen in Deutschland von:

Jessica Fox

© Copyright 2020 – Jessica Fox

ISBN-13: 978-1-64808-010-4

ALLE RECHTE VORBEHALTEN. Kein Teil dieser Publikation darf in irgendeiner Form, elektronisch oder mechanisch, einschließlich Fotokopieren, Aufzeichnen oder durch ein Informationsspeicher- oder -abrufsystem ohne ausdrückliche schriftliche, datierte und unterzeichnete Genehmigung des Autors reproduziert oder übertragen werden.

Table of Contents

Klappentexte 1
Kapitel 1 4
Kapitel 2 15
Kapitel 3 24
Kapitel 4 34
Kapitel 5 44
Kapitel 6 54
Kapitel 7 64
Kapitel 8 73
Kapitel 9 83
Kapitel 10 92
Kapitel 11 101
Kapitel 12 111
Kapitel 13 122
Kapitel 14 130
Kapitel 15 140
Kapitel 16 149
Kapitel 17 158
Kapitel 18 166
Kapitel 19 175
Kapitel 20 184
Kapitel 21 193
Kapitel 22 203
Kapitel 23 212
Kapitel 24 223
Kapitel 25 232
Kapitel 26 243
Kapitel 27 253

Kapitel 28.. 260
Kapitel 29.. 267
Kapitel 30.. 272
Die Anordnungen des Arztes Erweiterter Epilog........ 281

Klappentexte

SEINE PERSPEKTIVE

Das Richtige zu tun bedeutet manchmal, den Traum aufzugeben, jemals die wahre Liebe zu finden …

Ihr dunkles Haar wehte um ihre schmalen Schultern, als sie nach draußen trat. Es war das erste Mal, dass ich sie sah.
Mein Atem stockte in meinem Hals , mein Inneres verwandelte sich zu Brei und mein Gehirn hörte auf zu funktionieren.
Schönheit und Verstand machten sie zu einer doppelten Bedrohung – dann verliebte sie sich in meinen Sohn und es machte sie zu einer dreifachen Bedrohung.
Aber mein Sohn war für mich immer vor allen anderen Menschen gekommen – auch vor mir selbst.
Ich wollte nur, dass er seine Familie zurückbekam. Wenn das bedeutete, sie zu verlassen, musste ich das tun, was für meinen Sohn am besten war.
Aber ich hatte keine Ahnung, wie schwer es sein würde, meine Geliebte zurückzulassen, um wieder ein liebloses Leben mit meiner Ex zu führen …

IHRE PERSPEKTIVE

Ich suchte nicht nach der Liebe, als sie mich in meinem Garten fand …

Der Sohn meines Nachbarn kam und stahl mein Herz.
Dann tat sein Vater das Gleiche.
Nichts war einfacher, als mit ihm zusammen zu sein.
Sein Blick versetzte mich in Flammen, sein leises Flüstern ließ mich vor Lust erzittern und seine Berührungen raubten mir den Atem.
So einfach es auch war, mit ihm zusammen zu sein, ihn in mein Herz zu lassen und mich unsterblich in ihn zu verlieben – ich wusste, dass sein Sohn an erster Stelle stand. Und ich stimmte ihm darin zu – damals.
Aber die Liebe lässt sich manchmal nicht aufhalten – und dies war eine dieser Male.
Ich musste nicht nur einen Menschen davon überzeugen, unsere Liebe nicht wegzuwerfen, sondern drei.
Eine schwierige Aufgabe, aber eine, die jede Mühe wert war. Denn eine Liebe wie unsere kommt nur einmal im Leben vor und deshalb lohnt es sich, dafür zu kämpfen.

Kapitel 1
Harman

„Morgen, Skye. Wie geht es dir?"
Zu sehen, wie sich die Augen eines kranken oder verletzten Kindes nach der Operation öffneten, erfüllte mich immer mit einem unvergleichlichen Gefühl. Kinderchirurg zu sein hatte auf jeden Fall seine schönen Seiten.
Seine Mutter und sein Vater flankierten mich zu beiden Seiten, als ich ihren Sohn untersuchte, nachdem ich eine Kugel entfernt hatte, die sich in der Nähe seines Rückenmarks verfangen hatte. Beide waren Ärzte und wussten, wie gefährlich die Operation gewesen war. Doktor Dawson, der Vater des Jungen, trat vor und strich mit seiner Hand über die Stirn seines dunkelhaarigen Sohnes, der ihm so ähnlich sah. „Ich weiß, dass du Schmerzen beim Sprechen hast. Nicke, wenn es dir gut geht."

Der Kopf des Jungen bewegte sich ein wenig – definitiv besser als nichts. „Gut. Du fühlst dich momentan vielleicht nicht gut, aber du wirst dich jeden Tag besser fühlen, Skye." Ich drehte mich zu seiner Mutter um. Ich hatte selbst einen Sohn und wusste, wie schwer das für sie sein musste. „Er wird bald wieder gesund, Doktor Storey. Die Operation war nicht schwierig. Der schwierigste Teil wird jetzt die Genesung sein, sowohl physisch als auch emotional, nach der schrecklichen Tortur, die Sie alle durchgemacht haben."

Doktor Storeys kastanienbraune Locken hüpften um ihre Schultern, als sie nickte. „Ich habe bereits eine Therapeutin engagiert. Sie wird Skye besuchen, sobald er wieder sprechen kann. Ich möchte nicht, dass dieser Vorfall bleibende Spuren bei ihm hinterlässt."

Als ich meine Hand auf ihre Schulter legte, spürte ich, wie mein Telefon in meiner Tasche summte. „Ich lasse Sie jetzt allein. Ich komme später wieder, um nach ihm zu sehen."

„Danke, Doktor Hunter." Die Mutter des armen Kindes stellte sich auf die andere Seite ihres Sohnes und ihr Gesicht war voller Dankbarkeit dafür, dass er überlebt hatte.

Ich hatte keine Ahnung, was ich tun würde, wenn ich in ihrer Position wäre – wenn mein Sohn entführt und angeschossen worden wäre. Alle drei hatten Schusswunden davongetragen, doch irgendwie hatten Mutter und Vater genug Kraft gesammelt, um dort neben ihrem kleinen Jungen zu stehen. Bei meiner Arbeit sah ich ständig den Beweis dafür, dass der Wille stärker als die Materie war. Es hörte dennoch nie auf, mich zu überraschen.

Ich ließ die Familie allein und nahm mein Handy heraus, als ich aus dem Krankenzimmer ging. „Tara? Verdammt. Was will sie?", murmelte ich, als ich den Namen meiner Ex-Frau sah. Ich wischte über den Bildschirm, nahm den Anruf entgegen und machte mich auf das gefasst, was höchstwahrscheinlich ein wütender Anruf sein würde.

„Tara, was ist los? Holst du heute Abend gegen sechs wie vereinbart Eli ab?"

„Ich kann nicht", sagte meine Ex am anderen Ende der Leitung. Ich hatte mich in den letzten zwei Jahren seit unserer Scheidung daran gewöhnt, diese Worte aus ihrem Mund zu hören. „Meine Pläne haben sich spontan geändert."

„Ach ja?" Ich ging zu meinem Büro und brauchte etwas Zeit, um zu begreifen, was die Frau mir sagte. Sie würde unseren Sohn schon wieder im Stich lassen.

„Nun, nicht, dass es dich etwas angeht, aber meine Freundinnen aus der Boutique möchten mich heute Abend in die Stadt mitnehmen. Um die Trennung zu verarbeiten."

„Verarbeiten?" Sie hatte den Kerl etwas mehr als sechs Monate gedatet – ihre längste Beziehung seit unserer Scheidung. „Hast du dich von Dale getrennt?"

„Er hat meine Bedürfnisse einfach nicht erfüllt." Tara hatte jede Menge Bedürfnisse. Ich bezweifelte, dass irgendjemand sie alle erfüllen könnte. „Du weißt, was ich meine, oder?"

„Sicher." Niemand wusste besser als ich, wie bedürftig die Frau war. „Aber ich denke, du solltest dieses Wochenende mit deinem Sohn verbringen, anstatt betrunken mit diesen beiden Giraffen, die für dich in der Boutique arbeiten."
„Ich brauche das, Harman. Du hast keine Ahnung, wie viel ich diese Woche gearbeitet habe." Ich bezweifelte, dass sie selbst auch nur einen ihrer perfekt manükierten Finger im Laden gekrümmt hatte. Ich hatte das Geschäft für sie im Rahmen unserer Scheidungsvereinbarung gekauft, in der Hoffnung, dass sie zur Abwechslung selbst etwas Geld verdienen könnte. Ich wusste, dass es nie ihr Stil gewesen war, selbst anzupacken. „Ich hatte einen Sonderverkauf für alles mit Leopardenmuster. Es ist Zeit, diesen Look loszulassen, um Platz für den nächsten heißen Trend zu schaffen – Elefantendrucke."
Das klang lächerlich. „Weißt du, was für eine Woche ich hatte, Tara? Drei Tonsillektomien, zwei Appendektomien und ich musste gerade eine Kugel aus der Nähe der Wirbelsäule eines kleinen Kindes entfernen …"
Sie lachte. „Ach, komm schon, Harman, du bist es gewohnt, solche Dinge zu tun. Du liebst deine Arbeit. Ich erdulde meine nur."
Sie hatte um diesen verdammten Laden gebeten. „Du solltest sie lieben. Du hast mir keine andere Wahl gelassen, als dir all das Geld zu geben, das du brauchst, um die Boutique zum Laufen zu bringen. Wie genau du das machst, ist dein Problem, Tara." Sie hatte noch unzählige andere Probleme, aber dafür hatte ich keine Geduld. „Du verbringst so viel Zeit damit, dir das

Nächste auszumalen, was du willst, und wenn du es dann bekommst, kannst du dich scheinbar nicht darauf konzentrieren, wie glücklich es dich eigentlich machen sollte. Stattdessen suchst du regelrecht nach Fehlern daran, bevor du dich irgendetwas anderem zuwendest."
„Ich bin so froh, dass du das ansprichst, Harman." Sie klang aus irgendeinem Grund erleichtert. „Ich habe eine großartige Idee. Ich möchte die Boutique verkaufen und eine Bar erwerben. Aber nicht irgendeine Bar. Meine Bar wird der heißeste Laden der Stadt sein und jeder wird dorthin wollen."
Tara war immer schon oberflächlich gewesen. Seit sie zwei Mädchen Anfang zwanzig angeheuert hatte, um ihr im Laden zu helfen, war es nur noch schlimmer geworden. Jetzt versuchte sie, hip und trendy zu sein – und es trieb mich zur Weißglut. „Tara, versuche, dich entsprechend deinem Alter zu benehmen. Du wirst bald dreißig. Du bist nicht mehr einundzwanzig wie die Mädchen, mit denen du herumhängst. Und muss ich dich daran erinnern, dass du die Mutter eines achtjährigen Jungen bist? Dieser Junge schaut zu dir auf. Willst du kein gutes Vorbild für deinen Sohn sein?"
„Ich?" Sie schnaubte. „Warum muss ich das sein, wenn er dich hat, Harman? Du bist Kinderarzt, sein Little-League-Trainer und Milliardär. Das ist genug, um dich für unseren Sohn zu einem Superhelden zu machen." Sie hatte immer gedacht, dass meine Erfolge ihre eigenen Mängel wettmachten. „Lass mir dieses Wochenende Zeit, um über meine Trennung von Dale hinwegzukommen, und ich nehme den Jungen an einem anderen

Wochenende, wenn du etwas hast, das du tun möchtest. Also in zehn Jahren oder so." Sie lachte über ihren eigenen Scherz, als wäre die Vorstellung, ich hätte Pläne, einfach zu amüsant.

Sicher, ich war seit der Scheidung nicht viel ausgegangen – ich konnte mich kaum erinnern, wann ich in den letzten zwei Jahren überhaupt ausgegangen war. Aber ehrlich gesagt hatte ich ernsthafte Zweifel daran, irgendeine andere Frau in die Nähe meines Sohnes zu bringen. Ich wollte sicherstellen, dass ich die Frau, die einmal in sein Leben involviert sein würde, liebte und dass ich ihr vertrauen konnte, und das war ziemlich schwierig angesichts der Tatsache, dass ich noch nie verliebt gewesen war. Nicht einmal in die Frau, die ich geheiratet hatte.

Ich hatte Tara vor neun Jahren in einem Nachtclub kennengelernt. Mit ihrem langen, glänzenden kastanienbraunen Haar, ihren schlanken Beinen und ihrem zierlichen Körperbau war sie mir aufgefallen. Als ich ihr nahe genug war, um sie wirklich zu sehen, fand ich die Sommersprossen auf ihrer Nase süß. Dummerweise dachte ich, dass jemand, der so aussah, bodenständig sein musste. Ich hatte mich geirrt.

Ich hatte mich auch darin geirrt, dass das Mädchen, das ich zum Tanzen aufgefordert hatte, schon einundzwanzig war. Wir waren schließlich in einem Nachtclub für Erwachsene. Und ich hatte den Fehler gemacht, zu viel zu trinken. Mein eingeschränktes Urteilsvermögen hatte dazu geführt, dass ich von einem Mädchen, das ich gerade erst kennengelernt hatte, auf der Toilette verführt wurde – was völlig untypisch für mich war. Ich gab den rosa Cocktails, die sie mich immer wieder bestellen ließ, die Schuld daran.

Danach hätte ich sie ohne ein Wort des Abschieds zurücklassen können, aber ich war ein netter Kerl – größtenteils. Ich hatte ihr meine Nummer gegeben und ihr gesagt, ich hätte Spaß gehabt und vielleicht könnten wir das irgendwann wiederholen.

Tara hatte die Serviette genommen, auf die ich meine Nummer geschrieben hatte, sie ordentlich zusammengefaltet unter ihren Drink gesteckt und gesagt: „Danke, ich hatte auch Spaß. Aber du bist wirklich nicht mein Typ. Du bist irgendwie … alt."

Ich war erst fünfundzwanzig und hatte angenommen, dass sie auch in diesem Alter war. „Alt? Seit wann gilt fünfundzwanzig als alt?"

„Iiihhh!", hatte sie gewimmert. „So alt? Ich dachte, du wärst höchstens dreiundzwanzig. Igitt!"

„Igitt? Wenn du mich nicht attraktiv gefunden hast, warum bist du dann mit mir in die Damentoilette gegangen und hast all diese Dinge getan?" Das Mädchen hatte mir einen geblasen, bevor es auf meinen Schoß geklettert und mich wie einen Bullen geritten hatte.

„Ich meine, du bist süß." Sie biss sich auf ihre knallrote Unterlippe. „Und dein Körper ist steinhart." Ihre Hände schwebten durch die Luft, als sie vor mir gestikulierte. Ich trug eine Anzughose und ein schickes Hemd, da ich von einer Veranstaltung in dem Krankenhaus kam, wo ich mein Praktikum machte. „Aber du hast Arbeitskleidung an."

„Und das ekelt dich an?" Ich konnte sie überhaupt nicht verstehen.
Sie nickte und fuhr fort: „Ja. Ich will einen Mann, der aufs College geht, keinen … Mann, der arbeitet, verstehst du?"
„Du willst keinen erwachsenen Mann", sagte ich mit einem Nicken, fuhr mit meiner Hand durch meine Haare und schämte mich ein wenig dafür, dass ich mit dem Mädchen Sex gehabt hatte, bevor ich überhaupt ein richtiges Gespräch mit ihr geführt hatte. „Ich werde dich in Ruhe lassen, damit du einen Jungen finden kannst. Ich wusste nicht, dass du nicht auf erwachsene Männer stehst." Ihre mangelnde Reife ließ mich fragen: „Wie alt bist du überhaupt?"
„Neunzehn." Sie winkte ein paar Mädchen zu, die viel älter aussahen, als sie anscheinend war. „Sie haben mich in den Club gebracht. Sie sind mit meinem älteren Bruder befreundet."
„Großartig." Ich bedauerte immer mehr, ihr begegnet zu sein.
Drei Monate später saß ich nach einem besonders anstrengenden Tag mit einem Bier in der Hand wieder an der Bar des Clubs. Ich hatte meinem Mentor bei einer Operation assistiert, bei der ein kleines, neunjähriges Mädchen gestorben war. „Einen Whiskey, bitte, Harvey." Das Bier war nicht annähernd stark genug, um den Schmerz zu lindern.
Die Eingangstür öffnete sich und ein bisschen Licht strömte herein. Ich hielt meine Hand über meine Augen wie ein Vampir, der von den Strahlen der Sonne

verbrannt wurde. „Gott sei Dank. Ich dachte, ich würde dich nie finden." Als ich bei diesen Worten meine Augen öffnete, stand Tara in der Tür und sah in meine Richtung – nur hatte ich damals ihren Namen vergessen.
„Großartig." Mit ihr zu reden war das Letzte, was ich wollte. Ich nahm einen langen Schluck von meinem Bier, als der Barkeeper den Whiskey vor mich stellte.
Sie zeigte auf den Drink. „Du solltest das trinken, bevor du hörst, was ich dir zu sagen habe."
Ich dachte damals, was auch immer sie mir zu sagen hatte, könnte diesen Tag nicht noch schlimmer machen, aber ich folgte trotzdem ihrem Rat. Nachdem ich den brennenden Schnaps heruntergekippt hatte, sagte ich: „Also los. Rede."
Sie hob ihr Shirt an und fuhr mit der Hand über eine leichte Wölbung an ihrem ansonsten flachen Bauch. „Du wirst Vater. Ich habe deine Nummer verloren und deinen Namen vergessen."
Meine Augen klebten an ihrem Bauch. Dann wanderten sie langsam über ihren Körper und landeten auf ihrem Gesicht. Es war ein akzeptables Gesicht. Nicht das schönste, aber auch nicht das hässlichste, das ich je gesehen hatte. Dann sah ich den Barkeeper an, der zu einer Statue erstarrt war, während er das Mädchen mit offenem Mund anstarrte.
Ich kaute auf meiner Unterlippe herum und überlegte, was ich tun sollte. Option eins: Ich könnte dem Mädchen einen falschen Namen geben und Seattle für immer verlassen. Option zwei: Ich könnte aufspringen und wegrennen, so weit mich meine Beine trugen. Oder

Option drei: Ich könnte das Richtige tun – so, wie es mir beigebracht worden war.
Irgendwann in den nächsten zehn Minuten folgte ich meinem Instinkt. „Mein Name ist Harman Hunter. Ich habe deinen Namen auch vergessen."
„Tara Flannigan." Sie zog endlich wieder ihr Shirt herunter. „Mein Vater würde gerne draußen mit dir reden, wenn es dir nichts ausmacht."
„Oh, Scheiße", zischte Harvey.
Ich stimmte dem Barkeeper zu. „Ja." Aber ich stand auf und stellte mich den Konsequenzen meiner Taten wie ein Mann. Ich heiratete das Mädchen und war der beste Ehemann und Vater, der ich sein konnte. Und sechs Jahre lang war das für Tara genug. Als es das nicht mehr war, ging sie weg. Und ließ nicht nur mich, sondern auch unseren Sohn zurück.
Ihre Frage riss mich aus meinen Erinnerungen. „Harman, sind wir uns also einig?"
„Worüber?" Ich verstand sie nicht ganz. „Über die Bar oder darüber, dass du Eli nicht abholst?"
„Nun, über die Sache mit Eli", stellte sie klar.
Was sollte ich sonst sagen? Wenn ich sie dazu zwang, ihn zu nehmen, hatte ich keine Ahnung, was sie mit ihm machen würde, wenn sie ausging. Weil sie garantiert ausgehen würde. „Ich werde mir eine Ausrede für dich ausdenken. Versuche aber, künftig mehr für dein Kind da zu sein, okay?"
„Sicher." Sie wartete einen Moment. „Und die Bar?"
„Lass mich bitte aus dieser Sache heraus." Ich beendete den Anruf und wünschte mir zum millionsten Mal, ich

hätte in jener schicksalhaften Nacht ein Kondom getragen. Aber dann nahm ich – wie immer – den Wunsch zurück. Ich hatte keine Ahnung, was ich ohne meinen Sohn tun würde. Ich liebte dieses Kind von ganzem Herzen.

Obwohl ich in meinem Leben viele schlechte Entscheidungen getroffen hatte, könnte ich meinen Sohn niemals als Fehler betrachten.

Kapitel 2
Rebel

In dem Moment, als ich das schöne Kutschenhaus aus dem frühen 20. Jahrhundert entdeckte, das im prestigeträchtigen Queen-Anne-Viertel in Seattle zum Verkauf stand, wusste ich, dass es mir gehören würde. Ich war so verdammt stolz auf mich. Es hatte ein paar harte Jahre gedauert, bis ich genug Geld gespart hatte, um die Anzahlung für ein Haus leisten zu können, aber als ich dieses Haus mit seinen drei Schlafzimmern, zwei Bädern und einer Fläche von 600 Quadratmetern sah, wusste ich, dass es sich gelohnt hatte.
Mein erstes Zuhause!
Wenn mich früher jemand gefragt hätte, ob ich im zarten Alter von fünfundzwanzig Jahren mein eigenes Haus kaufen würde, hätte ich gelacht, bis mir die Tränen kamen. Aber genau das hatte ich getan.
Das Kutschenhaus gehörte zu einem Anwesen, das gerade von einer jungen Frau geerbt worden war, die die

zugehörige Villa aus dem 19. Jahrhundert komplett modernisieren wollte. Das Kutschenhaus passte nicht zu ihrem Plan, also verkaufte sie es zu einem lächerlich geringen Preis. Irgendwie hatte ich das Glück, eine der Ersten zu sein, die davon hörte.

Ich war die diensthabende Tierärztin gewesen, als ein verletzter Mops in die Klinik kam, der in der Abrissphase der Renovierungsarbeiten auf eine Glasscherbe getreten war. Beverly Song hatte das Anwesen geerbt und sie und ihre drei Welpen wohnten im Westflügel, während die Arbeiten an der Ostseite des Hauses begannen. Der arme kleine Mops war auf die falsche Seite des Hauses entwischt und dort in Schwierigkeiten geraten.

Sein Unglück erwies sich als mein großes Glück, als seine Besitzerin mir alles über das Kutschenhaus erzählte, das einfach nicht in ihre Pläne passte. Sie hatte bereits eine Steinmauer um den hinteren Teil des Hauses bauen lassen, um es dauerhaft aus ihrer Sicht zu verbannen. Und sie wollte es jetzt auf den Markt bringen.

Niemand sonst hatte die Gelegenheit, es sich auch nur anzuschauen, da ich sofort zuschlug, nachdem sie den niedrigen Preis enthüllt hatte. Nur zwei Monate später zog ich ein.

Ich ließ meine Möbel liefern und aufstellen und machte mich dann direkt an die Arbeit in meinem Garten. Als Tierärztin hatte ich gern ständig Tiere in meiner Nähe, aber in einer Wohnung war das nicht möglich gewesen. Ein eigenes Haus zu haben bedeutete, dass ich alles tun konnte, was ich wollte – und ich wollte sicherstellen, dass

alles bereit war, wenn meine kleinen Haustiergäste eintrafen.
Ich stellte einige Käfige für diverse Kleintiere auf und wollte auch einen oder zwei Zwinger für Hunde errichten, die Hilfe suchten – oder vielleicht sogar ein neues, dauerhaftes Zuhause. Aber einen Zwinger allein aufzubauen war alles andere als leicht und ich war nicht die Einzige, die das bemerkte.
„Hallo, Lady. Brauchen Sie Hilfe?" Ich schaute über meine Schulter, als ich die Stimme eines Jungen hörte, und entdeckte ein Kind in meinem Garten.
Ich wischte mir die Hände an meiner Jeans ab und reichte eine davon dem Kind. „Hallo, ich bin Rebel Saxe. Doktor Rebel Saxe. Ich bin Tierärztin. Wie heißt du?"
Er schüttelte meine Hand, während er sein dichtes rotbraunes Haar aus seinen dunkelgrünen Augen strich. „Ich bin Eli Hunter. Mein Vater ist auch Arzt. Aber er operiert kleine Kinder. Also, werden Sie hier hinten Tiere halten, Miss Saxe?"
Ich mochte es nicht, wenn Kinder mich bei meinem Nachnamen nannten. Ich fühlte mich dann immer alt.
„Du kannst mich Rebel nennen, Eli. Und ja, ich werde alle möglichen Tiere hier halten. Einige werden nur kurz hier sein, um sich zu erholen, bevor sie in die Wildnis zurückkehren, und andere werden auf ein neues Zuhause warten. Manche werden aber wahrscheinlich für immer bei mir bleiben."
„Cool." Seine Augen weiteten sich, als er sich in dem großen Garten umsah. Dann rümpfte er seine kleine,

sommersprossige Nase. „Wie wirst du dich um all das kümmern?"

„Ich weiß es nicht." Er sprach etwas an, über das ich noch nicht nachgedacht hatte. Ich wusste, dass ich mehr Käfige aufgestellt hatte, als ich in meiner Freizeit sauber halten konnte. „Ich nehme an, ich muss mir die Zeit dafür einfach nehmen, hm?"

„Ich könnte dir helfen." Er schob seine Hände in die Taschen seiner Jeans und grinste mich an. „Ich wohne direkt nebenan und habe die meiste Zeit nichts zu tun. Und ich mag Tiere – auch wenn ich noch keine habe." Nebenan war ein riesiges, wunderschönes Anwesen mit einem monströsen Haus. Ich vermutete, dass der Junge aus einer reichen Familie stammte, die vielleicht gar nicht wollte, dass er arbeitete. „Ich würde deine Hilfe liebend gern annehmen, aber was werden deine Eltern davon halten?"

„Dad wäre einverstanden. Er hilft gern Menschen. Er sagt mir immer, dass ich es auch tun soll." Er folgte meinem Blick zu seinem Zuhause. „Wir waren nicht immer so reich, weißt du."

Ich fand es nicht richtig, mit diesem kleinen Jungen die Finanzen seiner Familie zu besprechen. „Oh, du musst mir nichts erklären."

„Ich will es aber!" Eli strich sich mit kindlicher Ungeduld durch die Haare, als ihm die lästigen Strähnen wieder in die Augen fielen. „Dad hat vor ein paar Jahren einem kleinen Mädchen das Leben gerettet, dessen Vater viel Geld hatte. Er hat meinem Vater etwas davon gegeben und Dad hat es irgendwie investiert und jetzt hat er viele

Milliarden. Also hat er uns ein schickes Haus gekauft und er hat mehr Autos, als ich zählen kann."
„Wie schön für deine Familie." Ich lächelte über seine Begeisterung, als er die Geschichte erzählte und dabei vermutlich ein wenig übertrieb. Mir kam auch in den Sinn, wie schön es wäre, das Haustier eines reichen Menschen zu retten und dafür genauso großzügig belohnt zu werden. Obwohl ich ja bereits das Glück gehabt hatte, den Mops einer reichen Frau zu retten und einen großartigen Deal für mein Haus zu bekommen.
„Ja, es ist schön, reich zu sein. Früher musste ich auf meinen Geburtstag oder auf Weihnachten warten, um teure Dinge zu bekommen. Jetzt sage ich Dad einfach, was ich will, und die meiste Zeit kauft er es mir. Aber manchmal tut er es nicht. Manchmal sagt er, ich soll auf einen besonderen Anlass warten. Ich frage schon eine Weile nach einem Hund und er sagt immer wieder: ‚Lass uns damit noch ein bisschen warten, Kumpel.' Er nennt mich seinen Kumpel, weil ich sein Freund bin. Wir machen viele Dinge zusammen. Ich denke, ich bin sogar sein bester Freund."
Das klang süß. Sein fröhliches Geplauder war ansteckend.
„Und ist er auch dein bester Freund, Eli?"
Kopfschüttelnd sagte er: „Nein. Ich spiele gern mit Jason aus meiner Klasse. Ich gehe dieses Jahr in die zweite Klasse und wir sitzen nebeneinander. Er ist lustig und bringt mich oft zum Lachen. Das macht ihn zu meinem besten Freund."
„Ich bin sicher, dass es deinem Vater nichts ausmacht, dich mit ihm zu teilen." Ich schaute zurück zu meinem

halbfertigen Zwinger und dachte, der Junge könnte mir eine Hilfe sein. „Ich könnte ein zusätzliches Paar Hände gebrauchen, wenn du nicht zu beschäftigt bist."
Das Lächeln auf seinem Gesicht sagte mir, dass es genau das war, was er hören wollte. „Sicher, Rebel! Ich kann dir helfen."
„Wenn du dieses Metallgitter hier halten kannst, dann kann ich den Draht gerade ziehen und es an dem anderen Gitter befestigen, das ich schon aufgestellt habe." Ich zog an meinem Ende des Drahts, während er seines festhielt und in kürzester Zeit hatten wir den Zwinger aufgebaut. Wir traten zurück und lächelten beide. „Wir haben es geschafft, Rebel!"
Der Junge hatte eine Belohnung für seine harte Arbeit verdient. „Ich denke, wir sollten das feiern. Ich habe Kekse und Milch im Haus. Soll ich uns etwas holen?" Ich wies auf den kleinen Außentisch mit mehreren Stühlen. „Setz dich hin. Ich bin gleich wieder da. Ich bezweifle, dass deine Eltern es gutheißen würden, wenn du in das Haus einer Fremden gehst."
„Das denke ich auch", sagte er, als er zu dem Tisch ging und sich setzte. „Mein Vater wäre wahrscheinlich sauer auf mich."
Mir fiel auf, dass er nur über seinen Vater sprach. „Und was ist mit deiner Mutter?" Ich hatte ein schlechtes Gewissen, dachte aber, dass ich kaum der erste Mensch auf der Welt sein konnte, der seine Nachbarn kennenlernen wollte.
„Sie würde es nicht erfahren, weil sie in ihrem eigenen Hause ist." Er rutschte auf dem Stuhl herum und ich

bemerkte sein Stirnrunzeln. „Sie sollte mich dieses Wochenende holen, aber sie hat Dad angerufen und gesagt, dass sie es nicht schafft. Sie muss in ihrem Laden arbeiten."

Die Enttäuschung auf seinem Gesicht zerriss mir das Herz. „Nun, ich bin sicher, sie ist sehr beschäftigt, sonst hätte sie dich abgeholt."

„Das macht sie fast nie", sagte er, als er auf den Tisch blickte und mit dem Finger über das Blumenmuster fuhr. „Ich habe sie seit vielen Tagen nicht mehr gesehen. Aber ich rufe sie jeden Tag mit meinem Handy an." Er zog es aus der Tasche. „Dad hat mir das gegeben, als Mom weggegangen ist. Er hat mir gesagt, dass ich mit diesem Telefon so viel mit ihr sprechen kann, wie ich will."

„Er klingt wie ein großartiger Vater." Obwohl ich nichts anderes über den Mann wusste, war klar, dass er für seinen Sohn nur das Beste wollte.

„Ja, er ist ziemlich gut." Er schaute auf die französischen Türen, die in den hinteren Bereich meines neuen Hauses führten. „Kann ich Wasser anstelle von Milch haben? Ich bin laktoseintolerant und von Milch bekomme ich Durchfall."

Gelächter brach aus mir heraus. „Entschuldige, das war unhöflich von mir. Klar, ich hole dir stattdessen Wasser. Warte kurz."

Als ich die Schachtel mit den Keksen und zwei Flaschen Wasser holte, dachte ich über das Leben des Kindes nach. Sicher, Eli lebte in einem fantastischen Haus und es klang, als ob sein Vater einen großartigen Job hatte, aber was für ein Familienleben hatte der Junge?

Als ich wieder nach draußen ging, legte ich ein paar Servietten auf den Tisch und reichte meinem Gast eine Flasche Wasser. „Bitte, Eli." Ich nahm Platz und öffnete die Keksschachtel. „Ich freue mich, dich kennengelernt zu haben."

„Ich mich auch." Er nahm einen Bissen von dem Keks. „Mmmhhh. Hast du diese Kekse selbst gemacht, Rebel?"

„Nein. Eine Kollegin hat sie mir heute Nachmittag gegeben, bevor ich die Klinik verlassen habe. Sie dachte, ich sollte etwas zum Naschen haben, während ich in mein Haus einziehe." Ich sah mich in meinem Garten um und mein Herz war voller Emotionen. „Das ist das allererste Haus, das ich mir selbst gekauft habe." Ich schaute zu ihm zurück und strich über seine Haare. „Und ich bin froh, einen so großartigen Nachbarn wie dich zu haben, Eli. Ich denke, wir werden gute Freunde sein."

„Das denke ich auch." Er lächelte mich an und zeigte seinen fehlenden Vorderzahn, bevor er nach unten schaute und versuchte, den Deckel der Wasserflasche zu entfernen.

Ich griff danach und öffnete sie für ihn. „Hier."

„Danke." Er nahm einen Schluck. „Vielleicht lässt mein Vater mich einen Hund haben, wenn wir jetzt neben einer Tierärztin wohnen."

„Nun, auch wenn er es nicht tut, kannst du immer hierher kommen und mit den Tieren spielen, die ich halte – vor allem, wenn du mir helfen willst." Ich dachte, ich sollte ihm ein Angebot machen. „Wie wäre es, wenn ich dir zwanzig Dollar pro Woche bezahle, damit du jeden Abend hierher kommst, wenn ich von der Arbeit

zurückkehre? Du kannst mir helfen, die Tiere zu füttern –
es sollte nicht länger als ein paar Minuten dauern – und
dann könntest du mit ihnen spielen, wenn du möchtest."
„Ich muss meinen Dad fragen, aber meine Antwort ist
Ja!" Seine grünen Augen leuchteten, als er grinste. „Er
wird wahrscheinlich vorbeikommen wollen, um dich
kennenzulernen."
Ich fuhr mir mit der Hand durch die Haare und hoffte,
dass sie nach all der Arbeit, die ich getan hatte, nicht allzu
zerzaust waren. „Nun, wenn er beschäftigt ist, können
wir uns ein anderes Mal treffen." Wenn er beschäftigt
war, konnte ich mich zurechtmachen, bevor ich dem
Mann begegnete.
„Nein, er ist überhaupt nicht beschäftigt. Er hat in dem
Fitnessstudio in unserem Haus trainiert. Das tut er sehr
oft." Er holte sein Handy heraus und machte einen
Anruf.
Ich saß da und stellte mir vor, wie ein Mann aussehen
musste, der in seinem Fitnessstudio so viel trainierte.
Dann fuhr ich mir wieder mit der Hand durch die Haare.
„Ich gehe nur eine Sekunde in mein Haus. Warte hier,
okay?"
Er nickte, als ich hinein eilte, um mich frisch zu machen.
Es war nicht ideal, jemanden in einem verschwitzten T-
Shirt und abgeschnittenen Jeansshorts zu treffen, und ich
wollte mich definitiv keinem meiner neuen Nachbarn so
vorstellen. Schließlich hat man nur eine Chance auf einen
guten ersten Eindruck.

Kapitel 3
Harman

Das Klingeln meines Handys signalisierte das Ende meines Trainings. Ich wischte mir den Schweiß vom Gesicht und ging los, um nachzusehen, wer mich anrief. Ich stellte fest, dass es mein Sohn Eli war. Das letzte Mal, als ich ihn gesehen hatte, war er im Foyer gewesen und hatte etwas am vorderen Fenster beobachtet. „Hey, Eli. Was ist?"
„Dad, ich bin drüben im Haus der neuen Nachbarin. In dem kleinen Haus vor dem großen, das diese seltsame Lady in ein großes Durcheinander verwandelt – du kennst es, oder?", fragte er.
Sofort läuteten Alarmglocken in meinem Kopf. Mein Sohn war viel zu vertrauensselig. „Erstens, warum hast du unser Haus verlassen, ohne es mir zu sagen? Zweitens, was machst du in fremden Häusern? Drittens, warum rufst du mich an, wenn du weißt, dass du sofort nach Hause kommen sollst?"

„Sie ist nett, Dad", sagte er. „Sie ist Ärztin – Tierärztin, um genau zu sein. Und sie will mir einen Job geben."
„Ich denke nicht, dass das eine gute Idee ist, Eli." Er war nur ein kleiner Junge. Wer würde ihn arbeiten lassen wollen? Und was für einen Job konnte er für irgendjemanden machen? „Komm nach Hause, Sohn."
„Dad, komm und triff sie und du wirst sehen, dass es hier großartig für mich ist", sagte er begeistert. „Komm schon. Bitte, Dad."
Seine kleine, flehende Stimme ging mir immer zu Herzen. Und ich wollte mich sowieso der neuen Nachbarin vorstellen. „Ich bin in ein paar Minuten da."
Die Frau, die das Haus nebenan geerbt hatte, hatte alle möglichen Renovierungsarbeiten durchgeführt und andere Gebäude auf dem Grundstück abgerissen. Die Mauer hinter dem Kutschenhaus war vor nicht allzu langer Zeit gebaut worden und diente wohl dazu, die beiden Häuser und Grundstücke voneinander zu trennen. Es klang, als wäre eine pensionierte Tierärztin – vielleicht eine alte Witwe – dort eingezogen. Vielleicht wollte sie, dass Eli ihre Katzen fütterte oder so. Ich nahm an, dass es ihm nichts schaden würde, älteren Menschen ein bisschen zu helfen.
Ich joggte aus der Tür und dachte, ich würde mein Training sanft ausklingen lassen, während ich zu ihrem Haus lief. Ich machte mir nicht die Mühe, meine Trainingskleidung auszuziehen, weil ich dachte, es wäre ein kurzer Besuch. Ich würde sie begrüßen, ihr sagen, dass es schön war, sie kennenzulernen, einwilligen, dass

Eli ihre Katzen füttern durfte, und mich wieder verabschieden. Dafür muss man sich nicht umziehen.
Ich entdeckte Eli im Vorgarten, als ich auf die Straße ging. Er winkte mit seinen Armen, als könnte ich ihn vielleicht übersehen. „Hier drüben, Dad."
„Ich sehe dich." Ich lachte, als ich zu ihm rannte. „Also, wo ist sie?"
„Komm, sie ist hinten. Oder sie wird es sein." Er führte mich um das Haus herum. „Sie ist kurz reingegangen. Sie ist gleich wieder da."
Ich sah ein paar Käfige und einen Zwinger im Garten. „Sieht so aus, als würde sie einige Tiere hier halten. Bist du sicher, dass du damit umgehen kannst, für ihre Haustiere verantwortlich zu sein, Eli?"
„Sie wird auch für sie verantwortlich sein, Dad." Er zeigte auf die französischen Doppeltüren im hinteren Teil des Hauses. „Da ist sie."
Als ich aufblickte, sah ich eine sehr schöne Brünette, die auf uns zukam. Ausgewaschene Blue Jeans betonten ihre schönen Beine und unter ihrem engen T-Shirt waren große Brüste, mindestens D-Körbchen, wie ich vermutete. Und dieses Lächeln, das sie trug – dieses Lächeln allein konnte die Dunkelheit mühelos erhellen.
„Hi." Sie streckte die Hand aus. „Ich bin Doktor Rebel Saxe."
Ich schüttelte ihre Hand und hätte fast meinen eigenen Namen vergessen. „Ich … ähm, ich …"
„Das ist mein Dad", sagte Eli und kam mir zur Rettung. „Sein Name ist Harman."

Sie nahm ihre Hand aus meiner und deutete auf einen kleinen Tisch im Freien. „Möchten Sie ein paar Kekse, Harman?"

Meine Zunge schien eine Tonne zu wiegen und mein Gehirn schien überhaupt nicht zu funktionieren. Aber es gelang mir, meine Füße in Bewegung zu setzen und zu dem Tisch und den Stühlen zu gehen, auf die sie gezeigt hatte. Wir setzten uns alle und Eli übernahm die Führung. „Also, Dad, Rebel möchte, dass ich ihr helfe und sie zahlt mir zwanzig Dollar pro Woche!"

Das riss mich zurück in die Realität und ließ mich den Kopf schütteln. Ich fand nicht, dass sie ihn bezahlen musste. „Nein. Schon okay."

Rebels hübsche blaue Augen – Augen, die die Farbe der Flügel eines Hüttensängers hatten – wanderten zu Eli. „Tut mir leid, Kumpel. Aber wenn dein Vater nicht will, dass du das tust, dann kann man nichts machen."

So hatte ich das gar nicht gemeint. „Nein. Ich meine, Sie müssen ihn nicht bezahlen. Wir sind schließlich Nachbarn, nicht wahr?"

Jetzt schüttelte sie den Kopf. „Ich kann ihn nicht umsonst arbeiten lassen." Sie sah mich mit einem Lächeln an. „Ihr Sohn hat mir gesagt, dass Sie Arzt sind. Er sagte, Sie arbeiten mit Kindern."

„Ja, ich bin Kinderchirurg im Saint Christopher's General Hospital." Endlich wurde mein Gehirn wieder aktiv.

„Und er sagte, Sie sind Tierärztin. Wo arbeiten Sie?"

„Ich arbeite in der A Place for Paws Clinic." Sie sah Eli an. „Ihr Sohn hat mir erzählt, wie sehr er sich einen eigenen Hund wünscht. Ich gehe davon aus, dass er mir

gern bei den Tieren helfen wird, die ich mit nach Hause bringe."
„Ich verstehe." Ich sah meinen Sohn an und fragte mich, seit wann er so gesprächig war. „Nun, du kannst keinen eigenen Hund haben. Noch nicht. Aber wenn du mir beweist, dass du die Verantwortung für Tiere übernehmen kannst, wäre das ein großer Schritt auf dem Weg dorthin."
Eli sprang auf und klatschte in die Hände. Ich musste lächeln. Ich hatte ihn lange nicht mehr so glücklich gesehen. „Danke, Dad!" Er zeigte auf den Zwinger. „Ich habe Rebel dabei geholfen, das aufzubauen. Ich kann ihr auch bei anderen Dingen eine große Hilfe sein."
Ich blickte auf die junge Frau und fragte mich, warum mein Sohn derjenige gewesen war, der ihr geholfen hatte. „Sind Sie allein hierher gezogen?"
Sie nickte, lehnte sich auf ihrem Stuhl zurück und nahm eine Flasche Wasser vom Tisch. „Das hier ist mein erstes eigenes Haus."
„Nicht übel. Sie sind schon Tierärztin und Hausbesitzerin, dabei können Sie nicht älter sein als was? Vierundzwanzig?" Sie schien eine ehrgeizige junge Frau zu sein. „Darauf können Sie stolz sein."
Ihre Wangen röteten sich. Es wirkte nicht so, als ob sie überhaupt Make-up trug, und dennoch sah sie strahlend aus. „Eigentlich bin ich fünfundzwanzig und schon immer schneller als die meisten anderen. Meine Mutter hat mich zu Hause unterrichtet, weil ich mich im regulären Unterricht gelangweilt habe. Dort war alles zu langsam für mich. Ich schloss die High-School ab, als ich

erst fünfzehn war. Dann bin ich aufs College gegangen. Die College-Kurse mochte ich. Kurz darauf fand ich meine Berufung in der Welt der Veterinärmedizin und jetzt bin ich hier – eine echte Tierärztin mit einem eigenen Haus. Es fühlt sich an, als wären all meine Träume wahr geworden."

„Beeindruckend." Ich schmeichelte ihr nicht nur – die Frau hatte mich wirklich beeindruckt. „Ich denke, Eli für Sie arbeiten zu lassen ist eine großartige Idee. Sie scheinen ein großartiges Vorbild für ihn zu sein."

Sie sah Eli mit Zuneigung in den Augen an – offensichtlich hatte sie nicht nur eine Schwäche für Tiere, sondern auch für neugierige Achtjährige. „Er ist ein großartiger Junge, soweit ich das beurteilen kann. Es wäre mir ein Vergnügen, Zeit mit ihm zu verbringen." Sie griff nach ihm und strich über seine Haare. „Ich werde dir alles Mögliche über Tiere beibringen, Eli. Es wird Spaß machen."

„Das denke ich auch!" Eli sah mich an. „Ich bin froh, dass Mom mich dieses Wochenende nicht zu sich geholt hat. Rebel hätte den Job vielleicht an ein anderes Kind vergeben und ich hätte ihn verpasst."

Ich schaute nach unten und wollte nicht wirklich vor der Nachbarin über die Probleme mit meiner Ex-Frau sprechen. Eine Frau wie sie, die so aussah, als hätte sie alles im Griff, würde niemals Zeit für etwas so Chaotisches wie mein Leben haben.

Rebel begab sich dennoch in die Untiefen meiner komplizierten Beziehung. „Eli, ich möchte nicht, dass du auf Zeit mit deiner Mutter verzichtest, nur um mir zu helfen." Sie warf einen kurzen Blick auf mich, als wollte sie meine Reaktion abschätzen. „Es ist wichtig, sich Zeit für die Menschen zu nehmen, die man liebt."

„Ja, Ma'am." Eli sah mich an. Wir wussten beide, dass seine Mutter diejenige war, die sich keine Zeit für ihn nahm, und nicht umgekehrt, wie Rebel andeutete.

„Vielleicht solltest du Mom erzählen, was Rebel gesagt hat. Vielleicht erkennt sie dann, wie wichtig ich bin."

Ich legte meine Hand auf seine Schulter und sah ihm in die Augen. „Du bist wichtig für sie, Eli. Denke nicht, dass du es nicht bist. Sie ist nur sehr beschäftigt mit ihrem Laden." Sicher, es war eine Lüge, aber jemand musste das arme Kind vor der Vernachlässigung seiner Mutter schützen.

Rebel legte sanft ihre Hand auf seine andere Schulter. „Siehst du, ich habe dir gesagt, dass sie sehr, sehr beschäftigt sein muss, wenn sie keine Zeit mit dir verbringen kann."

Anscheinend hatte mein Kind der Frau verdammt viele persönliche Informationen mitgeteilt. „Ja, Tara ist eine sehr beschäftigte Frau." Ich versuchte, es glaubhaft klingen zu lassen. „Sie besitzt seit etwa einem Jahr eine Boutique. Es braucht viel Zeit, um so etwas in Schwung zu bringen. Sie bekommt nur noch acht Jahre Unterhalt, also muss sie einen Weg finden, für sich selbst zu sorgen, bevor diese Zeit abläuft."

Rebel nickte. „Nun, ich hoffe sie hat viel Glück damit. Ich bin mir sicher, dass es nicht einfach ist, ein Geschäft zu führen. Ich möchte das nicht tun. Jedenfalls noch nicht."

Elis Gesichtsausdruck sagte mir, dass er nicht glaubte, dass seine Mutter besonders hart arbeitete. „Hm, vielleicht arbeitet sie mehr, wenn ich nicht in der Nähe bin. Immer wenn ich in den Laden gehe, telefoniert sie die ganze Zeit."
Rebel sah mich kurz an, bevor ihre Augen zu Eli zurückkehrten. „Weißt du, bei einem Job wie ihrem muss sie wahrscheinlich viel telefonieren. Sie muss Sachen für ihren Laden bestellen. Wir müssen das manchmal in der Klinik machen, dabei verkaufen wir nur wenige Produkte."
Eines musste ich der Frau lassen – sie versuchte mit Sicherheit ihr Bestes, damit Tara gut wegkam. Mir war klar, dass dies nicht der Fall war, aber ich wusste zu schätzen, dass sie auf die Gefühle meines Sohnes achtete. Ich wollte nicht länger über seine Mutter reden, also fragte ich: „Sind Sie auf ein bestimmtes Fachgebiet der Veterinärmedizin spezialisiert, Rebel?"
„Ja." Ihr Gesicht leuchtete und ich konnte sehen, dass sie Leidenschaft für ihre Arbeit empfand. „Ich interessiere mich für Miniaturtiere. Nicht, dass ich mit den Zuchtpraktiken einverstanden bin, aber ich glaube, dass die Menschen diese Rassen besser verstehen müssen, als sie es derzeit tun. Es gibt so viele Probleme mit Miniaturen – von der Verdauung über die Atmung bis hin zum Sehen und Hören. Ich arbeite daran, Wege zu entwickeln, um diesen winzigen Kreaturen zu einem besseren Leben zu verhelfen."
Eli schien davon begeistert zu sein. „Also werden viele der Tiere, die du mit nach Hause bringst, winzig sein?"

„Die meisten werden es sein, ja." Sie strahlte ihn an.
„Magst du kleine Tiere?"
„Wer nicht?" Eli stand auf und ging zu einem der kleinen Käfige. „Was für ein Tier passt in diesen Käfig?"
„Alle Arten. Wir könnten ein paar Baby-Stinktiere oder Opossums darin halten, deren Müttern etwas zugestoßen ist, oder vielleicht ein paar Ferkel. Sie sind im Moment der letzte Schrei."
Als ich den Zwinger ansah, musste ich von Neugier überwältigt fragen: „Eines dieser Miniponys könnte in dieses Ding passen, nicht wahr?"
„Das könnte es." Sie nickte. „Aber ich mag es nicht, Tiere dieser Art in so kleinen Gehegen zu halten. Ich glaube nicht, dass ich hier genug Platz habe, um solche Tiere aufzunehmen."
„Ja", sagte ich, als ich mich in der vornehmen Nachbarschaft umsah. „Bauernhoftiere sind hier möglicherweise nicht willkommen."
„Höchstwahrscheinlich nicht." Rebel betrachtete die Mauer im hinteren Teil ihres Gartens. „Ich glaube auch nicht, dass es Beverly Song gefallen würde. Sie hat bestimmte Ansichten darüber, was sie sehen will und was nicht, und ich versuche, sie nicht zu verärgern. Ich hätte in einer Million Jahren nie gedacht, dass ich einmal im Queen-Anne-Viertel leben würde. Ich möchte nicht von hier vertrieben werden, weil ich laute, stinkende Tiere habe."
Ich wohnte erst knapp zwei Jahre an diesem Ort, also verstand ich, was sie meinte. „Warten Sie bis zu Ihrem ersten Hauseigentümer-Treffen. Die Leute hier wissen

wirklich, wie man eine Party feiert. Kaviar und Champagner sind dort Grundnahrungsmittel."
Eli steckte sich den Finger in den Mund und tat so, als ob er würgte. „Igitt."
„Das finde ich auch. Ich hasse diese beiden fiesen Dinge", stimmte Rebel ihm zu.
„Also kein Champagner für Sie, Rebel?" Ich hielt sie für eine Cocktailtrinkerin.
„Nein danke. Wenn ich trinke, bevorzuge ich Whiskey-Cola."
Das ist ein Mädchen nach meinem Geschmack.

Kapitel 4
Rebel

Der Mann, der auf der anderen Seite des Tisches saß, sah seinem Sohn überhaupt nicht ähnlich. Harman hatte sandblondes Haar und grüne Augen, aber sie waren nicht annähernd so dunkel wie die von Eli. Harmans Augen waren eher meergrün – irgendwie verträumt und sogar sexy.
Er war in locker sitzenden schwarzen Shorts und einem T-Shirt mit abgeschnittenen Ärmeln vorbeikommen. Selbst wenn Eli mich nicht bereits aufgeklärt hätte, wäre es offensichtlich gewesen, dass Harman gerade von seinem Training kam – seine gebräunte Haut glänzte immer noch verschwitzt.
Jeder sichtbare Muskel war straff und perfekt geformt. Von den Schultern bis zu den Knöcheln war klar, dass der Mann sich gut um seinen Körper kümmerte.
Ich war keine Frau, die in einem Fitnessstudio trainierte. Ich absolvierte den größten Teil meines Trainings bei der

Arbeit, beim Heben schwerer Tiere und wenn nötig bei der Verfolgung außer Kontrolle geratener Haustiere.
„Wo wir gerade von der Nachbarschaft sprechen, es gibt nur ein paar Häuserblocks entfernt einen tollen Ort zum Joggen." Harman deutete mit dem Kopf in die Richtung, die er meinte. „Ich könnte es Ihnen irgendwann zeigen, wenn Sie möchten. Dort ist es gut beleuchtet und perfekt für Läufe am frühen Morgen."
„Laufen Sie normalerweise morgens?" Ich schaffte es kaum, aus dem Bett zu steigen und zu duschen, bevor ich zur Arbeit ging.
„Jeden Tag, an dem es nicht regnet – was in Seattle nicht oft der Fall ist. Deshalb habe ich das Fitnessstudio zu Hause." Er schaute in die Richtung seines Hauses. „Sie können es jederzeit nutzen. Ich werde der Haushälterin ihren Namen geben und sie wird Sie hereinlassen, wann immer Sie wollen."
„Das ist sehr nett von Ihnen." Es schien, als würde ich mit meinem Nachbarn gut auskommen, aber ich war mir nicht sicher, ob wir uns schon so nahe standen. „Ich würde aber nicht in Ihr Haus gehen wollen, wenn Sie nicht da sind. Und um ehrlich zu sein, trainiere ich nicht viel außerhalb der Arbeit. Dort gibt es immer genug zu tun."
„Nun, wie wäre es dann mit einer morgendlichen Laufrunde?", fragte er hoffnungsvoll.
„Ich laufe morgens nur zur Kaffeemaschine, bevor ich unter die heiße Dusche gehe." Ich wusste, dass ich faul klang, aber es war die Wahrheit.

Er versuchte immer noch, mich für Sport zu begeistern, und unterbreitete mir ein anderes Angebot. „Nun, Eli und ich haben eine kleine Abendroutine, die Ihnen gefallen könnte."
Eli klatschte und hüpfte auf und ab. „Oh ja! Ich und mein Vater schwimmen jeden Abend pünktlich um acht Uhr im Innenpool. Wir treten gegeneinander an und drehen Runden in dem großen Becken. Du könntest mitmachen!"
Harman fügte hinzu: „Es wirkt Wunder für eine gute Nachtruhe." Sein Lächeln – und die Vorstellung von ihm in einer Badehose – machten gefährliche Dinge mit mir.
„Ich könnte den Golfwagen für Sie am Tor stehen lassen, wenn Sie nicht den ganzen Weg laufen möchten."
„Das ist sehr großzügig von Ihnen." Ich wusste nicht, was ich sagen sollte. Es fühlte sich unhöflich an, alles abzulehnen, was sie anboten. „Ich nehme an, ich würde es gerne versuchen. Es klingt so, als wäre es eine großartige Möglichkeit, mich nach einem harten Tag zu entspannen. Wie lange schwimmen Sie normalerweise?"
„Eine Stunde", sagte Harman.
Ich starrte ihn an. „Sie schwimmen eine ganze Stunde lang ohne Unterbrechung?"
Er nickte, als Eli rief: „Natürlich tun wir das! Und dann steigen wir aus dem Pool, duschen schnell und gehen ins Bett und ich schlafe fast sofort ein."
„Ihr klingt beide wie Profis." Ich wusste, dass ich keinem von beiden gewachsen war. Es überraschte mich, dass der kleine Eli mit seinem Vater mithalten konnte. „Trainierst du immer mit deinem Dad?"

„Nein. Er lässt mich noch keine Gewichte heben. Er sagt, es würde mein Wachstum bremsen. Aber ich gehe manchmal an den Wochenenden mit ihm laufen. Er steht zu früh auf, als dass ich ihn an Schultagen begleiten könnte." Eli ging um den Tisch herum, um seinem Vater auf den Rücken zu klopfen. „Außerdem sind seine Beine länger und er rennt schneller als ich. Ich halte ihn auf, wenn ich mitgehe."

„Das macht mir nichts aus, Kleiner." Harman fuhr mit seiner Hand durch das dichte kastanienbraune Haar seines Sohnes. „Wir müssen am Montag auf dem Heimweg von der Schule zum Friseur. Ich hatte gar nicht bemerkt, wie lang deine Haare geworden sind."

„Ich könnte sie ihm schneiden." Bevor ich mich auf die Hochschule für Veterinärmedizin konzentriert hatte, hatte ich am College einige Kosmetik-Kurse besucht. Dann fiel mir ein, dass ich mit dem Auspacken noch nicht fertig war. „Das heißt, nachdem ich morgen ausgepackt habe. Ich vergesse immer wieder die ganze Arbeit, die ich drinnen noch erledigen muss."

„Und wir stehen Ihnen im Weg", sagte Harman etwas verlegen. „Es tut mir leid. Wir lassen Sie jetzt in Ruhe, Rebel."

„Eigentlich musste ich sowieso eine Pause einlegen." Ich hatte mehrere Stunden hart gearbeitet und wenn Eli nicht vorbeigekommen wäre, hätte ich den Abend durchgearbeitet, ohne überhaupt etwas zu essen. „Es besteht keine Eile zu gehen. Ich werde mich sowieso erst nach dem Abendessen wieder an die Arbeit machen. Ich versuche mich immer wieder daran zu erinnern, dass ich

das ganze Wochenende Zeit habe, alles wegzuräumen. Kein Grund, zu hetzen und mich völlig zu verausgaben."
„Vielleicht solltest du heute Abend nicht schwimmen", sagte Eli nachdenklich. „Das könnte zu viel für dich sein, Rebel."
Ich lachte, als ich Harman ansah. „Er ist so ein süßes Kind. Sie haben ihn gut erzogen."
„Danke." Harman sah seinen Sohn aus den Augenwinkeln an und ich konnte es auf seinem attraktiven Gesicht sehen. Er war traurig über etwas. Ich tippte auf die abwesende Mutter, die ihren Sohn im Stich gelassen hatte. „Möchten Sie eine Flasche Wasser, Harman?"
Er drehte den Kopf und lächelte mich an. „Das wäre großartig. Ich hätte mir eine schnappen sollen, bevor ich das Haus verlassen habe, aber ich habe nicht damit gerechnet, so lange hier zu sein."
Eli stand neben seinem Vater und bot ihm schnell an, das zu erledigen. „Ich werde ihm eine Flasche besorgen. Darf ich in dein Haus gehen, Rebel?"
„Ja. Die Küche ist gleich dort drüben und das Wasser steht im Kühlschrank. Ignoriere bitte die überfüllten Arbeitsflächen." Ich musste noch die Küchenutensilien wegräumen.
„Sicher." Er lief los und ich sah, dass Harman ihm nachschaute.
„Also, wollen Sie mir von Ihrer Ex-Frau erzählen?" Ich war normalerweise nicht so neugierig, aber es fühlte sich zu diesem Zeitpunkt wie der Elefant im Raum an. Ich dachte, ich könnte diese Tür genauso gut öffnen, wohl

wissend, dass er es wahrscheinlich nicht tun würde, obwohl er ein gewisses Maß an Traurigkeit ausstrahlte.
„Ist es so offensichtlich?", fragte er grinsend. „Bin ich jetzt so ein Kerl? Einer, dem jeder ansieht, dass er es schwer im Leben hat?"
„Sie strahlen es wahrscheinlich normalerweise nicht so stark aus, wie Sie es gerade in der Nähe Ihres Sohnes tun." Ich hoffte, dass das den Schlag abmilderte. „Sie leiden mit dem Jungen, das kann ich sehen."
„Seine Mutter war nie die Beste, aber sie hat versucht, mütterlich zu sein und etwas für ihn zu tun, während wir zusammen waren." Er lehnte sich auf dem Stuhl zurück und sah dann auf. „Sie war jung, als wir heirateten. Neunzehn, um genau zu sein. Und schwanger. Und wir waren überhaupt nicht verliebt."
„Eine Vernunftehe?", musste ich fragen. „Gibt es so etwas immer noch?"
„In meiner Familie schon. Ich wurde so erzogen, dass ich mich um die Menschen in meinem Leben kümmere." Er sah mich an. „Sie wissen schon ... mir wurde beigebracht, immer das Richtige zu tun."
„Also wurde sie schwanger und Sie haben getan, was richtig war." Es war respektabel, auch wenn es nicht besonders klug war. „Und wie alt waren Sie?"
„Fünfundzwanzig." Er lächelte. „So alt wie Sie jetzt sind. Ich bin jetzt dreiunddreißig, nur damit Sie es wissen."
Ich nickte. „Ich dachte, Sie wären ungefähr in diesem Alter." Als ich realisierte, wie das klang, wurde ich ein wenig nervös. „Nicht, dass ich Sie so genau angesehen hätte."

„Ich bin mir sicher, dass Sie das nicht getan haben." Er spannte seinen Bizeps an und meine Augen wanderten direkt dorthin.

Wir fingen beide an zu lachen. „Okay, vielleicht ein bisschen. Aber Sie müssen zugeben, dass Sie einen ziemlich beeindruckenden Körper haben, Doktor Hunter."

„Hat er Ihnen sogar unseren Nachnamen gesagt?", stöhnte er, als er den Kopf schüttelte. „Ich schwöre, ich weiß nicht, was in das Kind gefahren ist. Er war noch nie in seinem Leben so gesprächig."

Ich wusste nicht, warum der Junge das Gefühl hatte, mit mir sprechen zu können, aber ich mochte es. „Vielleicht fehlt ihm eine Frau, mit der er sprechen kann. Wie lange ist es her, dass er seine Mutter gesehen hat? Er hat mir gesagt, dass er nicht einmal die Tage zählen kann, die seitdem vergangen sind."

„Scheiße." Harmans Kopf senkte sich. „Ich versuche selbst, die Tage nicht zu zählen. Ich denke, es sind ungefähr drei Wochen vergangen."

„Das ist eine lange Zeit für ein kleines Kind." Ich erinnerte mich an das erste Mal, als ich eine Woche im Haus meiner Großeltern zu Besuch war. „Als ich zehn Jahre alt war, war ich eine Woche von zu Hause weg. Ich schwöre, ich dachte, der ganze Sommer wäre in der Zwischenzeit vergangen. Es schien ewig zu dauern. Ich kann mir nicht einmal vorstellen, wie er sich fühlt."

Ich sah, wie seine Schultern sanken, und fühlte mich schrecklich für das, was ich gesagt hatte. Der Mann litt offensichtlich schrecklich unter der Situation und ich machte es nur noch schlimmer.

„Ich auch nicht", vertraute er mir an. „Ich vermisse seine Mutter überhaupt nicht. Vor allem, weil unsere Ehe schon lange vorbei war, bevor sie wegging. Seltsam, dass sie erst beschlossen hat, mich zu verlassen, nachdem ich angefangen hatte, ordentlich Geld zu verdienen."

„Ah, Unterhalt." Ich nickte und verstand, wie diese Dinge passieren konnten. „Betrachten Sie das als einen guten Nebeneffekt des großzügigen Geschenks, das Ihnen der Vater Ihres Patienten gemacht hat, oder als einen schlechten?"

Er hob den Kopf und unsere Blicke trafen sich. „Er hat Ihnen auch von unseren Finanzen erzählt?"

Ich nickte und musste über seinen verwirrten Gesichtsausdruck lachen. „Ja. Ich vermute, er vertraut mir aus irgendeinem Grund."

„Wow." Er blinzelte ein paarmal. „Nun, lassen Sie mich zunächst einmal sagen, dass das Geld kein direktes Geschenk war und es mir nicht wegen meiner Arbeit gemacht wurde. Es ist nicht ganz ethisch, wenn Ärzte riesige Geldbeträge von den Familien ihrer Patienten annehmen, nur um ihre Arbeit zu erledigen, und ich hätte es nicht angenommen, wenn ich es hätte vermeiden können. Aber dieses Geld war in Investitionen und Aktien gebunden und ich konnte es nicht wirklich ablehnen, also dachte ich, ich würde das Beste daraus machen. Nun, was meine Ex angeht – für mich persönlich war die Trennung gut. Aber für unseren Sohn war das nicht der Fall. Es ist, als hätte sie Eli und mich hinter sich gelassen, und das hat er nicht verdient. Ich schon – ich habe sie nicht geliebt. Aus diesem Grund habe ich ihr seit der Scheidung in keiner Weise widersprochen. Sie kann Eli haben, wann immer sie will, aber sie will ihn nicht einmal nehmen, wenn die Sorgerechtspapiere sagen, dass sie es kann. Ich habe ihm ein Handy gekauft, damit sie so viel reden können, wie sie wollen, aber sie nimmt seine Anrufe nur einmal am Tag entgegen. Und es endet immer damit, dass sie ihm sagt, dass sie Arbeit zu erledigen hat und nicht länger mit ihm sprechen kann."

Es klang, als hätte die Frau viele Fehler, aber ich konnte nicht anders, als mich in sie hineinzuversetzen – es war sicher nicht einfach gewesen, so jung ein Baby zu bekommen. Bevor ich mich aufhalten konnte, äußerte ich meine Meinung. „Ich bin sicher, dass sie die Auswirkungen ihres Verhaltens auf Ihren Sohn nicht bemerkt. Wenn eine Frau so jung ein Kind bekommt, hat sie möglicherweise das Gefühl, viele Dinge verpasst zu haben. Haben Sie sie darauf aufmerksam gemacht?"

„Das habe ich." Er sah mich mit traurigen Augen an. „Sie arbeitet an diesem Wochenende nicht. Sie betrinkt sich mit ihren Freundinnen, um über den neuesten Kerl hinwegzukommen, von dem sie sich gerade getrennt hat. Ich habe ihr gesagt, wie wichtig es ist, Zeit mit ihrem Sohn zu verbringen, aber sie will unbedingt ausgehen. Und wenn diese Frau sich in den Kopf setzt, dass sie etwas will, kann sie nichts aufhalten."

„Oh, das klingt ... schwierig." Ich hatte mich eindeutig in etwas eingemischt, das mich nichts anging. Ich hatte noch nie mit familiären Problemen zu tun gehabt und obwohl ich wünschte, ich könnte Eli helfen – dieser enthusiastische Junge hatte es verdient, glücklich zu sein –, war ich überfordert. Ich war für Familien da, die ein Haustier verloren hatten, aber Menschen, die Menschen verloren hatten, waren nicht meine Stärke. „Vielleicht würde ihr ein Therapeut helfen?" Das schien ein solider Rat zu sein.

„Sie wird nicht hingehen." Er lächelte schwach. „Als Arzt war das auch mein Vorschlag. Als wir uns getrennt hatten, habe ich Eli eine Weile zu einem Therapeuten gebracht, aber Tara lehnte jede Familien- oder Einzelberatung ab. Ich bin mir nicht sicher, wer oder was zu ihr durchdringen könnte. Ich wünschte nur, mein Sohn könnte seine Mutter zurückhaben. Das ist alles, was ich wirklich will."

„Wenn sie zurückkommen wollte, würden Sie es zulassen?" Es ging mich überhaupt nichts an, aber ich hatte das Gefühl, dass der Mann verzweifelt war.

„Vielleicht. Ich könnte sie zurückkommen lassen, wenn sie wieder für unseren Sohn da wäre." Er sah auf, als Eli mit dem Wasser kam. „Aber ich will sie nicht für mich zurückhaben. Ich habe mit unserer Ehe abgeschlossen." Zumindest weinte er der Frau nicht nach und ich konnte nicht behaupten, dass ich es ihm zum Vorwurf machte. Der Mann hatte so viel mehr, für das es sich zu leben lohnte.

Kapitel 5
Harman

Ich hatte mich bei einer Frau schon lange nicht mehr so wohlgefühlt. Es war etwas Aufrichtiges an Rebel. An ihr wirkte überhaupt nichts unecht. Und das schien nur eine von vielen großartigen Eigenschaften der Frau zu sein. Außerdem schadete es nicht, dass sie absolut hinreißend war.
„Dad, hier ist dein Wasser." Eli stellte die Flasche vor mich, setzte sich dann an den Tisch und wandte seine Aufmerksamkeit Rebel zu, nachdem er mich kaum angesehen hatte. „Du hast da drin wirklich viel zu tun."
Sie nickte und sagte: „Ja. Aber ich habe das ganze Wochenende Zeit dafür. Ich werde mir etwas zum Abendessen holen, bevor ich wieder an die Arbeit gehe." Ihre Augen wanderten zu meinen. „Wo kann man hier am besten einen Veggie-Burger kaufen?"

Und da war er – ihr einziger Fehler. „Sie sind Vegetarierin?"

„Himmel, nein." Sie lachte und bei der Art, wie ihre Augen funkelten, schmerzten meine Lenden. „Es ist nur so, dass ich herausgefunden habe, dass ein Fastfood-Restaurant, das so etwas anbietet, normalerweise großartige richtige Burger macht."

Erleichterung überkam mich. „Nun, das ist gut zu hören. Für eine Sekunde dachte ich, wir könnten keine Freunde sein."

Ihr Lachen brachte mich zum Lächeln und ich fühlte einen kleinen Stich in meiner Brust, in einem Bereich, der sich verdächtig nah an meinem Herzen befand.

„Vegetarierinnen sind tabu, hm?"

Romantisch gesehen war niemand wirklich tabu, außer sie kamen nicht mit meinem Sohn zurecht. Und ich hatte keine Ahnung, warum ich in romantischer Hinsicht über diese Frau nachdachte, die ich gerade erst kennengelernt hatte. Ich musste das Thema wechseln.

„Es gibt hier keinen guten Burger-Laden. Wie Sie sich vorstellen können, neigen die Menschen, die hier leben, dazu, etwas Gehobeneres zu mögen. Es gibt viele schicke Bistros und Cafés, aber Burger sind nicht wirklich ihr Ding. Aber ich habe zufällig eine Köchin, die ziemlich gute Burger zubereiten kann. Warum kommen Sie nicht mit und essen mit uns zu Abend?"

„Ja!", rief Eli und reckte seine Faust in die Luft. „Komm schon, Rebel. Ich will dir unsere Villa zeigen."

Ich hatte ihm gesagt, dass er unser Zuhause nicht so nennen sollte. Wenn es nach mir ginge, würden wir in

etwas viel Kleinerem leben. Aber Tara hatte auf einem ausgedehnten Anwesen bestanden und Eli liebte den Ort so sehr, dass ich mich nicht dazu bringen konnte, ihn jetzt, da Taras Meinung keine Rolle mehr spielte, zu verlassen.
„Eli, es ist nur unser Zuhause. Ich mag es nicht, wenn du so angibst." Ich sah Rebel an und entschuldigte mich: „Tut mir leid. Er ist nur ein Kind, das nicht immer so gelebt hat. Es zeigt sich manchmal."
„Ich verstehe und ich sehe nichts Falsches an dem, was er gesagt hat." Sie griff nach ihm und tätschelte seine Schulter. „Wenn ich in einer Villa leben würde, wäre ich auch ziemlich glücklich darüber."
Eli nickte. „Wir sind aus einer winzigen Wohnung in etwas gezogen, das größer ist als das Museum, das ich einmal bei einem Ausflug im Kindergarten besucht habe. Ich finde es cool. Wir haben ein Zimmer mit einem Billardtisch und eines mit einem Klavier. Wir wissen nicht, wie man es spielt, aber es ist da."
„Der Vorbesitzer hat ein paar Dinge zurückgelassen", sagte ich ihr. „Also, kommen Sie zum Abendessen?"
„Ich sollte Ihnen keine Umstände machen – nicht, wenn wir uns gerade erst kennengelernt haben." Sie sah auf ihre Hände in ihrem Schoß hinunter und wirkte zum ersten Mal schüchtern.
„Ich weiß nicht, was das bedeutet", sagte Eli, „aber du solltest kommen. Bitte."
Sie lächelte über den flehenden Ton seiner Stimme, der mich so anrührte. „Okay. Wenn Sie sicher sind. Ich würde mich freuen, Ihnen heute beim Abendessen

Gesellschaft zu leisten. Und wenn ich mich eingelebt habe, müssen Sie und Eli mit mir zu Abend essen und meine berühmte Lasagne kosten."
„Deal", sagte ich schnell und holte dann mein Handy heraus. „Ich benachrichtige nur kurz Rene wegen der Burger. Dann gehen wir rüber."
Rebel sah zu mir. „Soll ich mein Auto nehmen? Ich möchte nicht im Dunkeln nach Hause gehen."
Ich dachte darüber nach, wie schön es wäre, sie nach Hause zu bringen und ein bisschen mehr Zeit mit ihr zu haben, ohne dass Eli dabei war. „Ich werde dafür sorgen, dass Sie sicher und wohlbehalten zurückkommen. In dieser Gegend gibt es Unmengen von Laternen – es wird Ihnen schwerfallen, hier viele Schatten zu finden. Ich begleite Sie nach dem Abendessen nach Hause."
„Wie nett von Ihnen." Rebel erhob sich, als ich aufstand. „Sieht so aus, als hätte ich zwei Gentlemen gefunden. Ich schließe nur kurz ab."
Eli rannte vor uns her, als wir nebeneinander aus ihrem Garten gingen. „Das ist wirklich nicht nötig. Es gibt hier zu viele Überwachungskameras, um sich Sorgen darum zu machen, dass jemand etwas stiehlt. Sie befinden sich an einem sehr sicheren Ort. Aber schließen Sie Ihre Türen nachts ab. Das ist einfach besser."
„Gut zu wissen." Wir gingen die Straße hinauf und sie schaute die lange Auffahrt zu meinem Haus hinauf. „Es muss sich so komisch angefühlt haben, als Sie aus einer kleinen Wohnung hierher gezogen sind."
„Wir fühlten uns alle für eine Weile fehl am Platz." Ich dachte daran, wie sich Tara fast augenblicklich über die

neue Gegend beschwert hatte. Typisch Tara. Sie fand immer etwas, worüber sie sich beklagen konnte, obwohl sie genau das bekommen hatte, was sie ursprünglich verlangte. „Tara hat es nur ein paar Monate hier ausgehalten, bevor sie gegangen ist. Sie sagte immer wieder, dass sie es nicht ertragen könne, wie die Leute hier auf sie herabschauten."

„Hm, ich schätze damit muss ich leben. Schließlich wohne ich in einem Kutschenhaus, in dem einst die Bediensteten untergebracht waren." Ihr Lachen sagte mir, dass es ihr egal war.

„Es hilft, eine gute Einstellung zu haben, wie ich herausgefunden habe." Ich war nicht auf die Ablehnung gestoßen, über die Tara gejammert hatte. „Die meisten der Leute hier sind nett. Man muss verstehen, woher sie kommen, wobei die meisten von ihnen aus sehr alten, sehr reichen Familien stammen. Und dann gibt es noch die Neureichen, die gerne so tun, als kämen sie von altem Geld. Und dann gibt es noch mich. Ich bin einfach ein Glückspilz, der zufällig zur richtigen Zeit am richtigen Ort war und dadurch eine Menge Geld bekommen hat."

„Wie ist das damals passiert? Das klingt alles ziemlich außergewöhnlich", sagte sie, als wir meine Auffahrt hinaufgingen.

„Eli und ich waren in New York. Ich sollte an einer Konferenz teilnehmen und nahm ihn mit. Eine meiner Tanten wohnt dort, deshalb hat sie auf ihn aufgepasst, während ich auf der Konferenz war." Ich konnte mich noch an die Gerüche erinnern, die an diesem Tag in der Luft lagen. „Ich entdeckte einen Hot-Dog-Verkäufer und

sagte zu Eli, wir sollten einen echten New Yorker Hot Dog essen. Wir standen in der Schlange, als ein Mann in einem teuren Anzug mit seinem kleinen Mädchen vorbeikam, das einen Hot Dog in der Hand hatte. Sie hatte bereits einen Bissen davon genommen und ich sah den Ausdruck auf ihrem Gesicht, als das Ding in ihrem Hals steckenblieb. Sie fiel zu Boden und ihr Vater hatte keine Ahnung, was mit ihr los war. Er geriet in Panik."
„Und dann sind Sie in Aktion getreten, nicht wahr?" Mit großen Augen sah sie mich an.
Ich fand das, was ich getan hatte, immer noch nicht besonders heldenhaft. Verglichen mit dem, was ich jeden Tag bei der Arbeit machte, war es wirklich keine große Sache, das Heimlich-Manöver bei jemandem durchzuführen. Und ich dachte immer, wenn ich nicht dort gewesen wäre, hätte jemand anderes dem armen Kind geholfen – es sah einfach eindrucksvoller aus, wenn ein Arzt vor Ort war.
„Ich sagte ihm, dass sie sich an dem Hot Dog verschluckt hatte, hob sie hoch und entfernte die Blockade in ihrer Luftröhre. Damit hatte ich mir die unermüdliche Dankbarkeit des Mannes verdient. Er wollte meinen Namen, meine Nummer und meine Adresse, bevor wir uns verabschiedet haben, und ich habe danach nicht mehr darüber nachgedacht."
„Wie lange hat es gedauert, bis Sie von der Belohnung erfahren haben?" Sie strich sich eine Strähne ihrer glänzenden, dunklen Haare aus dem Gesicht, als ein Windstoß sie nach vorn blies.

„Eine Woche." Ich streckte die Hand aus, um eine weitere Haarsträhne hinter ihr Ohr zu stecken. „Ich habe einen Anruf vom Anwalt des Mannes erhalten. Er war in Seattle und fragte, ob er zu mir nach Hause kommen könne. Dort erzählte er mir, dass der Mann mir jede Menge Anteile an seiner Firma – seiner sehr erfolgreichen Multimilliarden-Dollar-Firma – zusammen mit einigen anderen Investitionen überschrieben hatte. Er brachte mir auch eine Geschenktüte mit Schlüsseln zu einem neuen BMW, den er vor unserer kleinen Wohnung geparkt hatte, ein paar Rolex-Uhren und einigen anderen Dingen, die ebenfalls unglaublich teuer waren. Ich habe die kleineren Geschenke abgelehnt, aber zu den Aktien und all dem Geld Nein zu sagen war nicht so einfach." Pfeifend sagte sie: „Was für eine Überraschung das gewesen sein muss."

„Als Ärztin können Sie sich vorstellen, wie viele Studentendarlehen ich hatte. Schon allein, sie abzahlen zu können, war mehr, als ich jemals wollte." Ich fragte mich, wie sie den Rest der Geschichte auffassen würde. „Ich habe einige der Aktien verkauft, um das Geld neu zu investieren. Ich habe mich für eine sehr gute Investmentfirma entschieden und in nur einem Jahr mein Geld verdoppelt. Und im letzten Jahr habe ich es vervierfacht. Es ging alles so schnell und unter so chaotischen Umständen, dass es sich manchmal nicht richtig anfühlt. Vor ein paar Monaten habe ich einen Stipendienfonds eingerichtet, der die Studentendarlehen anderer Ärzte bezahlt, wenn sie Wettbewerbe gewinnen, die ich mir ausgedacht habe. Und das Beste daran ist,

dass ich es so eingerichtet habe, dass die Zinsen von einem anderen Konto dafür sorgen, dass sich auf diesem Konto ein konstanter Betrag von ein paar Hundert Millionen befindet, damit ich meinen Kollegen auf der ganzen Welt auch weiterhin helfen kann."
Rebel streckte die Hand aus, legte sie auf meine Schulter und starrte mich mit dem seltsamsten Gesichtsausdruck an – mit ein wenig Ehrfurcht und etwas, das einer Ernsthaftigkeit nahekam, die ich noch nicht bei ihr gesehen hatte. „Harman, das ist wirklich edel von Ihnen." Sie blinzelte ein paarmal. „Sie hatten ein ziemlich bemerkenswertes Leben."
„Das kann man definitiv sagen. Aber ich denke, die meisten Leute würden an meiner Stelle das Gleiche tun – daran ist nichts Edles." Ich ging weiter. Es war mir immer peinlich, anderen Leuten meine Geschichte zu erzählen, und ich wollte nicht, dass sie etwas Großes daraus machte.
„Das glaube ich nicht." Sie folgte mir und blieb an meiner Seite. „Aber ich kann sehen, dass Ihnen das Lob unangenehm ist. Ich werde versuchen, mich mit Komplimenten zurückzuhalten."
Ich musste darüber lachen – in ihrer Gegenwart fühlte ich mich einfach wohl, selbst wenn ich über die Themen sprach, die mir am unangenehmsten waren. Zuerst die Sache mit Tara, jetzt das. Ich konnte nicht anders, als mich in ihrer Nähe wohlzufühlen – und glücklich. „Ja, bitte versuchen Sie, sie zurückzuhalten. Ich bin es nicht gewohnt, dass Leute so nette Dinge über mich sagen."

Ihre Augenbrauen schossen hoch und ihr Gesichtsausdruck wurde überrascht. „Wirklich?", fragte sie ungläubig. „Haben Sie vergessen, dass Sie Arzt sind?" Ich musste wieder lachen – sie hatte recht, ich hörte viele Komplimente und Dankesworte bei meiner Arbeit, aber das meinte ich nicht. Sie schien das zu verstehen. „Wer weiß, was Sie tun? Und wer hat Ihnen noch nicht gesagt, wie großartig es ist?"
„Abgesehen von den Mitarbeitern der Investmentfirma und meiner Bank sind Sie die Einzige, die bisher etwas über den Stipendienfonds weiß." Ich wusste nicht genau, warum ich es ihr überhaupt erzählt hatte. „Ich habe noch keinen Wettbewerb ins Leben gerufen und will warten, bis es soweit ist, bevor ich es ankündige. Aber ich werde mir sehr bald etwas einfallen lassen. Ich freue mich darauf, diese Sache in Gang zu setzen."
„Oh, wie wäre es mit einem Aufsatzwettbewerb?", schlug sie nach einer kurzen Pause vor. „Sie können die Leute bitten, Ihnen Geschichten darüber zu schicken, warum sie überhaupt Arzt werden wollten. Dann kann der Gewinner derjenige sein, der Sie am meisten berührt."
„Das würde bedeuten, dass ich viel lesen müsste, nicht wahr?" Ich stupste ihre Schulter mit meiner an. „Vielleicht brauche ich dafür die Hilfe von jemandem."
„Sie würden mich helfen lassen?", fragte sie verblüfft.
„Warum nicht? Es ist Ihre Idee." Ich sah zur Haustür und trat vor, um sie für Rebel zu öffnen. „Aber jetzt werde ich Ihnen die Fähigkeiten meiner Köchin präsentieren." Ich trat zur Seite, damit sie vor mir eintreten konnte. „Nach Ihnen."

Eli lachte, als er hinter uns im Kreis rannte. „Dad, du bist albern."

Rebel sah mich mit leuchtenden Augen an. „Ich denke, Sie sind extrem nett – und gar nicht albern." Ihre Schulter berührte meine Brust, als sie an mir vorbeiging. Bei der kurzen Berührung verlor ich meinen Atem, meinen Verstand und vielleicht sogar ein bisschen von meinem Herzen.

Kapitel 6
Rebel

Der Abend mit Harman und Eli grenzte an Magie. Ich war immer gut mit Menschen ausgekommen, ob ich sie schon lange kannte oder sie gerade erst kennengelernt hatte. Aber die Art, wie ich mit Eli und seinem Vater in Kontakt kam, fühlte sich anders an. Es fühlte sich an, als ob sie immer ein Teil meines Lebens gewesen wären – fast als ob ich zu den beiden gehörte. Inzwischen duzten Harman und ich uns sogar.
Vielleicht brauchten sie mich mehr als irgendjemand zuvor, weil sie beide den Verlust einer Ehefrau und Mutter in ihrem Leben spürten. Da war dieser Blick in ihren Augen, der mir sagte, dass sie etwas vermissten – oder einfach nur eine Frau brauchten, die ihnen zuhörte. Ich wusste nur, dass ich mich ein bisschen verloren fühlte, als es Samstag und Sonntag wurde und keiner der

beiden bei mir vorbeigekommen war. Aber dann klopfte es am Sonntagabend um sechs Uhr an meiner Haustür. Ich hatte gerade die letzten meiner Sachen weggeräumt und mich mit einer dringend benötigten Whiskey-Cola in meinem Sessel niedergelassen.
Ich war überrascht, als ich die Tür öffnete und sah, dass die beiden Jungs, die ich vermisst hatte, dort standen. Harman hatte einen Obstkorb in der Hand und Eli umklammerte eine atemberaubende Kristallvase mit den schönsten roten Rosen, die ich je gesehen hatte.
„Willkommen in der Nachbarschaft", sagte Harman mit einem Lächeln.
„Ich dachte, ihr habt mich vielleicht vergessen." Ich trat zurück, um sie hereinzulassen.
„Dad sagte, wir sollten dir Zeit geben, deine Sachen wegzuräumen." Eli betrachtete das Wohnzimmer und nickte zustimmend. „Und es sieht so aus, als hättest du jetzt alles verstaut."
„Ich bin gerade mit dem letzten Rest fertig geworden. Ich bin jetzt fast vollständig eingezogen und bereit, mich den Rest des Abends zurückzulehnen und zu entspannen." Es fühlte sich gut an, alles erledigt zu haben, vor allem wenn sie mich besuchten.
Harman stellte den Obstkorb auf den Couchtisch. „Das sieht hier ziemlich gut aus. Eli, stell die Blumen dort drüben auf die Theke." Eine lange Theke verlief zwischen meinem Wohnzimmer und meiner Küche und trennte die beiden Räume.
„Danke, Jungs. Das ist wirklich süß von euch." Ich setzte mich auf meinen Sessel, lehnte mich aber nicht so zurück,

wie ich geplant hatte. „Setzt euch und erzählt mir, wie euer Wochenende war."

„Es war in Ordnung, wenn auch ereignislos", antwortete Harman, als er und Eli sich auf das Sofa setzten. „Hast du Lust, mit uns zum Abendessen auszugehen? Ich gebe der Köchin sonntags frei."

Das klang für mich wunderbar. „Seid ihr sicher?"

Eli sprang auf und hob die Hände. „Ja, wir sind sicher. Wir gehen zu der Pizzeria mit den Spielautomaten. Es wird viel Spaß machen."

Wieder zauberte die Begeisterung des kleinen Jungen ein Lächeln auf mein Gesicht. „Ich muss zugeben, das klingt großartig. Es ist eine halbe Ewigkeit her, dass ich so etwas getan habe."

Eli kam, um meine Hände zu nehmen. „Dann lass uns gehen!"

„Ich brauche mein Portemonnaie", sagte ich, stand auf und ging in mein Schlafzimmer, um meine Sachen zu holen.

Als ich ins Wohnzimmer zurückkam, bemerkte ich, dass Eli bereits gegangen war. Harman stand in der Nähe der Tür und wartete auf mich. „Das Kind freut sich darüber, dass du mitkommst."

Ich fragte mich, ob er sich auch freute, aber ich stellte diese Frage nicht. „Ich freue mich auch, euch zu begleiten."

Er öffnete die Tür und streckte einen Arm aus. „Nach dir."

Seine breite, harte Brust nahm den größten Teil der Tür ein und meine Schulter streifte ihn, als ich durch die

schmale Öffnung ging. Ich beschleunigte meine Schritte und brachte kaum ein kurzes „Bitte schließ ab" heraus, als ich ihm meine Schlüssel reichte. Mein Körper wurde heiß und mein Gehirn stellte den Betrieb ein, da der kurze Kontakt mich auf eine Art und Weise in Erregung versetzte, die nicht oft vorkam.
Ein schwarzer Mercedes parkte hinter meinem Toyota in der Einfahrt. An der Beifahrertür stand Eli und hielt sie für mich auf. „Komm schon, Rebel."
„Ihr zwei müsst mich nicht verwöhnen, weißt du." Ich ließ mich auf den Sitz fallen. „Aber ich muss zugeben, dass ich es liebe. Ihr seid beide perfekte Gentlemen."
„Danke", sagte Eli, als er die Tür schloss und auf den Rücksitz stieg. „Wir versuchen es zumindest."
Harman setzte sich hinter das Lenkrad und sah seinen Sohn an. „Anschnallen."
„Oh ja." Eli schnaubte. „Ich weiß nicht, warum ich das immer vergesse."
Harman sah im Rückspiegel zu, wie Eli sich anschnallte. „Ich auch nicht. Du müsstest inzwischen daran gewöhnt sein." Er drehte seinen Kopf, um mich anzusehen. „Also, was ist deine Lieblingspizza?"
„Peperoni." Ich wusste, dass ich langweilig war, aber ich experimentierte nicht gern mit den neuesten Pizzatrends.
„Meine auch." Harman zog die Augenbrauen hoch.
„Große Geister denken gleich."
„Ich mag Käsepizza", informierte mich Eli. „Mom und ich mögen Käse. Dad mag Peperoni, genau wie du."

„Es ist schön, zur Abwechslung jemanden auf meiner Seite zu haben", sagte Harman, als er aus meiner Einfahrt fuhr.

Ein Rolls Royce rollte langsam an uns vorbei. Die Nase der Fahrerin war hoch in der Luft und die hinteren Fenster waren so dunkel getönt, dass man nichts darin erkennen konnte. „Schaut nur! Es ist Mrs. Snotgrass."

„Snodgrass", korrigierte Harman ihn. „Sie ist die Leiterin des Hauseigentümervereins. Ihre Familie ist seit Generationen unglaublich reich, wie ich gehört habe. Sie ist nur ein paar Monate im Jahr hier. Dann finden monatliche Treffen statt. Den Rest des Jahres haben wir frei."

„Da sie hier ist und es der erste November ist, erlebe ich wohl bald mein erstes Treffen, oder?", fragte ich und fühlte mich ein wenig unwohl, weil ich bereits zu einem Treffen gehen musste, besonders weil ich als Einzige in der Nachbarschaft nicht unheimlich wohlhabend war.

„Dessen bin ich mir sicher." Harman spürte mein Unbehagen. „Und keine Sorge – ich werde auch dort sein."

„Es ist auf jeden Fall schön, einen Freund dabei zu haben." Ich hatte Probleme, Harman einzuschätzen, aber ich hatte das Gefühl, dass er mich vielleicht nicht nur als Freund mochte. So gutaussehend und erfolgreich der Mann auch war, ich hatte meine Vorbehalte.

Er hatte deutlich gesagt, dass er seine Ex-Frau wieder bei sich einziehen lassen würde, wenn sie es jemals wollte. Es wäre riskant, sich mit jemandem in einer so prekären Situation auf eine Beziehung einzulassen. Und ich hatte

das Gefühl, dass ich mich in diesen Mann verlieben könnte, wenn ich es zuließ – ein Kuss und er würde mich für alle anderen Männer ruinieren. Das wusste ich einfach.
Vor der Pizzeria war der Parkplatz voll. „Anscheinend sind wir nicht die Einzigen, die spielen wollen", sagte ich, als ich den Parkplatz nach einer freien Stelle absuchte. „Da drüben, Harman. Dort scheint etwas frei zu sein."
Er fuhr an die Stelle und hielt an. Sofort stürmte Eli aus der Tür. „Hey, warte!"
Wir mussten uns beeilen, um mit dem blitzschnellen Kind Schritt zu halten. Ich war nur ein paar Meter hinter Eli, als wir zur Tür kamen, aber Harman schaffte es, über meine Schulter zu greifen und die Türklinke zu packen, bevor ich es konnte. Die Vorderseite seines gesamten Körpers drückte sich gegen meinen Rücken und ich schmolz fast dahin, als die Hitze mich erneut überflutete. Als ich den Innenraum betrat, der voller lauter Menschen und Spielautomaten war, konnte ich kaum hören, was Harman sagte, aber ich folgte Eli. Der Junge schien genau zu wissen, wohin er wollte. Wir gingen durch die Menge, bis ich eine Tür sah. Eli ging hindurch und betrat einen Bereich, der viel ruhiger war. „Wow, hier ist es besser."
Eli zog einen Stuhl für mich unter einem Tisch für vier Personen hervor und ich setzte mich. „Ich danke Ihnen, Sir."
Eli kicherte. „Es ist mir ein Vergnügen, Lady."
Harmans sanftes Lächeln schien sein Gesicht nicht mehr verlassen zu wollen, als er sich mir gegenüber hinsetzte. „Ich bin an das Chaos gewöhnt. Ich denke, ein

achtjähriges Kind zu haben macht einen immun gegen den Lärm."

„Das muss es sein", sagte ich mit einem Lächeln, als ich die Speisekarte aus dem kleinen Metallständer in der Mitte des Tisches zog.

„Ich werde versuchen, nicht zu laut zu sein", bemerkte Eli.

Als ich ihn ansah, wurde mir warm ums Herz. Ich wollte nicht, dass er etwas für mich änderte. „Wage es nicht, Eli. Ich liebe dich so, wie du bist, Lärm und alles."

Selbst stärkere Frauen als ich wären bei seinem schiefen Grinsen dahingeschmolzen – der Junge war einfach zu niedlich. „Ich liebe dich auch, so wie du bist, Rebel."

Harmans Augen funkelten vor Zuneigung, als er seinen Sohn ansah. „Das ist wirklich süß."

Ich fuhr mit meiner Hand durch Elis zerzauste Locken. „Wie wäre es, wenn ich dir die Haare schneide, wenn wir hier fertig sind? Ich habe meine Schere gefunden. Und ich habe ein paar Kurse am College besucht, also weiß ich, was ich tue. Ich werde dich nicht skalpieren oder so."

„Darf sie, Dad?", fragte er mit flehenden Augen.

Harman nickte. „Hört sich gut an." Dann fuhr er mit der Hand durch seine eigenen sandfarbenen Haare. „Kannst du mir auch die Haare schneiden, Rebel?"

Der Gedanke, dem Mann so lange so nahe zu sein – und meine Finger durch seine dicken Strähnen zu bewegen – ließ mein Inneres erbeben. „Äh, sicher."

„Cool." Harman griff nach einer Speisekarte. „Möchtest du einen Krug Bier mit mir teilen, Rebel?"

„Okay." Ich war keine begeisterte Biertrinkerin, aber es würde nicht schaden, ein wenig davon mit ihm zu teilen. Harmans Augen weiteten sich, als er die Speisekarte umdrehte. „Oh, Moment. Hier gibt es eine richtige Bar. Ich hatte keine Ahnung. Sie muss irgendwo hinten versteckt sein. Wie wäre es stattdessen mit einer Whiskey-Cola?"
„Das klingt noch besser." Als ich die Speisekarte durchging, sah ich, dass die Pizzen in verschiedenen Stilen angeboten wurden. „Können wir unsere Peperoni-Pizza mit extra dickem Boden bestellen?"
„Gibt es eine bessere Art?", fragte Harman grinsend.
„Dad nimmt sie immer so", sagte Eli zu mir. „Mom und ich mögen den Boden dünn lieber. Kann ich spielen gehen, während ihr auf das Essen wartet? Ihr könnt mich auf meinem Handy anrufen, wenn ich zurückkommen soll. Ich habe Jason und David aus meiner Klasse dort draußen gesehen und ich will mit ihnen spielen."
„Nur zu." Harman reichte ihm etwas Geld. „Geh nach vorn und kaufe dir eines dieser Armbänder, mit denen man unbegrenzte Spielzeit hat."
Eli schnappte sich das Geld und raste davon, als stünden seine Beine in Flammen. „Wow, dieser Junge kann rennen, nicht wahr?" Ich drehte meinen Kopf, als der Kellner auf der anderen Seite von mir auftauchte. Harman bestellte das Essen und die Getränke. Dann legte er die Ellbogen auf den Tisch, verschränkte die Finger ineinander und sah mich an. „Ich habe mich etwas über dich gefragt, Rebel."
Ich hatte mich viele Dinge über ihn gefragt. „Ach ja?"

„Ja." Er leckte sich die Lippen. „Ich habe mich gefragt, ob du jemanden datest."

Oh, verdammt!

„Ähm, nein. Seit einiger Zeit nicht mehr. Ich date schon eine Weile nicht mehr wegen der vielen Arbeit und dem Hauskauf und so weiter." Es hatte einen Praktikanten gegeben, der mich umworben hatte, aber daraus war nichts geworden. Und ich wollte aus irgendeinem Grund nicht, dass Harman darüber Bescheid wusste. „Warum fragst du?" Ich hatte meine Finger unter dem Tisch gekreuzt, in der Hoffnung, dass er mir eine gute Antwort geben würde – obwohl ich wusste, dass es riskant wäre, ihn zu daten.

Er lehnte sich auf seinem Stuhl zurück und nickte dem Kellner zu, der unsere Getränke brachte. „Danke." Er wartete darauf, dass der Mann wieder ging und fuhr fort. „Es ist nur so, dass du eine fantastische Frau bist und ich nicht verstehen kann, dass du immer noch Single bist."

Nicht ganz das, wonach ich gesucht hatte. Ich fragte mich, ob ich seine Signale falsch interpretiert hatte. „Ich schätze, ich hatte andere Dinge im Kopf. Ich habe meine Arbeitszeit inzwischen etwas reduziert, aber bis vor ein paar Monaten habe ich in der Regel zwölf bis fünfzehn Stunden am Tag in der Klinik verbracht."

„Jetzt, da du dein eigenes Zuhause hast, um das du dich kümmern musst, hast du beschlossen, mehr Zeit zu Hause als auf der Arbeit zu verbringen, hm?" Er nahm einen Schluck und spähte mich über den Rand des Glases hinweg an.

„Genau. In dem Moment, als ich wusste, dass ich mein eigenes Zuhause kaufen und aus meiner Wohnung herauskommen würde, war mir klar, dass ich mehr Zeit zu Hause verbringen wollte." Ich konnte es kaum erwarten, Tiere bei mir willkommen zu heißen und mich um sie zu kümmern. „Ich werde morgen höchstwahrscheinlich ein oder zwei Tiere von der Arbeit mit nach Hause bringen."

„Eli wird sich freuen." Harman setzte sein Glas ab. „Es ist schön, dass du mit Tieren arbeitest, wenn du sie so magst. Als Kind hatte ich einen Hund, aber sonst hatte ich keine Haustiere. Und Tara sagte, sie sei allergisch gegen Tierhaare, also hatten wir nach unserer Heirat keine Haustiere mehr. Eli sollte zumindest in der Lage sein, mit ihnen zu spielen, jetzt, wo Tara nicht mehr da ist."

Und da war er wieder – dieser traurige Blick. „Hey, lass uns heute Abend nicht mehr von ihr reden. Deine Stimmung ändert sich, wenn du anfängst, an sie zu denken. Und es gibt viele andere Dinge, über die wir uns unterhalten können – sie ist schließlich nicht die einzige Frau auf dem Planeten."

Ein winziges Lächeln krümmte seine Lippen. „Stimmt, das ist sie nicht." Bei dem Funkeln in seinen Augen stieg Hitze zwischen meinen Schenkeln auf.

Kapitel 7
Harman

Rebels süßer Duft umhüllte mich auch noch, nachdem wir sie nach Hause gebracht hatten. Ihr Körper war meinem so nahe gewesen, als sie mir die Haare geschnitten hatte, dass das Parfüm auf Vanillebasis, das sie trug, mir immer noch in meiner Nase hing.

Ich hatte sie zu unserer abendlichen Schwimmstunde eingeladen, aber sie sagte, sie sei erschöpft von all dem Auspacken an diesem Wochenende. Sogar in diesem Zustand strahlte die Frau. Ich fragte mich, ob sie jemals schlecht aussehen könnte. Ich hatte das Gefühl, dass sie einer der Menschen war, die einfach gutaussehend aufwachten.

„Dad, kann ich heute auch das Schwimmen ausfallen lassen, so wie Rebel?", fragte Eli, als wir in unser Haus gingen. „Ich bin auch erschöpft."

„Sicher, Kleiner. Geh einfach schnell unter die Dusche und dann ins Bett. Ich werde dich zudecken und danach meine Runden drehen." Nach all der Pizza wollte ich mein abendliches Training nicht missen.

Später, als ich Runde für Runde im Pool schwamm, verlor ich mich in Fantasien über Rebel. Ich konnte praktisch spüren, wie sich ihre langen Beine um meine Taille legten und sich ihr seidiges Haar zwischen meinen Fingern bewegte. Ihr Körper drückte sich gegen meinen.

Unsere Lippen trafen sich und Explosionen gingen in meinem Kopf los. Blinzelnd erwachte ich aus meiner kleinen Fantasie. Ich hatte keine Ahnung, ob Rebel daran interessiert wäre, mich zu daten. Ich hatte wahrscheinlich meine Chancen vertan, als ich ihr sagte, dass ich Tara zurücknehmen würde, wenn auch nur um Elis willen. Das musste sie abgeschreckt haben.

Die Sache war, dass ich gar nicht wusste, warum ich ihr das erzählt hatte. Es war keine Lüge, aber es war nicht so, als hätte Tara jemals angedeutet, zurückkommen zu wollen. Meine Ex machte, was sie wollte, ohne an mich oder Eli zu denken, und da war ich, baute eine Mauer um mein Herz und verwendete die Vorstellung, dass sie zurückkehren könnte, als Mörtel für die Steine.

Rebel war sicher nicht dumm und es wäre sehr dumm, sich auf einen Mann einzulassen, der ihr so etwas erzählt hatte. In Wahrheit hatte ich keine Lust, wieder mit Tara zusammen zu sein – unsere Beziehung war nie einfach gewesen. Aber ich wusste, dass ich sie im Leben unseres Sohnes haben wollte, und ich würde alles dafür tun, dass das wieder der Fall war.

Ein Junge brauchte seine Mutter. Meine hatte mich maßgeblich geprägt. Nicht, dass Tara einen allzu guten

Einfluss hatte, aber sie war Elis Mutter und sollte in seinem Leben sein.

Ich hatte das Gefühl, Eli würde zu Rebels Haus rennen, sobald er sie jeden Tag vorfahren sah. Er würde Zeit mit ihr verbringen, nicht mit seiner Mutter. Und das wäre in Ordnung, aber es war nicht dasselbe, wie seine Mutter bei sich zu haben.

Verwirrt beendete ich meine Schwimmstunde früher als gewöhnlich und ging dann auf mein Zimmer, um zu duschen. Als das heiße Wasser über meinen müden Körper lief, lehnte ich mich an die warme, gefliese Wand.

Rebels Lachen erfüllte meinen Kopf. Sie und ich hatten in der Pizzeria Skee-Ball gespielt. Sie war nicht sehr gut darin und ich war hinter sie getreten, hatte ihre Hand genommen und ihr geholfen, den Ball zu werfen, um das Loch in der Mitte zu treffen. Sie hatte alle anderen Würfe vermasselt und ich wollte sie unterstützen. Ich hatte es nicht nur getan, um ihr näherzukommen.

Oder doch?

Den ganzen Abend über schaffte ich es immer wieder, ihren Körper dazu zu bringen, meinen zu berühren. Ich hatte diese Berührungen eigentlich nicht geplant, aber vielleicht sorgte mein Unterbewusstsein dafür, dass sie so oft wie möglich stattfanden.

Und jede Berührung schien besser als die letzte zu sein. Selbst wenn wir uns nur zufällig streiften, strömten herrliche Empfindungen durch mich. Niemand hatte jemals so eine Wirkung auf mich gehabt. Ich dachte, es war entweder ein Zeichen dafür, dass wir eine fantastische Chemie hatten oder dass wir zu viel Leidenschaft zwischen uns hatten, um eine gesunde Beziehung aufrechtzuerhalten.

Ich wusste, dass heißer Sex keine langfristige Beziehung garantierte. Meiner Erfahrung nach erschwerte er sogar alles. Sobald die Hitze mit der Zeit verflog, blieb einem nur noch das fade Alltagsleben der meisten Ehepaare. Manchmal, wenn die Leidenschaft nachließ, merkte man, dass man mit der anderen Person überhaupt nichts gemeinsam hatte.

Aber ich hatte in meinem Leben Ausnahmen davon gesehen – wenn auch nicht bei meinen Eltern. Die beiden schienen mir eher Bruder und Schwester zu sein. Sie verstanden sich gut, aber es gab keine Berührungen oder Anzeichen von Liebe oder Verlangen zwischen ihnen.

Vielleicht hatte ich schlechte Vorbilder im Beziehungsbereich gehabt. Vielleicht hatte ich deshalb eine Frau geheiratet, die ich nicht liebte, und gedacht, dass die Ehe nichts anderes war als eine Verbindung zweier Menschen, um eine Familie zu gründen.

Es hatte wehgetan, als Tara gegangen war. Nicht, weil ich sie vermisste. Nicht, weil ich sie liebte, sondern weil sie etwas verließ, von dem ich dachte, dass es für immer uns gehören würde. Ich dachte, wir würden uns zusammen ein Leben und eine Familie aufbauen.

Ich weiß nicht, warum ich das gedacht hatte. Sie hatte klargestellt, dass wir nicht mehr Kinder haben würden. Wir hatten darüber gestritten, als Eli drei Jahre alt war. Ich dachte, er sollte Geschwister haben, aber Tara sagte, dass sie nie wieder ein Baby haben wollte.

Aber vielleicht wollte sie einfach keine weiteren Kinder mit mir haben. Sie schien jetzt mehr Sex zu haben als jemals zuvor mit mir. In den letzten zwei Jahren hatte sie sieben Männer gedatet. In den letzten drei Jahren unserer Ehe hatten wir vielleicht einmal im Monat Sex gehabt.

Und was mich am meisten störte, war, dass ich damit einverstanden war. Ich hatte es als die Realität meiner Ehe akzeptiert. Als Tara also entschieden hatte, dass es nicht genug für sie war, hatte es wehgetan. Es tat weh, weil sie sich mit unserem Mangel an Liebe abgefunden und entschieden hatte, dass es nicht in Ordnung war. Ich hingegen hatte mich damit abgefunden und entschieden, dass es erträglich war.

So erträglich, dass ich einer Frau, zu der ich mich hingezogen fühlte, erzählte, dass ich die Mutter meines Sohnes in mein Zuhause und mein Leben zurücklassen würde, obwohl ich mit diesem Leben nie glücklich gewesen war.

Was für ein Idiot!

Tara mochte viele Fehler haben, aber sie hatte in einer Sache recht gehabt – unsere Ehe musste einfach enden.

Nachdem ich aus der Dusche gestiegen war, zog ich meinen Pyjama an, bevor ich mich in mein Kingsize-Bett legte – ein Bett, das ich nur kurz mit meiner Frau geteilt hatte. Ein Bett, in dem wir nur einmal Sex gehabt hatten, bevor sie mir sagte, dass sie nicht mehr mit mir zusammenleben könne.

„Morgen kaufe ich ein neues Bett." Ich drehte mich

um und schaltete die Lampe auf dem Nachttisch aus. „Ich muss einige Änderungen vornehmen, sonst werde ich nie wirklich glücklich sein."

Rebels Worte von früher an diesem Abend ertönten in meinen Ohren: „Deine Stimmung ändert sich, wenn du an sie denkst … sie ist schließlich nicht die einzige Frau auf dem Planeten."

Rebel musste etwas in meinen Augen oder in meinem Benehmen gesehen haben, das ich bislang nicht bemerkt hatte. Und es war Zeit, das zu ändern. Über Tara nachzudenken half mir überhaupt nicht. Mitleid mit unserem Sohn änderte nichts.

Ich hatte alles Mögliche zu Tara gesagt, damit sie merkte, wie wichtig sie für unseren Sohn war, aber nichts hatte einen Unterschied gemacht. Sie hatte ihre Freiheit gefunden, nachdem sie sieben Jahre mit mir verheiratet gewesen war, und sie hatte mit uns beiden abgeschlossen.

Vielleicht war es an der Zeit für mich, meine eigene Freiheit auszukosten – Freiheit von den Schuldgefühlen in Bezug auf meine gescheiterte Ehe. Freiheit von Taras Verantwortungslosigkeit.

Ich lag im Bett und schaute zur Decke hoch. Ich wusste, dass ich weiterziehen musste. Um Elis willen genauso wie um meinetwillen. Ich musste aufhören zu versuchen, seine Mutter zu jemandem zu machen, der sie nicht war.

Aber selbst als ich das dachte, schmerzte mein Herz für Eli, meinen armen kleinen Jungen, dessen Mutter so schnell gerannt war, um von mir wegzukommen, dass sie ihn ebenfalls zurückgelassen hatte.

Warum hatte ich nie versucht, sie dazu zu bringen, sich in mich zu verlieben? Warum hatte ich nie versucht, etwas zu finden, das ich an ihr lieben konnte? Warum hatte ich mich in die Ehe gestürzt, wenn wir getrennt Elis Eltern hätten sein können?

Damals wollte ich eine normale Familie, was auch geschah. Von dem Moment an, als wir die DNA-Ergebnisse eine Woche, nachdem sie mich gefunden hatte, zurückbekamen, sagte ich Tara, was wir tun würden. Wir würden heiraten und mein Mitbewohner würde aus meiner Wohnung ausziehen, damit sie einziehen konnte.

Tara war jung und leicht von ihren Eltern zu beeinflussen, die weder die Verantwortung für die Geburt des Kindes noch die Kosten für die Schwangerschaft und die Entbindung tragen wollten. Sie hatte das getan, was wir ihr alle geraten hatten. In einer winzigen Kirche, in der ihre Großmutter Mitglied war, heirateten wir einen Monat nachdem sie mich gesucht und mir die Neuigkeiten erzählt hatte.

Unsere erste Nacht als Ehepaar war überhaupt nichts Besonderes. Sie konnte nichts trinken, aber ich hatte ein paar Biere getrunken, um meine Nerven zu beruhigen. Wir hatten kein Geld für richtige Flitterwochen. Wir waren in meine Wohnung gegangen – ihr neues Zuhause – und hatten Tiefkühl-Pizza gegessen.

Diese Nacht war überhaupt nicht wie unsere erste Begegnung auf der Toilette gewesen. Das war gehetzt und wild gewesen – sogar lustig. Aber in der Nacht unserer Hochzeit, als wir uns beide unwillig fühlten und unsicher waren, ob wir das Richtige getan hatten, waren wir ins Bett gegangen und hatten uns unbeholfen geküsst. Wir hatten unsere Augen geschlossen und so getan, als wäre nichts falsch an dem, was wir taten. Und wir hatten Sex gehabt.

Ich hatte noch nie in meinem Leben mit jemandem Liebe gemacht. Aber als ich in meinem Kingsize-Bett lag – einem Bett, das ich einmal mit meiner Frau geteilt hatte –, wusste ich, dass Rebel und ich uns lieben würden, wenn wir jemals die Gelegenheit hätten, etwas so Intimes zu tun. Und die Wahrheit ist, dass es mich erschreckte.

Warum konnte ich mir vorstellen, mich in eine Frau zu verlieben, mit der ich nur zweimal Zeit verbracht hatte? Stimmte etwas mit mir nicht? Klammerte ich mich an Strohhalme?

Das Wissen, dass Tara da draußen war und ihr Leben ohne ihren Sohn oder mich genoss, hatte vielleicht Auswirkungen auf mich, die ich nicht bemerkt hatte. Es ergab keinen Sinn, warum ich so viel über eine Frau nachdachte, die ich gerade erst kennengelernt hatte. Und doch konnte ich nicht aufhören, an Rebel zu denken.

In meinem gegenwärtigen Zustand hatte ich das Gefühl, dass ich Rebel den Atem nehmen könnte. So hart würde ich mich an ihr festklammern, wenn wir zusammenkamen. Bereits jetzt fiel es mir jedes Mal schwer, mich von ihr zu lösen, wenn ich sie an ihrer Tür verlassen musste.

In beiden Nächten hatten sich meine Lippen danach gesehnt, sie zu küssen. Ich hatte sie zu ihrer Tür gebracht. Mein Magen hatte sich beide Male verknotet, als ich mich von ihr entfernte. Ich musste meine Hände an meinen Seiten zu Fäusten ballen und meine widerwilligen Füße zwingen, von ihr wegzugehen.

Wie hatte Rebel Saxe das so schnell mit mir gemacht, ohne es auch nur zu versuchen? Und wie hatte sie meinen Sohn dazu gebracht, zu sagen, dass er sie liebte?

„Vielleicht ist sie eine Hexe." Ich lächelte, als ich die Worte laut aussprach. „Eine Hexe, die dein Herz und dann deine Seele stiehlt, Harman Hunter. Und vielleicht auch das deines kleinen Sohnes. Du solltest vorsichtig sein."

Aber konnte ich das? Konnte ich die Anziehung, die ich für sie empfand, weiter unterdrücken?

Welche Wahl hatte ich?

Ich hatte ihr zu viel über meine chaotische Scheidung erzählt. Schlimmer noch, ich hatte klargestellt, dass ich meine Ex zurücknehmen würde, wenn sie das jemals wollte. Ich hatte alles vermasselt, bevor ich überhaupt eine Chance mit der Frau gehabt hatte.

Es war egal, dass wir dasselbe Mixgetränk und dieselbe Pizzasorte mochten oder dass wir ähnliche Karrierewege eingeschlagen hatten. Es war egal, dass wir das perfekte Paar hätten sein können. Ich hatte es bereits ruiniert – ich hatte keine Chance mehr bei der Frau.

Kapitel 8
Rebel

Nach nur einer Woche hatte sich Eli als der verantwortungsbewussteste kleine Junge erwiesen, den ich jemals gekannt hatte. Jeden Tag reinigte er die Käfige einiger sehr unordentlicher Kaninchen, stellte sicher, dass sie frisches Wasser hatten, und brachte ihnen Salat.
Am Ende der Woche kam Harman vorbei, um zu sehen, wie es lief. „Also, arbeitet Eli gut für dich, Rebel?"
„Besser als erwartet." Ich tätschelte Eli den Rücken, als er einem Chihuahua, der sich nach einer Hüftoperation erholen musste, die Leine anlegte. Seine Besitzerin war eine kleine alte Dame, die nicht mit ihm Gassi gehen konnte, da sie im Rollstuhl saß.
Eli strahlte mich an. „Ich liebe es, Rebel. Ich liebe jeden einzelnen dieser kleinen Kerle. Und ich liebe es, dass du mich das machen lässt."

Ich zog einen Zwanzig-Dollar-Schein aus meiner Tasche. „Und hier ist dein Lohn für die erste Woche."
Harman räusperte sich, als Eli das Geld nahm und es in seine Tasche steckte. „Soll ich das für dich aufbewahren, damit du es nicht verlierst?"
„Nun, es ist so, Dad." Eli hatte mir bereits erzählt, was er mit dem Geld vorhatte, aber ich wusste nicht, ob eine Woche Arbeit genug Zeit war, um seinem Vater zu beweisen, dass er bereit war. Eli schien das aber zu denken. „Weißt du, ich möchte dieses Geld für etwas ausgeben. Aber ich brauche deine Erlaubnis dafür."
Harman sah mich an. „Ich habe das Gefühl, ich weiß, was er fragen wird. Kann ich vorher dich etwas fragen?"
Nickend sagte ich: „Sicher."
„Glaubst du, er ist bereit?" Er musterte mich sehr ernst und mir wurde klar, dass meine Antwort wahrscheinlich der entscheidende Faktor dabei sein würde, ob das Kind bekam, was es wollte.
Ich wollte zu beiden ehrlich sein. „Ich muss sagen, dass Eli meine Erwartungen um ein Vielfaches übertroffen hat, Harman. Und das behaupte ich nicht nur so. Er hört aufmerksam zu. Er befolgt Anweisungen genau. Er ist zuverlässig. Aber am beeindruckendsten ist, dass er jede Menge großartige Ideen hat. Und er hat Informationen über jedes Tier gegoogelt, das ich nach Hause gebracht habe. Er hat das alles allein gemacht. Also denke ich – ja. Ich denke, er ist bereit."
Harman wandte seine Aufmerksamkeit wieder seinem Sohn zu und gab ihm die Erlaubnis, seine Frage zu

stellen. „Schieß los, Kleiner. Und ich möchte, dass du weißt, dass ich äußerst stolz auf dich bin."
Der Junge nickte strahlend. „Danke. Dad, ich hätte gerne einen Hund. Dafür möchte ich mein Geld ausgeben. Ich weiß, dass er Futter und ein Halsband und eine Leine und so weiter braucht. Ich könnte ihm alles kaufen, was er braucht, weil ich jetzt einen Job habe. Und ich möchte ihn mir aus dem Tierheim aussuchen."
Wir sahen beide Harman an und ich kreuzte die Finger hinter meinem Rücken in der Hoffnung, dass er zustimmen würde. „Nun, wie kann ich Nein sagen, wenn du dich als so ein fähiger Tierpfleger erwiesen hast?"
Eli reckte die Faust. „Ja! Können wir morgen nach einem Hund suchen?"
Harman sah mich an. „Hast du morgen Zeit, Rebel?"
„Oh, du willst, dass ich mitkomme?" Der Gedanke, mehr Zeit mit ihm zu verbringen, ließ mein Herz singen.
„Ich werde das nicht ohne dich tun", ließ er mich wissen. „Immerhin bist du hier die Expertin."
Elis Augen bohrten sich in meine. „Bitte, Rebel."
„Du weißt, dass ich zu dieser Stimme nicht Nein sagen kann." Der Junge kannte bereits seine geheime Macht über mich. „Natürlich werde ich dabei helfen, den richtigen Hund für euch zu finden, Eli."
„Ich bin gegen neun Uhr morgens hier, um dich abzuholen", informierte mich Harman. „Wir gehen erst etwas frühstücken und beginnen dann mit der Suche nach Elis erstem Hund."

„Klingt gut." Danach konnte ich nicht aufhören zu lächeln. Den Morgen mit Harman zu verbringen wäre ein großartiger Start in das Wochenende.

Am nächsten Tag stand ich früh auf, band meine Haare zu einem Zopf zusammen und zog mich warm an, weil in der Nacht eine Kaltfront zu uns gekommen war. Als es genau um neun Uhr an meiner Tür klopfte, öffnete ich sie und stellte fest, dass Harman davor stand. „Du hättest einfach nur hupen können." Ich ging hinaus und er folgte mir.

„Niemals. So etwas macht ein Gentleman nicht, Rebel." Er trat um mich herum und öffnete die Autotür für mich. Sein Verhalten brachte mich zum Lächeln, als ich ins Auto stieg. „Danke, Harman. Morgen, Eli. Du siehst heute ziemlich glücklich aus."

„Das bin ich auch!" Er stieß seine Faust in die Luft. „Ich bekomme Smiley-Pfannkuchen und einen Hund! Besser geht es nicht!"

Harman stieg ein und grinste von einem Ohr zum anderen. „Er schwebt seit letzter Nacht auf Wolke sieben."

„Ja", sagte Eli. „Mom war aber nicht glücklich darüber. Sie sagte, ich kann den Hund nicht in ihr Haus bringen, wenn ich sie besuche. Aber Dad sagte, es macht ihm nichts aus, auf ihn aufzupassen, wenn das passiert. Es passiert sowieso nicht oft."

Ich bemerkte, wie Harmans Kiefer sich anspannte. „Ja, nun, du wirst nächstes Wochenende dorthin gehen."

„Wir werden sehen." Selbst Eli wusste, dass es unwahrscheinlich war, dass seine Mutter ihn für das Wochenende abholen würde.
Ich beschloss, das Thema zu wechseln, da allein die Erwähnung der Frau das Lächeln von ihren Gesichtern gewischt hatte. „Also, Smiley-Pfannkuchen für dich, hm? Ich denke, ich nehme Kaffee, Rührei, Speck und Bratkartoffeln."
Harman sah mich an, als er losfuhr. „Wo wir hingehen, heißt das American Deluxe."
Eli lachte. „Das bestellt Dad immer, wenn wir in sein Lieblingscafé gehen."
„Also ein weiteres Gericht, das wir beide mögen." Ich fand es seltsam, dass wir so viele gleiche Dinge mochten – also beschloss ich herauszufinden, wie weit unsere Ähnlichkeiten reichten. „Meine Lieblingsfarbe ist Rot. Deine vielleicht auch?"
„Meine ist Blau." Er blieb an einer roten Ampel stehen und schaute mich an. „Es gibt also doch Unterschiede zwischen uns, nicht wahr?"
„Scheint so." Ich klimperte mit den Wimpern. „Meine Augen haben deine Lieblingsfarbe, Harman", neckte ich ihn.
„Ja, die haben sie." Er drehte seinen Kopf zur Straße, als die Ampel umschaltete, und ich spürte, wie meine Wangen rot wurden.
Ich wechselte das Thema erneut und fragte: „Wie gefällt dir das kalte Wetter, das wir zurzeit haben?"
„Ich mag es", mischte sich Eli ein. „Jetzt kommen bald die Ferien. Nächste Woche endet die Schule wegen

Thanksgiving früher. Und an Weihnachten habe ich zwei ganze Wochen frei. Ich kann es kaum erwarten! Und ich werde meinen Hund zum Spielen haben. Es wird wie ein wahr gewordener Traum sein."
„Wird es dir nichts ausmachen, dass er den Hund drinnen lässt, wenn es zu kalt wird, Harman?", fragte ich. „Weil ich ihn in meinem Haus behalten kann, wenn du das nicht willst."
„Ich lasse ihn reinkommen, wenn es kalt ist. Eli muss nur sicherstellen, dass er sauber ist und keine Flöhe hat."
Harman sah mich an. „Ich hatte als Kind selbst einen Hund. Ich weiß, wie man sich um Hunde kümmern muss."
„Gut." Es war eine Gewohnheit von mir. Ich achtete immer darauf, dass die Leute wussten, wie sie mit ihren Haustieren umgehen mussten.
Nach dem Frühstück besuchten wir das erste Tierheim. Es war eine Notunterkunft und alles war sauber und gepflegt. Es war klar, dass die Verantwortlichen die Versorgung der Tiere sehr ernst nahmen.
Liza, die Managerin, führte uns herum. „Und das hier ist Doolittle. Er ist ein Mini-Yorkie und kam aus dem Haus einer älteren Frau zu uns, die verstorben ist. Wir haben ihn jetzt seit zwei Wochen. Er ist ein bisschen nervös, aber wir haben mit ihm geübt."
„Er sieht aus wie ein Mädchenhund", bemerkte Eli kopfschüttelnd. „Er ist nicht der Richtige für mich."
Liza sah ein wenig verstimmt aus, ging aber weiter zum nächsten Zwinger. „Das ist Roger. Er ist ein

Mischlingshund – wir denken Dobermann und Pitbull. Er sieht gemein aus, aber er ist ein echter Schatz."
„Und wie ist er hier gelandet?", fragte ich und wusste, dass beide Rassen aggressiv waren, wenn sie nicht richtig trainiert wurden.
Liza sah mich nicht direkt an, als sie sagte: „Seine Besitzerin war eine alleinstehende Frau, die sich entschied, dass sie keinen so großen Hund mehr haben wollte."
Ich sah Eli an. „Was denkst du, Eli?"
„Ich denke, er sieht irgendwie gemein aus und ich will ihn nicht." Eli schaute Liza an. „Ich glaube, ich würde einen mittelgroßen Hund mögen oder vielleicht einen großen, wenn er süß und kuschelig ist. Nichts wirklich Kleines. Ich möchte mit ihm rennen und spielen können. Und ich möchte mit ihm rumhängen und manchmal einfach nur chillen, verstehen Sie?"
Harman und ich lachten über Elis Erklärung – der Junge hatte offensichtlich viel darüber nachgedacht. Liza sah uns an, als wären wir verrückt. „Ich habe nur das, was Sie hier sehen. Vielleicht möchten Sie einfach herumlaufen und selbst herausfinden, ob einer der Hunde Ihre Anforderungen erfüllt."
„Sicher." Eli ging los. Er zeigte auf einen Cocker Spaniel, der ihn ankläffte, als er sich seinem Käfig näherte. „Nein zu diesem hier." Ein Hund wedelte mit dem Schwanz, als er auf ihn zuging, fing dann aber an zu knurren, als er näherkam. „Nein auch zu dir." Einen nach dem anderen lehnte er sie alle ab.

Also stiegen wir wieder ins Auto und machten uns auf den Weg zum nächsten Tierheim. „Das wird viel härter als das letzte", ließ ich sie wissen. „Es ist das städtische Tierheim. Dort sind sie nicht so hochnäsig wie anderswo, aber die Hunde sind möglicherweise nicht in bester Verfassung."

Eli bewies, wie viel er wahrscheinlich recherchiert hatte, bevor wir aufgebrochen waren. „Sie töten die Hunde, wenn sie nach einer Weile niemand genommen hat, oder?"

Ich nickte, weil ich das Gefühl hatte, dass es nichts nützen würde, ihn anzulügen. „Ja. Aber ich will nicht, dass du dir nur deswegen einen aussuchst. Wir müssen sicherstellen, dass der Hund, für den du dich entscheidest, mit eurem Lebensstil kompatibel ist."

„Ich verstehe, Rebel." Eli schien nicht versuchen zu wollen, sie alle zu retten, aber man konnte nie wissen, wenn man vor einer so schrecklichen Wahl stand.

„Okay. Ich bin ein echter Softie und brauche euch, um mich davon abzuhalten, jedes Tier dort mit nach Hause zu nehmen." Ich klopfte Harman auf die Schulter. „Lass nicht zu, dass ich mich verliebe, Harman. Versprich es mir."

Er sah mich aus den Augenwinkeln an. „So einfach ist das vielleicht nicht, Rebel."

„Lenke mich ab, wenn du musst." Ich sprach nur halb im Spaß. Ich hatte ein echtes Problem. „Was auch immer es braucht, um mich davon abzuhalten, in ihre traurigen Augen zu schauen – tu es."

„Okay, verstanden", versicherte er mir.

Sobald wir drinnen waren, musste ich mein Gesicht an Harmans Schulter vergraben, damit ich mich nicht in jeden der armen Hunde verliebte, an denen wir vorbeikamen. Zum Glück dauerte es nicht lange, bis Eli seinen Seelenverwandten gefunden hatte. „Das ist er. Das ist der Richtige."

Wir verließen das Tierheim mit einem zotteligen älteren Schäferhund, der jede Menge Pflege brauchen würde. Aber er und Eli saßen glücklich zusammen auf dem Rücksitz des Autos. „Ihr zwei seht toll zusammen aus, aber ich kann es kaum erwarten, Moppy ein Makeover zu verpassen, wenn wir zu mir nach Hause kommen."

Eli strahlte über das ganze Gesicht. „Wie kann es sein, dass ich ihn schon so sehr liebe?"

Ich dachte das Gleiche über ihn. „Manchmal weiß man es einfach." Ich sah Harman an und versuchte, nicht zu erröten. Ich wünschte, die Dinge wären anders.

Wenn ich nicht befürchtet hätte, dass er seine Ex-Frau jederzeit zurücknehmen könnte, wäre ich offener mit ihm umgegangen, was meine Gefühle anging. Aber sie war immer da und lauerte bei allem, was wir bisher zusammen gemacht hatten, im Hintergrund.

Harman bog in meine Einfahrt ein und sah mich an. „Hey, willst du mit zu uns kommen, nachdem wir den Hund hübsch gemacht haben? Ich kann Rene bitten, alles zu kochen, was du zum Abendessen willst. Wir möchten uns für deine Hilfe heute bedanken."

Es schien, als würde ich den ganzen Tag und einen Teil der Nacht mit diesem Mann verbringen, bei dem ich es immer schwerer fand, meine Gefühle zu verbergen.

„Sicher, das wäre schön. Gern geschehen. Ich habe es geliebt, euch bei der Auswahl des neuesten Familienmitglieds zu helfen." Und ich liebte es, Zeit mit ihnen zu verbringen.

Kapitel 9
Harman

„Komm schon, Rebel, bitte", flehte Eli und versuchte unsere Nachbarin davon zu überzeugen, zu bleiben und mit uns zu schwimmen.
„Ich habe meinen Badeanzug nicht mitgebracht, Eli." Rebel zog schüchtern den Kopf ein und spielte mit der Vorderseite ihres Shirts, was mich glauben ließ, dass sie sich in Bezug auf ihren Körper unsicher fühlte – und das machte mich fassungslos.
Ohne zu bemerken, was ich tat, flogen die Worte aus meinem Mund, bevor ich sie einfangen konnte. „Du hast keinen Grund, dich zu schämen, Rebel. Dein Körper ist perfekt."
„Ja", mischte sich Eli ein.
Jetzt waren Rebels Wangen feuerrot. „Leute, hört auf. Das ist es nicht. Es ist nur so, dass ich meinen Badeanzug

nicht dabeihabe und ich nicht den ganzen Weg nach Hause und wieder zurück gehen möchte. Das ist alles."
Ich dachte, wir hätten sie schon oft genug erfolglos gebeten, an unseren Schwimmterminen teilzunehmen. Vielleicht sollten wir sie eine Weile in Ruhe lassen.
„Okay, sie hat ihre Antwort gegeben, Eli."
Rebel legte den Kopf schief, überprüfte die Uhrzeit auf ihrem Handy und sah mich dann an. „Ich muss los. Das Abendessen war großartig und ich kann sehen, dass Moppy sich bereits eingelebt hat. Wir sehen uns später."
Sie wollte den Poolraum verlassen, aber das kam nicht infrage. „Hey, du kannst nicht zu Fuß nach Hause gehen. Draußen ist es kalt."
Eli war ganz meiner Meinung. „Und es ist dunkel."
„Ich fahre dich." Ich drehte mich zu Eli um. „Nancy ist immer noch hier. Du ziehst deine Badehose an, steigst aber erst in den Pool, wenn ich zurück bin. Danach lasse ich die Haushälterin Feierabend machen."
„Es ist gar nicht so kalt, Harman", versuchte Rebel mich zu überzeugen.
„Doch, das ist es. Und Eli hat recht, es ist dunkel und ich kann dich nicht allein in einer kalten, dunklen Nacht von meinem Haus wegspazieren lassen." Ich hakte mich bei ihr unter, als sie mit ihren Händen auf den Hüften dastand. „Was würden die Nachbarn denken, wenn ich so etwas Unfreundliches tun würde?"
„Gute Nacht, Eli", rief sie, als ich sie wegführte.
„Gute Nacht, Rebel", rief er ihr zu. „Schlaf gut."

Wir gingen in die Garage und ich half ihr in meinen Lieblingssportwagen: meinen blauen Lambo. „Siehst du, ich habe dir gesagt, dass meine Lieblingsfarbe Blau ist." Ihre Augen funkelten, als sie das futuristische Interieur betrachtete. „Glaubst du, du kannst mich um den Block fahren, bevor du mich nach Hause bringst?"
„Ich glaube, das kann ich." Ich stieg ein und wir rasten mit kreischenden Reifen die Auffahrt hinunter. „Halte dich fest."
Ihre Hände waren an der Decke, ihr Mund war weit geöffnet und ein Ausdruck purer Freude erfüllte ihr Gesicht. „Oh, verdammt!"
Ich bog um die Ecke, schoss durch die Gasse und trat dann auf die Bremse, bevor ich die Straße erreichte. „Manchmal fahre ich mit dem Wagen auf einer Rennstrecke, um mich wirklich zu entspannen." Ich sah sie an. „Du solltest irgendwann mit mir kommen. Vielleicht nächsten Samstag? Falls Elis Mutter ihn abholt."
„Nur du und ich, hm?", fragte sie mit einem Lächeln. „Das klingt nach einem Date."
Ich schüttelte den Kopf und fuhr dann mit mäßiger Geschwindigkeit die Straße hinab. „Das ist kein Date. Vielleicht wäre es eins, wenn zusätzlich ein Abendessen und eine Tanzfläche involviert wären", neckte ich sie.
Sie neigte den Kopf zur Seite. „Ergänze das Ganze noch um eine Schachtel Pralinen und du hast ein Date für Samstagabend, Harman."

Ich wusste nicht, welche Reaktion ich auf meinen Scherz erwartet hatte, aber sicher nicht das. Ich hielt am Ende der Straße an. „Du würdest wirklich mit mir ausgehen?"
Ein verruchtes Lächeln huschte über ihre rubinroten Lippen. „Wie gesagt, es fehlt noch eine Schachtel Pralinen, Harman."
Ich saß nur da und starrte sie an. „Du bist zu gut für mich. Das solltest du gleich wissen."
„Du denkst, du bist schlechter dran, als es wirklich der Fall ist", erwiderte sie. „Du brauchst nur ein bisschen mehr Aufregung in deinem Leben."
Mein Hirn gab mir alle möglichen Gründe, warum eine Frau wie Rebel einem Mann wie mir – einem alleinerziehenden Vater mit einer gescheiterten Ehe – keine Chance geben sollte. Aber mein Herz sagte, es solle verdammt noch mal die Klappe halten. Im Moment wollte das Mädchen mich. Im Moment war sie bereit, dieses Risiko einzugehen. Und das fand ich aufregend.
„Deine Mutter hat dir den passenden Namen gegeben, Rebel." Ich gab wieder Gas und bog nach rechts ab. Sie quietschte vor Freude.
„Also, ist das ein Ja, Harman?", fragte sie, während sie sich festhielt.
„Ich dachte, ich wäre derjenige, der dich um ein Date bittet, nicht umgekehrt." Ich bog um eine weitere Ecke und ließ die Reifen rauchen. „Also, ist das ein Ja, Rebel?"
„Wenn du mich auf der Fahrt nach Hause nicht umbringst, gehe ich gerne nächsten Samstagabend mit dir aus." Sie keuchte, als ich hart und schwer aufs Gas trat

und die letzte Etappe zurücklegte, so schnell ich konnte, bevor ich vor ihrer Einfahrt anhielt.

„Hier sind wir – gesund und munter." Ich fuhr mit dem Auto in die Einfahrt und parkte hinter ihrem kleinen Auto.

Als ich ausgestiegen war, ging ich mit ihr zur Tür. Während ich darauf wartete, dass sie aufschloss, lehnte ich eine Hand an den Türrahmen. „Ich habe die Website für das Stipendium erstellt. Ich habe beschlossen, Ärzte aller Fachrichtungen einzubeziehen, Rebel. Du solltest auch am Wettbewerb teilnehmen. Wer weiß, du könntest einer der zweihundert Gewinner sein, die ich nächsten Monat auswähle. Ich werde die Auswahl an Heiligabend treffen. Dann ist es so, als würde ich zweihundert Menschen ein Weihnachtsgeschenk machen."

„Beeindruckend." Sie lehnte ihre Schulter an die andere Seite der Tür. „Ich habe mich schon gefragt, warum du bis gestern gebraucht hast, um mich zu besuchen. Ich vermute, du warst mit der Website beschäftigt, hm?"

„Hast du mich vermisst?", fragte ich mit einem sexy Grinsen. Es fühlte sich so an, als wäre es Ewigkeiten her, dass ich überhaupt versucht hatte, mit einer Frau zu flirten, und ich fühlte mich ein wenig unsicher.

Sie nickte. „Aber jetzt, wo ich weiß, warum du so beschäftigt warst, kann ich dir wohl vergeben, dass ich so lange darauf warten musste, dein hübsches Gesicht zu sehen."

„Dann musst du mir für die kommende Woche schon im Voraus vergeben, fürchte ich. Meine Eltern werden ab morgen Eli beaufsichtigen." Ich hatte ihm noch nicht

einmal davon erzählt. Ich wollte, dass es eine Überraschung war – er liebte es, Zeit mit seiner Grandma und seinem Grandpa zu verbringen.
„Und warum ist das so?" Sie wirbelte eine Haarsträhne, die sich aus ihrem Zopf gelöst hatte, um ihren Finger. Eine weitere Strähne hing schlaff auf der anderen Seite ihres Gesichts herunter und ich streckte die Hand aus, um sie um meinen Finger zu drehen. „Weil ich morgen früh für eine Tagung nach Los Angeles fliegen muss. Sie dauert bis Freitag."
„Dann bist du also am Freitag wieder da?" Sie sah mich mit leuchtenden Augen an. „Und du kommst bei mir vorbei, richtig?"
„Nachdem ich im Krankenhaus nach dem Rechten gesehen habe, werde ich das tun." Ich entfernte meine Hand von ihrem Gesicht. Der Drang, sie zu küssen, machte mich noch verrückt. Aber ich wollte, dass dieser Kuss etwas bedeutete. Ich wollte, dass er etwas Besonderes war – etwas, an das wir uns für immer erinnern würden.
Ich wollte, dass alles, was wir taten, unvergesslich war. Ich wollte nicht die gleichen Fehler machen, die ich schon einmal gemacht hatte. Dieses Mal wollte ich alles fühlen, nicht nur die übliche Routine durchgehen.
Sie holte ihr Handy heraus, strich mit dem Finger über den Bildschirm und reichte es mir. „Gib deine Nummer für mich ein. Vielleicht möchte ich deine Stimme hören, während du weg bist."
Sie wird mich wirklich vermissen.

Ich gab meine Nummer ein. „Ruf an. Ich will auch deine Nummer haben. Nur für den Fall, dass ich anfange, den Klang deiner Stimme zu vermissen." Ich würde sie definitiv anrufen – jede Nacht, wenn sie es zuließ.
Als sie sah, unter welchem Namen ich meine Kontaktinformationen gespeichert hatte, lächelte sie.
„Also, heißer Typ von nebenan, als was willst du mich speichern?"
Mein Handy vibrierte und ich nahm den Anruf entgegen, um den Kontakt zu speichern. „Rate."
Sie stand da und sah zu, wie ich es eintippte. Dann sagte sie: „Blaue Augen."
Ich drehte das Telefon so, dass sie es sehen konnte. „Potenzielle Traumfrau."
„Potenziell?" Sie lachte. „Oh, ich bin definitiv deine Traumfrau."
Wieder überwältigte mich beinahe der Drang, sie zu küssen. Ich entschied mich dafür, mit meinem Finger über ihre Wange zu streichen, ihre weiche Haut zu spüren und zu versuchen, mir jede Linie ihres schönen Gesichts einzuprägen. „Ich muss zurück zu Eli. Ich möchte nicht, dass er ohne mich in den Pool geht. Er kann schwimmen wie ein Fisch, aber ich habe schon zu viele Kinder in der Notaufnahme gesehen, die schwimmen konnten, aber trotzdem fast ertrunken sind."
„Oh Gott!" Sie löste sich von mir. „Geh. Schnell. Jetzt hast du mir ein schreckliches Bild in den Kopf gesetzt. Beeile dich."

Ich drehte mich um, um zu gehen, aber ich sah über meine Schulter, bevor sie die Tür schloss. „Gute Nacht, Rebel."

„Ich hatte eine großartige Zeit." Sie küsste ihre Handfläche und blies mir den Kuss zu. „Dann bis Freitag. Gute Nacht."

Sie schloss die Tür und ich schwebte zurück zu meinem Auto. Es war eine neue Empfindung, wie ich sie noch nie erlebt hatte. Ich fühlte mich leicht, als könnte ich fliegen, wenn ich nur meine Arme ausbreitete und meine Füße vom Boden hob.

Die Heimfahrt ging etwas zu schnell. Ich war immer noch benommen, als ich zurückkam und in den Poolraum ging. Eli saß am Beckenrand und ließ seine Füße ins Wasser hängen. „Warum hat das so lange gedauert?" Er sprang in den Pool, sodass das Wasser in alle Richtungen spritzte.

„Schwimm zu den Stufen." Ich musste mich noch umziehen. „Du weißt, dass du das nicht tun sollst."

Er tat es, setzte sich dort hin und wartete, während ich in die Umkleidekabine ging. „Warum siehst du so aus?"

„Wie denn?" Ich begann, mein Hemd aufzuknöpfen, als ich langsam weiterging.

„Als ob du gerade aufgewacht wärst und einen wirklich guten Traum hattest." Er spritzte Wasser auf mich, als ich an ihm vorbeiging.

Ich trat in die Umkleidekabine und blieb vor dem Spiegel stehen. Ich sah wirklich aus, als wäre ich gerade aufgewacht. Was hat sie in dir geweckt, das dein ganzes Leben lang geschlafen hat, Harman Hunter?

Was auch immer es war, ich wollte nicht, dass es jemals wieder verschwand. Ich wollte, dass es wach blieb, bis es ganz lebendig war und die ganze Zeit bei mir war.
Ich hatte schon Männer gesehen, die mit beschwingtem Schritt und einem Lächeln auf ihren Gesichtern herumgelaufen waren. Ich hatte nie verstanden, woher all diese innere Freude kommen könnte. Aber jetzt verstand ich es.
Es ist, als ob jeder Mensch nur zur Hälfte am Leben ist, bevor wir den perfekten Partner für uns treffen. Wir erlauben uns nicht zu glauben, dass es wirklich wahr sein könnte und es schon immer jemanden gegeben hat, der so wundervolle Gefühle in uns hervorrufen kann. Gefühle, die immer da waren, aber so versteckt, dass wir sie nicht im Geringsten bemerkt haben.
Rebel hatte etwas in mir ausgelöst, das mich hellwach gemacht hatte. Ich wusste, dass es bisher nur ein Schwelbrand war, aber bald – nachdem wir uns geküsst, an den Händen gehalten und aneinander gekuschelt hatten – würde er zu einer Flamme werden. Und dann, nachdem wir uns geliebt hatten, würde er ein loderndes Inferno sein. Das wusste ich einfach.
Was wir hatten, war nicht zu leugnen, und es war bereits zu spät, um zu verhindern, dass es zu einem Feuer wurde, das niemand jemals löschen konnte.

Kapitel 10
Rebel

Mir Harmans Nummer zu besorgen war die beste
Entscheidung, die ich seit Langem getroffen hatte.
Unsere nächtlichen Anrufe waren unglaublich.
Ich hatte in dieser Woche so viel über Harman erfahren,
weil wir einander jedes Detail über unser Leben erzählten.
Er rief mich jeden Abend an, wenn er nach den
Seminaren und den Vorträgen wieder im Hotel ankam.
Genauso wichtig wie diese Woche war der Umstand, dass
ich seine Eltern getroffen hatte, als sie Eli an ihrem ersten
Tag zu mir nach Hause begleiteten. Ich hatte sogar ein
paarmal mit ihnen zu Abend gegessen.
Ida und Richard waren so nett, wie es zwei Leute nur sein
konnten. Es war keine Überraschung, dass sie einen so
erstaunlichen Sohn großgezogen hatten. Und als ich
Harman erzählte, dass sie mich am ersten Abend zum

Essen eingeladen hatten, sagte er, dass sie mich schon mögen müssten, weil sie seiner Ex nie viel zu sagen hatten. Ich interpretierte das als ein großartiges Zeichen. Die Woche verging langsam und als der Freitag kam, war ich mehr als je zuvor bereit, den Mann wiederzusehen, dem ich so nahe gekommen war. Er hatte es zurück in die Stadt geschafft, war aber im Krankenhaus und überprüfte dort alles, als ich von der Arbeit nach Hause kam.

Ich war gerade in meine Einfahrt gefahren und ins Haus gegangen, als Eli durch meine Hintertür hereinkam und mich traurig ansah. „Sie kommt nicht."

Nein!

Ich holte ihm einen Keks und eine Flasche Wasser. „Setz dich, Kleiner. Was meinst du damit, dass sie nicht kommt? Ich habe gestern Abend mit deinem Vater gesprochen und er sagte, sie würde dich heute definitiv abholen und dich am Sonntag zurückbringen. Er sagte, sie hätte sogar erwähnt, dass sie dich an Thanksgiving zu ihrer Familie mitnehmen will." Ich hoffte, Eli hätte sie nur missverstanden.

Er nahm nicht einmal einen Bissen von dem Keks, als er sich mit gesenktem Kopf hinsetzte. „Sie hat mich gerade angerufen. Sie sagte mir, dass sie geschäftlich die Stadt verlassen muss. Ein plötzlicher Termin."

Ich umfasste sein Kinn und hob sein Gesicht an, damit ich ihn besser ansehen konnte. „Du hast geweint." Er hatte tränennasse Wangen. „Eli, versuche, nicht zu weinen. Ich bin mir sicher, dass es etwas sehr Wichtiges ist, das sie einfach nicht verschieben konnte."

Sein Handy klingelte und er zog es aus der Tasche. „Es ist Mom. Vielleicht hat sie es sich anders überlegt." Ein Lächeln breitete sich auf seinen Lippen aus, als er aufgeregt ans Telefon ging. „Mom? Kannst du doch kommen?"
Ich konnte ihre angespannte Stimme hören, als sie sagte: „Nein, Baby. Aber du hast geweint und einfach aufgelegt und ich habe mir Sorgen um dich gemacht. Ich will nicht, dass du denkst, dass ich dich nicht liebe. Warum sagst du so etwas?"
Ich saß da und versuchte, meine Augen bei der Frage der Frau nicht zu verdrehen. Sie hatte ihn seit einem Monat nicht gesehen. Was erwartete sie von ihm?
„Du kommst also nicht, um mich abzuholen?", fragte er, anstatt ihre Frage zu beantworten. „Ich will nicht mit dir reden."
Bevor er den Anruf beendete, streckte ich meine Hand aus. „Kann ich mit ihr reden, Eli?" Der vernünftige Teil von mir wusste, dass es mich nichts anging, aber Eli hatte sich schnell in mein Herz geschlichen und ich hatte es satt, ihn verletzt zu sehen.
Eli schob das Telefon wortlos über den Tisch. Ich nahm es und versuchte, nicht zu urteilen, aber es war nicht einfach. „Hallo, hier spricht Rebel, Elis Nachbarin. Ihr Sohn hilft mir mit meinen Tieren. Ich bin Tierärztin und er ist mir eine große Unterstützung. Er hat wirklich ein Händchen für Tiere."
„Er spricht jeden Tag über Sie", sagte sie mit einem Hauch von Widerwillen in ihrer nasalen Stimme. Ich entfernte mich ein wenig von Eli, weil ich nicht wollte,

dass er jeden Teil unseres Gesprächs hörte. „Ich bin froh, dass er so viel Spaß mit den Tieren hat."
„Ja." Ich wusste nicht, wie ich mit der Frau umgehen sollte. Und ich wusste, dass Harman nicht wollte, dass ich ihr etwas Persönliches erzählte. „Ähm, Eli ist wirklich aufgebracht, Tara. Darf ich Sie so nennen? Eli hat mir Ihren Namen gesagt. Er spricht auch jeden Tag über Sie."
Das war keine Lüge. Er hatte mir jeden Tag erzählt, wie sehr er sie vermisste.
„Ja, Sie können mich so nennen." Ich hörte sie seufzen. „Also redet er die ganze Zeit über mich?"
Vielleicht nicht die ganze Zeit, aber oft genug. „Ja. Und er vermisst Sie so sehr. Ich bin mir sicher, dass Sie damit beschäftigt sind, Ihr Geschäft zu führen, und ich versuche, ihm zu sagen, dass dies der einzige Grund ist, warum er Sie nicht sehen kann. Aber wann können Sie sich etwas Zeit für ihn nehmen?" Ich hatte nie gefragt, ob sie in Seattle lebte. Vielleicht war die Entfernung zu weit, um es ihr zu ermöglichen, ihn abzuholen. „Wo wohnen Sie überhaupt? Das hat er mir nie erzählt."
„In Seattle", sagte sie. Ich versuchte, ein Zischen aus meiner Kehle zurückzuhalten. Ich verstand wirklich nicht, warum sie ihr Kind einen Monat nicht gesehen hatte, obwohl sie in derselben verdammten Stadt lebte.
„Ich habe eine Boutique eröffnet und sie nimmt mehr Zeit in Anspruch, als ich erwartet hatte. Ich möchte sie verkaufen und etwas anderes ausprobieren, aber mein Ex will mir nicht helfen."
Gute Entscheidung, Harman!

„Ich bin mir sicher, dass Ihr Laden viel Zeit in Anspruch nimmt, aber irgendwann müssen Sie Feierabend haben. Wann schließt Ihr Geschäft?" Vielleicht würde sie sehen, wie einfach es war, ihren Sohn in ihr Leben zu integrieren, wenn ich die richtigen Fragen stellte.
„Um sechs", antwortete sie und ich versuchte, nicht zu schnauben.
„Das ist ziemlich früh." Ich hätte ihr das nicht sagen müssen, aber es schien, als müsste sie es hören. „Das lässt Ihnen ziemlich viel Zeit, Eli abzuholen und mit ihm essen zu gehen. Das würde er lieben. Ich wette, sein Vater würde ihn zu Ihnen bringen, wo auch immer Sie ihn treffen wollen. Ich wette, er würde sogar warten und ihn danach wieder nach Hause fahren."
„Ja, ich habe gehört, wie viel Zeit Sie mit meinem Ex-Mann verbringen." Ihre Stimme war scharf. „Ich hoffe, Sie sind nicht hinter seinem Geld her."
„Ich bin hinter gar nichts her", konterte ich. Ich wollte mich von dieser Frau nicht belehren lassen. „Ich sorge mich um Ihren Sohn. Ich liebe dieses Kind. Und ich würde es gerne glücklich sehen. Jedes Mal, wenn Sie Ihre Pläne ändern, ist das schlimm für den Kleinen und ich denke, Sie sollten das wissen. Ich bin nicht Ihr Ex. Ich versuche nicht, Sie zu verletzen, indem ich Ihnen Lügen erzähle. Eli liebt Sie, Tara. Er vermisst Sie schrecklich. Wissen Sie, dass es einen Monat her ist, seit Sie Ihren Sohn das letzte Mal gesehen haben?"
„Es ist noch nicht so lange her." Sie wurde ein oder zwei Sekunden still. „Oder doch?"

„Doch, das ist es." Ich hielt inne und ließ das auf sie wirken. „Ich weiß es, weil er die Tage zählt."
„Ich bin wirklich nicht in der Stadt. Ich muss nach Los Angeles fliegen, um Sachen für die Boutique auszusuchen. Es ist einfacher, eine Auswahl zu treffen, wenn ich die Stoffe berühren kann." Sie machte eine Pause und fügte hinzu: „Ich lüge nicht."
„Ich hätte nie angenommen, dass Sie das tun." Ich wollte nicht, dass der Anruf endete, ohne dass sie feste Pläne machte, ihren Sohn zu sehen. „Wie sieht es nächstes Wochenende für Sie aus?"
„Ich weiß nicht, ob Harman es zulässt, dass ich ihn nehme, wenn ich nicht an der Reihe bin." Es fiel mir schwer zu glauben, dass sie überhaupt so etwas denken würde.
„Ich glaube, er würde es tun." Ich ging zurück zu Eli und fuhr mit meiner Hand über seinen Kopf, als er ihn auf den Tisch legte und betrübt aussah. „Wenn Harman Ihnen Eli nächstes Wochenende überlässt, würde der Junge sicher gerne Zeit mit Ihnen verbringen. Das ist ein großartiger Vorschlag – auch wenn es nur für eine Nacht ist." Ich versuchte, es so klingen zu lassen, als wäre es Taras Idee gewesen. Eli musste nicht hören, dass ich versuchte, seine Mutter davon zu überzeugen, Zeit mit ihm zu verbringen. „Sie sind seine Mutter, natürlich wird er überglücklich sein, auch nur dreißig Minuten mit Ihnen zu verbringen. Er hat nur eine Mutter auf der Welt. Sie bedeuten ihm so viel."
Sie schniefte. „Ja, ich werde ihn am Freitag abholen, wenn ich von meiner Familie in Portland zurückkomme.

Sie sind gerade umgezogen und ihr Haus ist im Moment ein Chaos, sonst würde ich ihn zu Thanksgiving dorthin mitnehmen."

„Einverstanden." Es war besser als nichts. „Also kann er sich darauf verlassen, dass Sie nächsten Freitag kommen. Wann soll er bereit sein?"

„Um fünf", sagte sie mit einem Seufzer. „Ich weiß, dass Sie mir wahrscheinlich nicht glauben, aber ich habe wirklich den Überblick über die Zeit verloren. Ich dachte, es wäre erst eine Woche her, dass ich ihn das letzte Mal gesehen habe. Ich rede jeden Tag mit ihm."

„Ja, ich weiß. Manchmal vergisst man einfach die Zeit. Aber wenn sie einmal vergangen ist, bekommt man sie nicht mehr zurück. Also nutzen Sie sie gut." Ich tätschelte Eli den Rücken. „Deine Mutter wird dich in einer Woche abholen, Kleiner. Wie klingt das?"

Er hob den Kopf. „Wirklich?"

„Erzählen Sie es ihm, Tara", sagte ich, bevor ich Eli das Telefon gab.

Er sprach aufgeregt mit ihr darüber, was sie tun könnten, während sie ihn hatte, und mein Herz fühlte sich endlich etwas voller an. Es fühlte sich auch ein bisschen schwer an, da ich mir Sorgen machte, dass sie ihr Versprechen wieder nicht einhalten würde. Insgesamt hatte ich aber große Hoffnungen, dass sie es tun würde.

Ein Klopfen an meiner Haustür beschleunigte meinen Puls, da ich wusste, dass Harman auf der anderen Seite sein musste. Ich beeilte mich, sie zu öffnen, nur um einen Fremden zu finden. „Ähm, hallo."

Er gab mir einen Umschlag. „Ihre Anwesenheit ist bei der Hauseigentümer-Versammlung am Tag vor Thanksgiving erforderlich." Dann drehte er sich um und machte sich auf den Weg zum Nachbarhaus – Harmans Haus.

„Hey, das kann ich für ihn entgegennehmen." Ich dachte, ich könnte dem Mann den langen Weg die Auffahrt hinauf ersparen. „Harman Hunters Sohn ist gerade hier und er selbst wird auch bald hier sein. Das kann ich ihm geben."

Er sah mich einen Moment an und reichte mir dann einen der Umschläge. „Ich denke, das geht in Ordnung. Stellen Sie sicher, dass er es bekommt. Jeder Hausbesitzer muss bei diesem Treffen anwesend sein."

„Er wird es bekommen." Ich nahm den anderen Umschlag und schloss die Tür. Als ich mich umdrehte, sah ich, dass Eli aufgelegt hatte und strahlte. Er sah so glücklich aus. „Also ist es gut gelaufen?"

„Großartig!" Er schlang seine Arme um mich und umarmte mich fest. „Es tut ihr leid, Rebel. Es tut ihr wirklich leid. Und sie wird es in Zukunft besser machen. Das hat sie mir gesagt. Und ich glaube ihr."

„Das tue ich auch." Ich drückte ihn.

Er ließ mich los, als sich die Haustür öffnete und sein Vater eintrat. „Dad!" Er rannte zu Harman, der ihn sofort hochhob. „Mom kommt heute nicht, aber sie kommt nächsten Freitag und sie hat versprochen, dass sich die Dinge ändern werden."

„Ach ja?" Harman sah mich verwirrt an. „Ich dachte, dass sie heute kommt."

Ich schüttelte den Kopf. „Sie ist in Los Angeles."
„Okay." Er setzte Eli ab, während er mich ansah. „Nun, meine Eltern müssen zurück nach Hause."
Ich nickte. „Ich weiß. Sie müssen morgen früh zu einer Beerdigung. Und am nächsten Tag gibt es eine Art Klassentreffen des Abschlussjahrgangs deines Vaters. Er sagte, es könnte das letzte für ihn sein."
Er nickte und sah dann wieder auf seinen Sohn hinunter. „Es tut mir leid, dass ich dich jetzt nach Hause bringen muss, Kumpel." Er fuhr mit seiner Hand über Elis Kopf, als der Junge sich an ihn lehnte.
„Das muss es nicht." Ich trat vor und legte meine Hand auf Elis Schulter. „Weil ich dachte, ich könnte heute Abend mit euch beiden schwimmen gehen. Wir können einen Wettbewerb veranstalten, wer von uns am besten in euren Pool springt."
Elis Faust schoss in die Luft. „Ja! Ich werde euch beide besiegen."
„Danke", flüsterte Harman.
„Gern geschehen", flüsterte ich zurück.
Irgendwann musste ich ihm sagen, was ich getan hatte, aber bis dahin konnte ich nur hoffen, dass er deswegen nicht wütend auf mich sein würde.

Kapitel 11
Harman

Rebel und ich saßen am Rand des Pools und bewegten unsere Füße im warmen Wasser vor und zurück, während Eli seine Fähigkeiten beim Springen unter Beweis stellte. „Und dieser Sprung heißt Bleistift." Er sprang so hoch wie möglich und landete fast ohne Spritzer im Wasser.
„Bleistift, hm?", sagte Rebel nachdenklich. „Ja, die Bezeichnung passt."
Ich stupste ihre Schulter mit meiner an und sagte leise, damit Eli es nicht hörte: „Vielleicht könntest du dich hierher zurückschleichen, nachdem Eli ins Bett gegangen ist."
Ihre blauen Augen wurden traurig. „Ich sollte ehrlich zu dir sein, bevor diese Sache zwischen uns noch ernster wird."

„Ehrlich sein?" Ich hatte keine Ahnung, worauf sie sich bezog, aber ich bezweifelte, dass sie irgendetwas sagen könnte, das mich dazu bringen würde, meine Einladung zurückzunehmen.

„Ja." Sie sah mich an und kaute auf ihrer Unterlippe herum, bevor sie fortfuhr. „Eli war völlig fertig, als er zu mir nach Hause kam. Er hat mir erzählt, dass seine Mutter ihm wieder abgesagt hat."

„Und das ist ein Rückwärtssprung!", schrie Eli. Er drehte sich mit dem Rücken zum Wasser um und sprang dann hinein, nur um unsanft auf die Wasseroberfläche zu prallen.

Rebel zuckte zusammen. „Au." Sie sah zu Moppy hinüber, der auf dem Boden neben der Tür döste, gerade so weit weg, dass er nicht nass werden würde. „Hast du das gesehen? Sogar der Hund ist zusammengezuckt."

Aber Eli tauchte mit einem Grinsen auf dem Gesicht wieder auf. „Das tut immer ein bisschen weh." Er stieg die Leiter hinauf, um einen weiteren Sprung zu machen. „Jetzt zeige ich euch meine anderen Sprünge. Ich habe sie diese Woche viel geübt."

„Das ist gut zu hören, Kleiner." Ich hoffte, dass er damit so beschäftigt sein würde, dass er uns das Gespräch beenden ließ, das Rebel begonnen hatte. „Wir werden zuschauen. Du musst nicht jeden Sprung ankündigen."

„Okay." Eli ging auf das Sprungbrett und schaute auf das Wasser.

Ich blickte zurück zu Rebel, die wieder auf ihrer Unterlippe herumkaute. „Was wolltest du sagen?"

„Ähm", murmelte sie. „Okay. Eli tat mir so leid und dann rief seine Mutter an und ich hörte, was er zu ihr sagte."
„Was denn?"
„Dass er denkt, dass sie ihn nicht liebt." Rebels Augen wanderten zum Pool, als Eli einen weiteren Sprung machte. „Großartig!" Sie klatschte und sah mich dann wieder an. „Wie auch immer, er war überhaupt nicht glücklich darüber und wollte gerade auflegen, als ich ihn fragte, ob ich mit ihr reden könnte."
„Warum?" Ich dachte nicht, dass mein aktueller Schwarm mit meiner Ex über irgendetwas reden musste.
„Weil ich weiß, dass sie nicht auf dich hört, was Eli betrifft." Sie schob ihre Finger in meine Richtung und berührte meine Fingerspitzen. „Es fühlte sich einfach richtig an."
„Was hast du zu ihr gesagt?", fragte ich und fühlte mich irgendwie unruhig. „Über uns."
„Nichts über uns." Sie sah weg. „Aber ich denke, sie weiß irgendwie, dass wir etwas vorhaben. Sie erwähnte, dass Eli ihr erzählt hat, wie viel Zeit wir zusammen verbracht haben. Sie warnte mich, dass ich besser nicht hinter deinem Geld her sein sollte. Ich habe ihr gesagt, dass ich hinter gar nichts her bin."
„Bist du das nicht?" Ich beugte mich vor und stieß meine Schulter gegen ihre. „Gar nicht?" Plötzlich schien es nicht mehr so wichtig zu sein, dass Rebel mit Tara geredet hatte.
Ihr Grinsen ließ mein Herz höherschlagen. „Ich denke, du bist derjenige, der hinter mir her ist. Es war also keine vollständige Lüge."

Nickend stimmte ich ihr zu. „Ja, ich bin hinter dir her, Rebel Saxe. Und es tut mir leid wegen heute Abend. Wir haben so große Pläne gemacht. Alles für nichts. Dieses Wochenende sollte sich um dich und mich drehen und jetzt kann es nicht wie geplant stattfinden."
„Aber wir sind zusammen", sagte sie und legte ihren Kopf auf meine Schulter. „Das ist schön. Einfach mit dir zusammen zu sein reicht mir schon."
„Ja?" Nun, ich wollte ein bisschen mehr als das, was vor meinem Sohn akzeptabel war. „Also hast du nicht das Gefühl, dass du all die Küsse verpasst, die ich dir versprochen habe? Ich sollte mich mehr anstrengen."
Sie zog ihren Kopf von meiner Schulter und sah mich an. „Dadurch, dass ich die ganze Woche mit dir telefoniert habe, fühle ich mich dir näher als je zuvor. Und ja. Ich vermisse die Küsse, die du mir jeden Abend versprochen hast, als wir unsere Anrufe beendet haben."
Ich konnte es kaum erwarten, sie zu küssen, aber wir hatten noch ein paar Dinge zu besprechen. „Also, worüber haben du und Tara dann geredet?"
„Ich habe ihr nur gesagt, wie sehr Eli sie vermisst und wie sehr er sie in seinem Leben braucht." Rebel beobachtete Eli, als er wieder auf das Sprungbrett trat. „Du machst das großartig, Eli."
„Danke", rief er zurück, bevor er wieder sprang.
Ihre Augen kamen zu mir zurück. „Sie hat nicht einmal gemerkt, wie viel Zeit vergangen ist, seit sie ihn gesehen hat. Als ich sie darauf hinwies, schien sie wirklich überrascht zu sein. Und danach sagte sie Eli, dass die

Dinge anders werden würden. Ich hoffe, sie hat es ernst gemeint."

„Ich auch." Meine Hand kam näher, bis sie ihre erfasste. Ich hielt unsere Hände zwischen uns versteckt, damit Eli sie nicht sah. „Ich habe es mir anders überlegt. Ich will nicht, dass du dich heute Nacht hierher zurückschleichst. Ich will nicht, dass es so ist. Ich will das ganze Wochenende mit dir verbringen. Ich will, dass es perfekt ist. Der Gedanke, dass du aufstehen und mich verlassen musst, bevor Eli aufwacht, gefällt mir nicht. Das verstehst du, oder?"

„Das tue ich." Sie lächelte und mir wurde warm ums Herz. „Es ist schön, dass du möchtest, dass es etwas Besonderes ist. Das schien für niemanden jemals wichtig zu sein."

„Du bist mir wichtiger als jede andere Frau." Ich wollte sie so sehr küssen, dass es wehtat. „Ich will nichts übereilen. Aber ich will auch nicht so lange warten, bis das Feuer erlischt."

Ich hatte so etwas noch nie gemacht. Ich wusste nicht wirklich, was ich tat. Aber ich wusste, dass ich ein Fundament für uns bauen wollte, das die Zeit überdauert. Die stundenlangen Gespräche, die wir in dieser Woche geführt hatten, hatten mich in den Bann dieser Frau gezogen und ich konnte es kaum erwarten, diese Sache mit Rebel in die Realität umzusetzen.

Sie hob eine dunkle Augenbraue und fragte: „Glaubst du, dass das möglich ist, Harman? Dass das Feuer ausgehen könnte, wenn wir uns Zeit nehmen?"

Ich wusste es nicht genau. „Ich will dieses Risiko nicht eingehen." Ich wusste, dass ich in der Lage war, ein Leben ohne Liebe zu führen. Die einzige Liebe, die ich während meiner Ehe jemals gehabt hatte, war die Liebe für meinen Sohn gewesen. Ich hätte alles für dieses Kind getan, aber ich war jetzt auch bereit, eine andere Art von Liebe zu erfahren. Und ich war mir sicher, dass Rebel die richtige Frau dafür war.

Erschöpft schwamm Eli zur Treppe. „Ich gehe ins Bett. Ich bin müde."

„Zeit für mich zu gehen", sagte Rebel, als sie meine Hand losließ und aufstand. Sie trug einen roten Badeanzug und fuhr mit ihren schlanken Fingern über den Stoff an ihrem Hintern, als sie davonging.

Zarte Haut, ein runder Po und Hüften, die meine Hände anbettelten, sie festzuhalten und an mich zu ziehen. Bei der Vorstellung, wie ich meinen harten Schwanz gegen ihren nassen Venushügel rieb, lief mir das Wasser im Mund zusammen. Ich stand auch auf und legte meine Hand auf ihren Rücken, als sie vor mir her ging. Ich hörte ihr scharfes Einatmen und liebte die Wirkung, die meine Berührung auf sie hatte.

Eli wickelte sich in ein Handtuch. „Hey, können wir uns morgen den neuen Film mit den Zauberern und Hexenmeistern ansehen?"

„Ich denke schon", sagte ich, als wir ihm zur Tür des Poolraums folgten. Sein Hund stand auf und streckte sich, bereit, Eli überall hin zu folgen.

Rebel hatte nichts gesagt und Eli blieb stehen, um sich umzudrehen und sie anzusehen. „Also, können wir, Rebel?"
„Oh, ich auch?", fragte sie überrascht.
„Natürlich du auch." Eli drehte sich um und ging weiter.
„Oh." Sie sah mich mit einem Lächeln an. „Wenn es deinem Vater nichts ausmacht, dass ich mitkomme, dann gerne."
„Dad macht das überhaupt nichts aus, Rebel." Er ging weiter, ohne uns anzusehen. „Merkst du nicht, wie viel Aufmerksamkeit er dir schenkt?"
Rebel nahm meine Hand von ihrem Rücken und warf mir einen Blick zu, der besagte, dass wir uns auf dünnem Eis bewegten. „Macht es dir etwas aus, Harman, wenn ich morgen mit euch komme?"
„Es würde mir etwas ausmachen, wenn du es nicht tust, Rebel." Ich legte meine Hand wieder da hin, wo sie gewesen war. Dann beugte ich mich vor und flüsterte: „Er kann nicht sehen, was ich tue."
Sie sagte nichts, sondern sah mich nur mit besorgten Augen an. Ich verstand nicht, worüber sie besorgt war.
„Okay, ich gehe duschen und dann ins Bett", sagte Eli. „In fünfzehn Minuten kannst du kommen und mich zudecken, Dad. Nacht, Rebel. Ich bin froh, dass du endlich mit uns schwimmen gegangen bist."
„Ich auch." Rebel strich mit ihrer Hand über seinen Kopf. „Dann bis morgen. Träum was Schönes." Sie ging zu der Umkleidekabine, in der sie ihre Kleider gelassen hatte.

Ich holte sie ein. „Du scheinst ein wenig nervös zu sein. Hast du Angst, dass Eli irgendetwas Unangemessenes zwischen uns sieht?"

„Ich möchte nicht, dass er nächstes Wochenende seine Mutter besucht und ihr sagt, dass etwas zwischen uns ist." Rebel blieb direkt vor der Tür stehen. „Es ist ihr erstes gemeinsames Wochenende seit langer Zeit und ich möchte nicht, dass es ihr verdorben wird, weil sie aufgebracht darüber ist, dass du mit mir zusammen bist."

Darüber hatte ich noch nicht einmal nachgedacht. „Ich glaube ehrlich gesagt nicht, dass es sie kümmert. Es ist nicht so, als hätte sie mich geliebt."

„Weißt du, das hast du mir schon mehr als einmal gesagt. Ihr zwei habt vielleicht nicht offen eure Liebe füreinander zum Ausdruck gebracht, aber es ist unmöglich, dass zwei Menschen sechs Jahre lang zusammenleben und einander nicht lieben." Ihre Hand fuhr zu ihrer Hüfte, als sie ihre roten Lippen spitzte. „Also, sei nicht schockiert, wenn Tara ein wenig eifersüchtig oder verletzt reagiert, wenn sie von uns erfährt. Es wäre vollkommen natürlich. Hast du dich nicht so gefühlt, als du damals erfahren hast, dass sie einen neuen Freund hat? Und verstecke dich nicht hinter gespielter männlicher Tapferkeit. Sag die Wahrheit."

„Nein, ich würde nicht sagen, dass es Eifersucht war, die ich empfand, als ich von dem ersten Mann erfuhr, den sie datete, nachdem sie mich verlassen hatte." Ich machte eine Pause und überlegte, wie ich am besten beschreiben konnte, was ich damals empfunden hatte. „Es war eher ein unangenehmes Gefühl. Und um ganz ehrlich zu sein, hatte es viel mehr mit Eli zu tun als mit Tara."

„Das kann ich mir vorstellen." Ihre Hand bewegte sich von ihrer Hüfte und schwebte durch die Luft, um dann durch ihr feuchtes Haar zu streichen. „Aber ich weiß auch, was du mir darüber erzählt hast, dass du sie wieder bei euch wohnen lassen würdest, wenn sie das wollte."

Ich zuckte zusammen und bereute zum hundertsten Mal, dass ich ihr das gesagt hatte. Ich legte meine Hände auf ihre Schultern und sah ihr direkt in die Augen. „Kannst du vergessen, dass ich das jemals gesagt habe? Ich weiß ehrlich gesagt nicht einmal, ob es wahr ist. Ich habe keine Ahnung, was ich tun würde, wenn diese Situation eintreten würde." Je näher ich Rebel kam, desto mehr bezweifelte ich, dass ich Tara überhaupt wieder in mein Leben aufnehmen würde.

Ein leichtes Lächeln krümmte ihre Lippen. „Harman, ich weiß, dass du gesagt hast, dass du sie nicht liebst, aber ich denke, dass du Gefühle für sie hast, die du vor dir selbst verleugnest. Niemand lässt eine Tür für jemanden offen, der ihm egal ist."

„Nun, ich schätze, ihr Wohlergehen ist mir nicht egal." Das konnte ich zugeben. „Ich mag es nicht zu sehen, was sie sich und unserem Sohn antut. Wir haben viel zusammen durchgemacht. Wir haben zusammen ein Baby großgezogen. Das hat sich auf uns beide ausgewirkt."

„Frage dich Folgendes", sagte sie mit ernstem Gesicht. „Wenn du sie niemals wiedersehen würdest, würde es dir etwas ausmachen?"

„Natürlich würde es mir etwas ausmachen." Ich wollte nicht, dass mein Sohn seine Mutter verlor. „Ich liebe Eli, deshalb wäre es mir wichtig."

„Sag, was du willst, Harman." Rebel wandte sich von mir ab und ging in die Umkleidekabine. „Dass wir zusammen sind, wird sie treffen – wenn auch nur so, wie du damals in Bezug auf ihren ersten Freund empfunden hast – und ich möchte nicht, dass das ihre gemeinsame Zeit mit Eli am kommenden Wochenende verdirbt. Also behalten wir es diese Woche noch für uns, okay?"

Ich hatte nie darüber nachgedacht, was Tara tun oder fühlen würde, wenn ich jemals jemanden finden würde, an dem ich romantisch interessiert war. Wenn sie eifersüchtig oder verärgert wäre, wie würde ich mich dabei fühlen?

Würde es bedeuten, dass Tara es geschafft hatte, mich irgendwann in unserer Ehe zu lieben? Und wenn ja, hätten wir dann die Familie haben können, die ich mir immer für unseren Sohn gewünscht hatte?

Und wo wäre Rebel bei all dem?

Kapitel 12
Rebel

Als ich am Nachmittag des nächsten Tages im Kino in der Schlange stand, fiel es mir genauso schwer wie Harman, meine Hände bei mir zu lassen. Der Mann brachte mein Blut zum Kochen.
Elis Aufregung über den Film ließ uns grinsen, als wir zusahen, wie er seine Hände hob und wild gestikulierte. „Und es gibt einen riesigen Hexenmeister und er hat spezielle Kräfte. Mehr als jeder andere. Aber er ist blind." Mit ernstem Gesichtsausdruck sah er zu seinem Vater auf. „Weil niemand perfekt ist, nicht einmal ein Hexenmeister!"
„Hey, Eli!", rief ein anderer kleiner Junge. „Wow! Ich bin froh, dass du auch gekommen bist."

„Hey, Jason!" Eli sah mich an. „Das ist mein bester Freund, Rebel. Erinnerst du dich, dass ich dir von ihm erzählt habe?"
Der Junge rannte zu Eli, während seine Mutter hinter ihm her schlenderte. „Hallo, ich bin Jasons Mutter. Patricia." Sie streckte ihre Hand aus, damit ich sie schütteln konnte. „Und Sie müssen die außergewöhnliche Tierärztin sein, von der Eli gesprochen hat. Es ist mir eine Freude, Sie endlich kennenzulernen."
Harman nickte ihr zu. „Hat er Ihnen damit in den Ohren gelegen, Patricia?"
„Das hat er." Sie lächelte mich an. „Anscheinend sind Sie so ziemlich das Beste, was dem Kind jemals passiert ist. Ich arbeite freiwillig an der Schule, also bin ich viel bei den Kindern und bekomme mit, was in Jasons und Elis Klasse passiert."
Eli zog an dem Hosenbein seines Vaters. „Kann ich mit Jason zusammensitzen, Dad? Bitte."
Harman strich mit seiner Hand über Elis Haar. „Ich bin sicher, dass seine Mutter mit Jason alle Hände voll zu tun hat. Du sitzt bei mir, okay?"
„Ich hätte nichts dagegen, wenn Sie ihn bei uns sitzen lassen würden", sagte Patricia schnell. „Auf diese Weise können die beiden miteinander über den Film reden, anstatt dass Jason mir all seine Eindrücke erzählt."
„Hey, kann Eli bei uns übernachten?", fragte Jason seine Mutter.
Ich stand da und fühlte mich ein wenig nervös. Wenn er bei seinem Freund übernachten könnte, würde mich und

Harman nichts davon abhalten, unsere erste Nacht allein zu verbringen. Und ich wusste genau, was das bedeutete.
„Wenn es seinem Vater recht ist", sagte sie.
Ich sah Harman so hoffnungsvoll an wie die beiden kleinen Jungen. Er bemerkte meinen Gesichtsausdruck und lächelte. „Ich denke, das ist in Ordnung. Ich rufe die Haushälterin an und lasse sie eine Reisetasche mit seinen Sachen bei Ihnen zu Hause abgeben." Er sah mich an. „Sie wohnen nur zwei Straßen entfernt."
„Ach ja?" Ich sah Jason an. „Magst du Tiere so sehr wie Eli, Jason?"
„Ja. Ich habe eine Katze. Das heißt, eigentlich gehört sie Mom." Er sah zu seiner Mutter auf. „Ich will einen Hund."
„Das kann ich mir denken", sagte sie und zuckte mit den Schultern. „Aber ich mag keine Hunde. Ich liebe Katzen."
„Nun, Jason, wenn du jemals nach der Schule zu mir nach Hause kommen möchtest, kannst du Eli helfen, die Tiere zu füttern, die ich dort halte." Ich sah seine Mutter an. „Sie könnten ihn dort absetzen und ich könnte ihn später nach Hause bringen, wenn das für Sie in Ordnung ist."
„Das hört sich fantastisch an. So hätte ich nach der Schule eine Stunde Zeit für mich", seufzte sie. „Das wäre himmlisch."
Harman sah mich an. „Nun, da Eli sich den Film mit den beiden anschaut, wie wäre es, wenn wir uns auf den Weg machen und etwas finden, das wir gerne tun würden?"

Das klang so, als würde er mich vor allen um ein Date bitten. Aber es machte mir nicht wirklich viel aus. „Klingt gut."

Harman sagte Eli, er solle sich benehmen, und bedankte sich bei Patricia, dass sie sich um seinen Sohn kümmerte, und dann verabschiedeten wir beide uns. Mir war ein wenig schwindelig, als wir in sein Auto stiegen. Er sah mich mit dem verführerischsten Grinsen an, das ich jemals gesehen hatte. „Sieht so aus, als wäre unsere Zeit gekommen."

Mein Körper spannte sich an, als ich Gänsehaut bekam. „Sieht so aus, nicht wahr?"

„Ich denke, wir sollten ausgehen und ein schönes, teures Mittagessen genießen", schlug er vor, als er vom Parkplatz fuhr.

Ich schaute auf meinen Pullover und meine Jeans. „Ähm, ich denke, dafür muss ich mich umziehen."

„Wenn ich dich zuerst nach Hause bringe, werden wir nie zum Essen kommen." Er nahm eine Hand vom Lenkrad und fuhr mit seinen Fingern über mein Bein. „Wir essen einen Happen und fahren dann nach Hause. Ich habe es plötzlich eilig, dich dorthin zu bringen. Ich habe vor ein paar Tagen neue Möbel für das Schlafzimmer gekauft. Du musst dir also keine Sorgen darüber machen, dass du im selben Bett schläfst wie sie."

Darüber hatte ich mir überhaupt keine Sorgen gemacht – tatsächlich hatte ich gar nicht daran gedacht. Und Sex in seinem Haus zu haben, einem Haus voller Personal, klang nicht gerade großartig. „Ich bin zwar froh, dass du dein

Schlafzimmer neu eingerichtet hast, aber ich glaube, ich würde mich bei mir zu Hause wohler fühlen."
„Einverstanden." Er zuckte nicht einmal mit der Wimper. „Wenn du dich dann wohler fühlst, ist es mir nur recht."
Er sah zu mir hinüber, als er an einer Ampel anhielt.
„Wie wäre es mit einem richtigen Date, anstatt nur schnell etwas zu essen und dann in dein Schlafzimmer zu rennen?"
Noch länger warten?
„Harman, ich würde gerne mit dir ausgehen." Ich musste ehrlich zu ihm sein. „Aber im Moment zittert mein Inneres. Mein Höschen wird von Minute zu Minute feuchter und ich glaube nicht, dass ich jemals in meinem Leben so bereit war, Sex zu haben."
„Scheiße", hörte ich ihn flüstern. Er wendete den Wagen an der nächsten Ampel. „Du hast Essen bei dir zu Hause. Ich stimme dir zu, Rebel. Wir können später in ein Restaurant gehen."
Ich war froh, dass er das genauso sah, und sagte: „Mir fällt sowieso nichts ein, worauf ich jetzt Appetit habe. Nun, außer auf dich."
Seine Augen weiteten sich, als ich mich vorbeugte, um seinen Hals zu küssen. Er drückte etwas fester auf das Gaspedal. „Ich denke, es wird mir großen Spaß machen, dich zu daten, Rebel."
„Ich denke, es wird mir auch großen Spaß machen, dich zu daten." Ich fuhr mit meiner Hand über seinen Oberschenkel, um herauszufinden, wie groß die Wölbung in seiner Hose war. Ich wurde nicht enttäuscht. „Oh,

Baby. Ich denke, dass etwas in dieser Größenordnung besondere Aufmerksamkeit verdient."

Seine Lippen verzogen sich zu einer Seite. „Das ist nicht annähernd so, was ich es mir vorgestellt hatte. Ich dachte, wir essen etwas, tanzen vielleicht sogar ein bisschen und fahren dann zu mir nach Hause. Dort würde es Kerzen und leise Musik geben und ich würde dich auf mein Bett legen und dich dann langsam ausziehen."

„Klingt süß." Ich fuhr mit meiner Hand über seine Erektion. „Ich habe Kerzen und leise Musik bei mir zu Hause. Es ist fast so gut wie das, was du vorhattest."

Er lenkte sein Auto in meine Einfahrt und sah mich an, als er mit seiner Hand über meine Wange strich. „Du, das Bett, die Kerzen und die Musik waren sowieso die besten Teile dieser Fantasie. Jetzt komm schon. Wir haben viel zu tun."

Meine Hand zitterte, als ich meine Haustür aufschloss, und ich lachte nervös. „Oh Gott, schau, was du mit mir machst."

Er legte seine Hand auf meine, um mich zu beruhigen. „Wenn du denkst, dass du jetzt zitterst, wirst du dich noch wundern. Warte nur."

Wir stießen die Tür auf und schafften es kaum über die Schwelle, bevor er mich gegen die Wand drückte – und unsere Münder sich endlich trafen. Meine Hände wanderten zu seinen Haaren und seine Hände schienen überall auf meinem Körper zu sein.

Er hob mich hoch und ich schlang meine Beine um ihn, als unsere Münder in einer Explosion der Leidenschaft immer wieder kollidierten. Seine geschwollene Härte

bewegte sich gegen den empfindlichsten Teil von mir und
machte mich immer feuchter.
Unsere Bewegungen waren völlig synchron und unsere
Kleidung fiel Stück für Stück auf den Boden, ohne dass
einer von uns es merkte. Plötzlich waren wir nackt, Haut
an Haut. Unsere Körper sanken zu Boden und keiner
von uns konnte das Verlangen noch länger leugnen.
Meine Augen richteten sich auf seine, als er meine Beine
spreizte und seinen Körper auf meinen legte. Um mich
herum existierte nichts anderes als er – nicht die kalten
Fliesen unter meinem Rücken, nicht der harte Boden, der
sich in meine Schultern bohrte – es gab nur mich und
Harman. Die Spitze seines Schwanzes stieß gegen mein
pulsierendes Zentrum und ich wölbte ihm meinen
Körper entgegen, um ihn dorthin zu führen, wo ich ihn
am meisten brauchte.
„Ganz ruhig", flüsterte er heiser. „Ich will in deine Augen
blicken, wenn du mich zum ersten Mal in dir spürst."
Ich hob meine Hände, um die Seiten seines Gesichts zu
umfassen. „Dann lass mich auch in deine schauen. Ich
wusste nicht, dass es Männer wie dich gibt, Harman."
Langsam stieß er in mich hinein. „Ich wusste auch nicht,
dass es Frauen wie dich gibt, Rebel. Wunderschön,
brillant, großzügig, süß und nett."
„Sexy?", fragte ich. Ich hatte mich noch nie so sexy
gefühlt wie in diesem Moment.
Er bewegte sich ein wenig tiefer in mich hinein und ich
stöhnte, als sich Hitze in mir ausbreitete. „Sexy wie die
Sünde." Er drückte sich weiter in mich hinein, dehnte
mich und ließ mich mit einer Intensität brennen, die

wehgetan hätte, wenn sie von etwas anderem gekommen wäre als von ihm.

Ich legte meine Hände auf seine Schultern und grub meine Nägel in seine Haut. „Himmel, allein mich an deine Größe anzupassen ist genug, um mich kommen zu lassen." Mein Körper zitterte bei einem kleinen Höhepunkt.

Langsam bewegte er sich an der Stelle, wo wir miteinander verbunden waren, und verteilte die Säfte, die mein Körper ihm gab. „Verdammt, Rebel! Du bist fantastisch." Er wurde schneller und mein Körper zitterte bei jedem Stoß stärker um seinen Schwanz.

Ich hatte keine Ahnung, dass es so gut sein könnte, und wir hatten gerade erst begonnen. Meine Gedanken wirbelten herum und ich konnte kaum atmen, als er mich von einem Höhepunkt zum nächsten führte, bevor er mir endlich das gab, wonach ich mich sehnte. Sein Orgasmus erschütterte meinen ganzen Körper, als er das heißeste Stöhnen ausstieß, das ich je gehört hatte. „Baby, verdammt."

Er ließ sich auf mich fallen, was mir das Gefühl gab, dass ich ihn vollkommen zufrieden gestellt hatte. Ich fühlte mich wie eine Frau, die ich noch nie zuvor gewesen war – eine mächtige, sinnliche Frau, die ihren Mann an einen unbeschreiblichen Ort des Vergnügens gebracht hatte. Keuchend legte er sich einen Moment lang auf mich. Unsere Herzen klopften, als sich der Schweiß auf unseren glänzenden Körpern vereinigte. Seine Lippen pressten sich gegen meinen Nacken, als er sich von mir lösen

wollte. Ich hielt ihn fest. „Geh noch nicht. Ich habe so etwas noch nie zuvor gefühlt."
„Meinst du diese Verbindung?" Er nickte, als seine Lippen meinen Hals berührten. „Ich auch nicht. Ich hätte nie gedacht, dass Sex so sein kann."
„Glaubst du, es wird immer so sein?" Ich hatte irgendwo gelesen, dass das Warten auf Sex ihn umso heißer machen konnte, wenn es endlich passierte, und dachte, das würde vielleicht die explosive Verbindung erklären, die wir gerade erlebt hatten.
„Ich glaube, ich würde es gerne herausfinden." Er rollte seinen Körper von meinem und ich fühlte mich ohne ihn sofort verloren. Aber dann griff er nach mir, hob mich hoch und ging den Flur hinunter. „Nach dem Duschen. Oder vielleicht währenddessen. Und danach. Ich habe das Gefühl, dass wir heute Nacht nicht viel Schlaf bekommen werden."
Ich legte meinen Kopf auf seine breite Brust und hatte das gleiche Gefühl. „Irgendwann müssen wir etwas essen und trinken." Ich hob meinen Kopf und küsste ihn, als er mich in das Badezimmer neben meinem Schlafzimmer auf der anderen Seite des Hauses trug.
Als ich meinen Mund von seinem nahm, kam mir plötzlich der Gedanke, dass er mein Zuhause viel besser kannte, als ich gedacht hatte. „Hast du dich in meinem Haus herumgeschlichen, Harman?"
„Was?" Er grinste verlegen. „Denkst du etwa, ich habe mir dein Schlafzimmer angesehen, während du letzte Woche Eli und mir zwei Schüsseln Eis gemacht hast?"

„Erwischt." Ich küsste ihn erneut. „Dein Haus ist zu groß, als dass ich darin herumschnüffeln könnte. Ich würde mich mit Sicherheit darin verlaufen, wenn ich das versuche."

„Höchstwahrscheinlich." Er setzte mich ab und beugte sich vor, um die Dusche anzumachen. „Ich hatte einen Grund für meine Neugier."

„Und der wäre?" Ich fuhr mit meiner Hand über seinen perfekten Hintern, als er sich vorbeugte.

„Ich wollte sehen, wo du schläfst, damit ich mir dich in deinem Bett vorstellen konnte, wenn ich dich in meinen sexuellen Fantasien nehme." Er drehte sich um und hob mich wieder hoch. „Ich konnte nicht alle meine Fantasien in meinem Schlafzimmer spielen lassen. Das wäre langweilig."

„Und wie viele dieser Fantasien hattest du?", fragte ich und fühlte mich noch verführerischer, da ich wusste, dass er mehr als eine über mich gehabt hatte.

„Unzählige." Er drückte mich gegen die gefliese Wand. „Und um ehrlich zu sein, bist du in der Realität eine noch viel bessere Liebhaberin als in meinen Fantasien."

Ich war noch nie so bezeichnet worden. Diesen Mann so etwas sagen zu hören und den lustvollen Ausdruck in seinen Augen zu sehen gab mir mehr Selbstvertrauen als je zuvor. „Nun, es gibt etwas, das mein wahres Ich noch nie getan hat und das ich noch nie wollte. Aber ich will es mit dir, Harman."

„Ich bin mir sicher, dass ich dabei bin", sagte er mit einem Nicken. „Was ist es?"

Ich kaute auf meiner Unterlippe herum und fühlte mich plötzlich ein wenig schüchtern – trotz der Tatsache, dass ich Haut an Haut an den Mann geschmiegt war. „Nun, ich habe noch nie jemandem einen Blowjob gegeben. Welcher Ort wäre besser als diese Dusche geeignet, um es zu lernen? Und mit wem könnte ich es besser lernen als mit dir?"

Kapitel 13
Harman

Nach nur einer Nacht in Rebels Bett fühlte ich mich, als würde ich den Rest des Wochenendes auf Wolken gehen. Am Sonntag verbrachten wir den Tag zusammen mit Eli und gingen zum Abendessen aus, bevor ich Rebel nach Hause brachte. Da Eli im Auto saß, bekam ich nicht einmal einen Gute-Nacht-Kuss. Ich fühlte mich leer. Nachdem ich meinen Sohn ins Bett gebracht hatte, rief ich Rebel an, weil ich nicht genug von ihr bekommen konnte, obwohl ich den ganzen Tag mit ihr zusammen gewesen war. Ich wusste, dass nicht einmal eines unserer langen Telefongespräche genug für mich sein würde. Als ich endlich einschlief, träumte ich die ganze Nacht von ihr.
Am Montagmorgen wachte ich benommen auf, drehte meine Runde im Krankenhaus und holte mir eine große

Tasse Kaffee, um den Vormittag zu überstehen. Als ich meinen Kollegen, Doktor Jonas Kerr, allein an einem Tisch in der Cafeteria sitzen sah, ging ich zu ihm. „Wie geht es dir heute Morgen, Jonas?"

„Ich habe am Nachmittag eine Vorstandssitzung und freue mich nicht darauf." Er wies mit der Hand auf den extragroßen Kaffee auf dem Tisch vor ihm. „Daher all der Kaffee."

„Ich bin froh, dass ich nicht gebeten worden bin, im Vorstand zu sein." Ich nahm Platz. „Ich habe auch so schon mit meinem Sohn alle Hände voll zu tun." Ich dachte an Rebel. „Und jetzt habe ich auch noch eine Freundin."

Er sah mich grinsend an. „Also hast du endlich mit deiner Ex abgeschlossen, hm?"

„Ich habe mich nicht von anderen Frauen ferngehalten, weil ich noch an ihr hing." Tara war nie der Grund für mein nicht vorhandenes Liebesleben gewesen. Ich nahm einen Schluck von dem heißen Kaffee. „Diese Frau ist mir einfach unter die Haut gegangen. Sie ist eigentlich perfekt für mich – und meinen Sohn."

Jonas' Gesichtsausdruck wurde besorgt. „Du meinst, du hast sie schon deinem Kind vorgestellt?"

„Nein. Er hat sie mir vorgestellt." Ich dachte an den ersten Tag zurück, als ich gesehen hatte, wie Rebel aus ihrem Haus kam. „Sie hat mein Herz erobert, als wir uns das erste Mal trafen. Sie ist unsere neue Nachbarin. Mein Sohn stellte sich ihr vor – was ihm überhaupt nicht ähnlich sieht – und sie verstanden sich von Anfang an großartig."

„Sie ist deine Nachbarin?", fragte er. „Also hat sie auch eine Menge Geld?"
„Nein." Ich dachte an das kleine Auto, das sie fuhr, und daran, wie überrascht sie sein würde, wenn ich ihr ein neues, wahnsinnig teures kaufte. „Sie kämpft immer noch damit, ihre Studentendarlehen zurückzuzahlen. Sie ist Tierärztin. Die Lady von nebenan hat ihr das Kutschenhaus zu einem wirklich günstigen Preis verkauft. So kommt es, dass sie in meiner Nachbarschaft wohnt."
„Wie hat deine Ex auf diese Neuigkeit reagiert?" Er nahm seinen Kaffee und trank einen langen Schluck.
„Sie weiß noch nichts von unserer Beziehung. Und mein Sohn auch nicht." Etwas sagte mir, dass Eli nichts dagegen hätte.
„Vielleicht solltet ihr noch eine Weile warten – um sicherzugehen, dass es zwischen euch funktioniert –, bevor du den beiden von euch erzählst", riet er mir. Er hatte keine Ahnung, wie viel Zeit wir zusammen mit Eli verbracht hatten. „Wenn wir es meinem Sohn nicht bald mitteilen, wird er es irgendwann selbst mitbekommen. Es fällt uns schwer, die Hände voneinander zu lassen."
„Ihr seid frisch verliebt", sagte er seufzend. „Mann, es ist schon eine Weile her, dass ich das erlebt habe."
Ich kannte den Mann seit ein paar Jahren und soweit ich wusste, hatte er noch nie eine dauerhafte Beziehung gehabt. „Als Allgemeinchirurg hast du wahrscheinlich kaum Zeit für irgendetwas neben der Arbeit. Vielleicht solltest du deine Position im Vorstand nutzen, um mehr

Mitarbeiter einzustellen. Davon würde das gesamte Personal profitieren, denkst du nicht auch?"
„Doch, sicher." Er fuhr sich mit der Hand durch seine dunklen Haare. „Auf der Tagesordnung steht unter anderem ein weiterer Neurochirurg. Er hat seit ungefähr einem Jahr nicht mehr gearbeitet und beim Vorstand eine Petition eingereicht, in der er darum bittet, hier im Saint Christopher anzufangen. Aber er hat ein paar Probleme, die einige der Vorstandsmitglieder beunruhigen."
„Welche denn?", fragte ich.
„Er hat ein paar schwierige Jahre in seinem Privatleben hinter sich. Er hat seine Frau vor etwas mehr als einem Jahr an Krebs verloren." Er sah grimmig aus und trank nach einer Pause einen großen Schluck Kaffee. „Und er hat einen dreijährigen Sohn. Ich bin einer der Skeptiker. Ich bin mir nicht sicher, ob er bereit für eine Anstellung bei uns ist."
Mein Herz schmerzte für das arme Kind. Seine Mutter zu verlieren musste schrecklich gewesen sein. Eli litt unter der Abwesenheit seiner Mutter und sie war nicht einmal tot. Wie wäre es, ohne Zweifel zu wissen, dass man seine Mutter niemals wiedersehen konnte?
„Ich kann mir nicht einmal vorstellen, wie der Mann damit umgeht." Und ich war froh, dass ich nicht mit einer solchen Situation umgehen musste. „Es ist schon schwierig genug, sich mit einer Ex herumzuschlagen, die sich nicht an die Existenz ihres Sohnes zu erinnern scheint."
„Kinder brauchen ihre Mütter." Er sah auf seinen fast leeren Becher. „Ich denke, das ist es, was mich bei dem

Mann zögern lässt. Sein Kind braucht ihn in der Nähe.
Wenn er hier arbeitet, ist er ständig von zu Hause weg.
Du weißt, wie das ist, Harman."
Ich wusste es, aber ich wusste auch, dass ein guter Vater
das Wichtigste in seinem Leben an die erste Stelle setzen
würde. „Wenn ich du wäre, würde ich mit dem Kerl
sprechen und herausfinden, was seine Pläne sind. Frage
ihn, ob er vorhat, jemanden einzustellen, der sich um sein
Kind kümmert, oder ob er Verwandte hat, die sich um
den Jungen kümmern. Zumindest hätte das Kind dann
ein stabiles Zuhause. Das ist wichtig. Ich kann ihm dabei
helfen, sich an das Leben als hart arbeitender,
alleinerziehender Vater zu gewöhnen. Außerdem haben
wir hier bereits einen anderen Neurochirurgen an Bord.
Das Krankenhaus muss nicht sein ganzes Leben
beherrschen, so wie bei dir, Jonas."
„Vielleicht sollte ich nach einem weiteren
Allgemeinchirurgen Ausschau halten, hm?", fragte er
lachend.
„Ich habe das Gefühl, wenn du dich jemals richtig
verlieben würdest, würdest du ziemlich schnell
herausfinden, wie man diesen Job und sein Privatleben
unter einen Hut bringt." Ich spürte, wie meine Tasche
vibrierte und stand auf, um den Anruf anzunehmen.
„Lass uns später weiterreden, Jonas. Überarbeite dich
nicht."
Ich spürte ein Lächeln auf meinen Lippen, als ich nach
unten schaute und Rebels Namen sah. Ich konnte mich
nicht erinnern, dass jemals ein Anruf von Tara mein Herz
höherschlagen ließ.

Ich nahm den Anruf entgegen und noch bevor ich sie begrüßen konnte, fragte Rebel: „Vermisst du mich schon?"

„Und wie." Sobald ich ihre Stimme hörte, regte sich mein Schwanz. „Ich kann es kaum erwarten, dich wieder in den Armen zu halten, Doktor Saxe."

„Ich kann es auch kaum erwarten." Sie seufzte bei den hoffentlich großartigen Erinnerungen an unsere erste gemeinsame Nacht. „Ich habe immer noch Schmerzen von unserer letzten Session. Ich glaube, ich brauche etwas mehr Übung, um mich an all diese Aktivitäten zu gewöhnen. Wann wird es wohl soweit sein?"

„Wenn Tara Eli nimmt, hast du am kommenden Wochenende zwei Nächte und drei Tage meine volle Aufmerksamkeit." Ich drückte die Daumen, dass Tara sich diesmal an ihr Versprechen halten würde.

„Ich habe nachgedacht und ich wollte mit dir darüber sprechen", sagte sie. „Ich weiß, ich habe gesagt, dass wir Eli nichts von uns erzählen sollen, aber ich fühle mich allmählich so, als ob wir etwas verstecken. Und ich möchte nicht, dass Eli denkt, dass einer von uns etwas vor ihm verheimlicht. Also, was sagst du dazu, ihm von uns zu erzählen?"

„Es würde sicherlich helfen, wenn wir alle zusammen sind, nicht wahr?" Ich hasste es, dass ich nicht einmal ihre Hand halten konnte, wenn Eli in der Nähe war. „Ich könnte auf dem Heimweg bei dir vorbeischauen. Er wird dann wahrscheinlich immer noch in deinem Haus sein. Wir könnten es ihm heute Abend zusammen sagen, wenn du willst."

„Das tue ich." Sie stieß ein leises Stöhnen aus, das mich erschreckte. „Es ist nicht fair, Dinge vor deinem Sohn zu verbergen, nur weil ich Angst davor habe, wie seine Mutter reagieren wird. Sie ist diejenige, die gegangen ist. Sie musste wissen, dass du eines Tages jemanden finden würdest."

„Das denke ich auch." Ich wusste, dass es einige Zeit dauern würde, bis sich alle daran gewöhnt hatten. Wir konnten genauso gut gleich damit anfangen. „Tara ist vielleicht ein bisschen überrascht, aber ich bezweifle, dass sie schockiert sein wird. Sie hat Elis tägliche Berichte über sein Leben gehört und du und ich sind ein großer Teil davon."

„Ja, ich denke, es ist am besten, ehrlich zu sein", sagte sie. „Und ich möchte vor anderen Leuten deine Wange küssen und von dir umarmt werden, ohne dass es eine große Sache ist."

„Das klingt gut." Es klang besser als gut, aber ich wollte nicht übermütig werden. „Also, ich komme später vorbei und wir lassen es ihn wissen. Wie läuft die Arbeit heute?"

„Ein Rottweiler wurde eingeliefert, nachdem er von einem Auto angefahren worden war. Das war schrecklich. Aber ich habe es geschafft, seine Wunden zu nähen, und er ruht sich jetzt aus." Sie lachte kurz. „Einer der Assistenten wurde von ihm in den Arm gebissen. Er hat geweint wie ein Mädchen. Dann fand ich heraus, dass es sein erster Hundebiss war, und ich hörte auf, über ihn zu lachen und verband ihn gut. Ich glaube nicht, dass er für diese Erfahrung bereit war."

„Das klingt ganz nach der Rebel, die ich kenne." Die Frau hatte so viele bewundernswerte Eigenschaften – sie war so fürsorglich und einfühlsam. „Also, wie wäre es, wenn ich heute Abend chinesisches Essen nach Hause mitbringe? Wir können bei dir zu Abend essen."
„Klingt gut. Kein Kochen, kein Putzen, nur Essen und Abhängen mit meinen Jungs – einfach himmlisch." Ich hörte, wie jemand im Hintergrund ihren Namen rief, und wusste, dass unser Gespräch zu Ende war. „Ich muss gehen, Schatz. Gerade wurde ein weiterer Hund eingeliefert, der von einem Auto angefahren wurde. Das ist schon der dritte. Ich weiß nicht, was heute los ist, aber ich hoffe, dass es jetzt aufhört."
„Viel Glück, Baby. Wir sehen uns gegen sechs. Bis dahin werde ich dich vermissen", sagte ich.
„Ich dich auch. Bye, Harman."
Jetzt müssen wir nur noch Eli von uns erzählen. Warum macht mir das ein bisschen Angst?

Kapitel 14
Rebel

Sobald ich durch meine Haustür trat, hörte ich ein Klopfen an der Hintertür. „Rebel, hier ist Eli! Ich bin da."
Ich schloss die Tür auf und sah Eli mit seinem Freund Jason, die beide lächelnd dastanden. Moppy schlenderte durch den Garten und begrüßte die anderen Tiere in ihren Käfigen auf seine Weise. „Heute war unser letzter Schultag", sagte Eli. „Wir müssen erst nächste Woche wieder hin."
„Ja, nächsten Montag müssen wir zurück", sagte Jason, der auf und ab hüpfte. „Also können wir Ihnen jeden Tag helfen, auch morgens, wenn Sie wollen."
„Ihr habt vielleicht Ferien, aber ich muss zur Arbeit gehen. Ich habe nur am Donnerstag – an Thanksgiving – frei." Es wäre fantastisch, wenn ich mich eine Woche

lang nicht darum kümmern müsste, die Tiere morgens zu füttern. „Jeder von euch bekommt zwanzig Dollar, wenn ihr die Tiere während eurer Ferien morgens mit Futter und Wasser versorgt. Das wäre eine große Erleichterung für mich, also danke für das Angebot."
Als ich durch die Hintertür hinaus ging, sah ich, dass die Kinder bereits allen Tieren Wasser gegeben hatten.
„Stelle einfach das Futter nach draußen, damit wir Zugriff darauf haben", sagte Eli zu mir. „Ich denke, wenn du es in eine große Mülltonne mit Deckel legst, können wir es hier stehenlassen."
„Großartige Idee." Ich ging um das Haus herum zur Garage. „Ich habe eine unbenutzte Tonne in der Garage. Sie wäre perfekt."
Ich öffnete das Tor und beobachtete, wie die Jungen große Augen bekamen. „So viel Platz", sagte Jason und sah mich an. „Wir haben nirgendwo auf unserem Grundstück so viel Platz."
„Nun, ich habe seit meinem Einzug nicht viel angesammelt." Ich berührte mein Kinn, als ich sah, wie leer die Garage war. „Ich nehme an, sie wird voll, sobald ich Weihnachtsschmuck kaufe. Nach dem neuen Jahr werde ich ihn zur Aufbewahrung hier verstauen." Ich zeigte auf die leere schwarze Mülltonne. „Eli, nimmst du sie? Sie hat Räder, also kannst du sie einfach nach draußen ziehen."
Eli tat, was ich verlangte, und ich schloss die Tür wieder. Jason schien mit seinem neuen Job genauso zufrieden zu sein wie Eli. „Ich hatte noch nie einen Job. Das ist ziemlich cool." Er schob die Hände in die Taschen und

zitterte, als eine kühle Brise durch den Garten fegte. „Es wird wieder kalt."
„Es wird ein kaltes Thanksgiving in diesem Jahr, wenn der Wetterkanal recht hat." Ich öffnete die Hintertür. „Ich hole die Tüten mit dem Futter und ihr könnt sie in die Tonne legen, nachdem ihr alle Tiere gefüttert habt. Ich werde die Wärmelampen für sie einschalten und später wickle ich einige Tiere zusätzlich in Decken ein."
Während wir die Tiere versorgten, raste mein Herz, als ich über Elis Reaktion auf unsere Neuigkeit nachdachte. Ich konnte es kaum erwarten, es ihm zu sagen. Ich dachte, er wäre wahrscheinlich begeistert darüber, dass ich noch mehr ein Teil seines Lebens sein würde als in den letzten Wochen.
Nachdem wir fertig waren, stiegen wir alle in mein Auto – sogar Elis neuer Hund –, damit ich Jason nach Hause bringen konnte. „Zwei Straßen weiter, richtig?"
Eli wies mir den Weg, während die beiden auf dem Rücksitz saßen. „Biege rechts ab."
Ich bog ab und fuhr zwei Straßen weiter. Dann hielt ich vor einer weiteren prächtigen Villa an. „Jason, ich hoffe du kennst den Code des Tors."
„Es ist mein Geburtstag", sagte er, sonst nichts.
Ich saß mit geöffnetem Fenster da und schwebte mit dem Finger über der Tastatur. „Und der wäre?"
Die Jungen brachen in Gelächter aus, dann sagte Jason: „Oh ja, Sie wissen nicht, wann mein Geburtstag ist. 6. September 2010."
Als ich die Ziffern eintippte, öffnete sich das Tor. Ich fuhr die kurvenreiche Straße hinauf und konnte nicht

anders, als das Anwesen zu bestaunen. „Was für ein wunderschöner Ort, Jason. Es muss toll sein, hier aufzuwachsen."

„Wahrscheinlich." Er sah aus dem Fenster. „Ich wünschte nur, Mom und Dad hätten mich gehabt, als sie meinen Bruder und meine Schwestern hatten. Sie haben nach den Drillingen fünfzehn Jahre gewartet, bevor sie mich hatten. Meine Geschwister sind alle weggezogen, also bin ich hier ganz allein."

Eli zuckte mit den Schultern. „Zumindest hast du einen Bruder und zwei Schwestern. Ich habe überhaupt nichts."

Selbst wenn Elis Eltern jemals weitere Kinder hatten, würde er ihnen wahrscheinlich nie so nahe stehen, wie wenn er einen Bruder oder eine Schwester gehabt hätte, als er noch jünger war. Ich hatte ein wenig Mitleid mit dem Jungen. Ich hatte keine Ahnung, wie einsam es gewesen wäre, ohne Geschwister aufzuwachsen.

„Bis morgen, Jason." Ich hielt vor dem reich verzierten Eingang an. „Richte deiner Mutter Grüße von mir aus."

„Okay, das werde ich." Jason sprang aus dem Auto und winkte uns zum Abschied zu.

Wir winkten ebenfalls, als ich wegfuhr. „Dein Vater bringt uns heute Abend chinesisches Essen mit. Also fahre ich dich zurück zu mir, Eli."

„Cool." Er lächelte, als er aus dem Fenster sah. „Wirst du Thanksgiving mit uns verbringen, Rebel?"

„Vielleicht einen Teil davon." Ich hatte vor, meine Familie zu besuchen, und fragte mich, ob ich Eli und Harman einladen sollte, mitzukommen.

„Wir haben unser Thanksgiving-Essen immer mittags", sagte er. „Wann habt ihr es?"
„Normalerweise zur gleichen Zeit." Ich runzelte die Stirn. „Und deine Großeltern werden bei dir zu Hause sein."
Ich erinnerte mich daran, dass sie das gesagt hatten. „Ich schätze, das heißt, ich sehe dich erst wieder, wenn ich zum Abendessen zurück bin."
Wir hielten in meiner Einfahrt an und stiegen aus dem Auto. „Es wäre schön, wenn deine Familie auch zu uns kommen würde."
Ich fuhr mit der Hand durch seine Haare, die schon ein bisschen zottelig geworden waren. „Wer weiß? Vielleicht eines Tages." Vielleicht würden Harman und ich eines Tages noch enger verbunden sein. Eines Tages könnten er und ich sogar zusammen in seinem großen Haus leben. Aber das würde nicht so bald passieren.
Gerade als wir ins Haus gingen, klingelte mein Handy. Als ich es aus der Tasche meines Arztkittels zog, sah Eli Harmans Namen auf dem Bildschirm. „Da ist Dad. Kannst du ihn bitte an die Eierrollen erinnern? Die mag ich am liebsten und manchmal vergisst er sie."
„Das werde ich." Ich ging ran. „Hallo, Doktor Hunter."
„Hey, ich wollte anrufen, bevor ich das Essen hole. Was ist dein chinesisches Lieblingsgericht?", fragte er.
„Alles." Ich zwinkerte Eli zu, der mich beobachtete. „Vor allem Eierrollen, also besorge bitte jede Menge davon."
„Hmm", sagte er. „Du würdest doch keine zusätzliche Eierrollen-Bestellung für Eli aufgeben, oder?"
„Wer, ich?", fragte ich mit hoher Stimme. „Niemals."
Eli flüsterte: „Und vergiss die Glückskekse nicht."

„Oh ja", fügte ich hinzu, „und bitte vergiss die Glückskekse nicht."
„Okay." Ich hörte das Lächeln in seiner Stimme. „Willst du nichts Besonderes? Überlässt du mir die Entscheidung?"
„Es liegt ganz bei dir, Baby." Ich presste verlegen meine Hand auf meinen Mund, als ich Elis gerunzelte Stirn sah.
„Oh, scheiße", zischte Harman. „Bye."
Er legte auf und ich hatte keine Ahnung, was ich Eli sagen sollte. Zum Glück musste ich gar nichts sagen, da Eli einfach aufs Sofa ging und die Fernbedienung nahm.
„Kann ich einen Film suchen, den wir uns alle zusammen ansehen können, Rebel?"
„Tolle Idee." Ich ging in die Küche, um Teller und Getränke zu holen. Und vor allem, um Abstand zu halten, bis sein Vater kam. Ich wollte Eli nicht allein von uns erzählen.
Nachdem ich mich eine halbe Stunde lang beschäftigt hatte, kam Harman endlich durch die Haustür. „Das Essen ist hier."
Eli sprang vom Sofa auf. „Gut, ich bin am Verhungern."
Ich traf die beiden am Esstisch. „Hi. Das riecht fantastisch."
Harman zog die Behälter aus der Tüte, während er mich mit neugierigem Gesicht ansah. „Also, was habt ihr zwei gemacht?"
„Ich habe einen Film gefunden, den wir uns nach dem Abendessen ansehen können", sagte Eli. „Wir bleiben noch eine Weile, oder, Dad?"

„Nun, da du morgen keine Schule hast, dachte ich, wir könnten heute länger bleiben", sagte Harman.
Ich löffelte den Inhalt der Behälter auf drei Teller und verteilte sie dann. „Hört sich gut an, Jungs. Ich würde eure Gesellschaft lieben."
Eli nahm einen großen Bissen von einer Eierrolle. „Lecker!"
Harman und ich nahmen unsere Plätze ein und wir aßen alle, ohne viel zu sagen. Dann machten wir Smalltalk, hauptsächlich darüber, was Eli in den Ferien tun würde.
„Hey, willst du an einem Tag mit mir zur Arbeit kommen, Eli?", fragte ich und dachte, er würde das lieben.
Ihm klappte die Kinnlade herunter. „Könnte ich das?"
„Wenn es für deinen Vater in Ordnung ist." Ich sah Harman fragend an.
Nickend sagte er: „Ich denke, es wäre in Ordnung, da du jetzt meine Freundin bist."
Eli lächelte. „Ich wusste es!" Er lachte, als er auf uns zeigte. „Dad und Rebel sind zusammen."
Harman beugte sich vor und drückte seine Lippen auf meine Wange. „Nun, ich bin froh, dass die Katze jetzt aus dem Sack ist."
„Igitt!", quietschte Eli. „Mädchen sind ansteckend, Dad."
Ich warf dem Jungen einen Glückskeks zu. „Stimmt nicht!"
Harman lehnte sich auf seinem Stuhl zurück. „Nun, ich mag sie trotzdem."

Eli sah zwischen seinem Vater und mir hin und her. „Ich bin froh darüber. Ich mag es, wenn wir alle zusammen sind. Es ist besser."

Harman stimmte ihm zu: „Ich denke auch." Seine Augen wanderten zu meinen. „Rebel, du machst alles besser. Ich hoffe, du weißt das."

„Ihr macht auch mein Leben besser." Ich dachte darüber nach, wie langweilig mein Leben gewesen war, bevor ich sie getroffen hatte. „Ich dachte, mein Leben wäre in Ordnung, aber nach der Begegnung mit euch wurde mir klar, wie langweilig es wirklich gewesen war."

Eli sah mich mit wissenden Augen an. „Es ist, als ob wir alle zusammen sein sollten."

„Das ist aber tiefgründig für so einen kleinen Jungen", sagte Harman, als er mit seiner Hand über den Kopf seines Sohnes strich.

„Ich denke, es ist Zeit für einen weiteren Haarschnitt, bevor wir den Film ansehen", sagte ich, als ich die beiden betrachtete.

„Ich glaube, ich brauche auch einen", sagte Harman und sah mich dann an. „Ich möchte für den Feiertag gut aussehen. Und ich würde es lieben, wenn du ihn mit uns verbringst."

„Ich kann nicht." Es machte mich nicht glücklich, ablehnen zu müssen. „Ich muss zu meiner Familie fahren. Wir haben mittags unser Thanksgiving-Essen und Eli hat mir gesagt, dass es bei euch auch so ist. Und deine Eltern werden kommen."

„Wir können auch abends essen, wenn es bedeutet, dass du dann dabei sein kannst." Harman griff über den Tisch,

um meine Hand zu nehmen. „Ich möchte, dass du dabei bist. Ich werde die Essenszeit ändern, wenn es erforderlich ist. Das ist eine große Sache, weißt du?"
Obwohl ich nicht dachte, dass er das tun musste, fand ich es toll. „Ich möchte dir fast sagen, dass das nicht nötig ist, aber in Wahrheit freue ich mich sehr darüber, dass du sicherstellen willst, dass ich an eurem Thanksgiving teilhaben kann."
„Also sagst du Ja", erwiderte er. „Weil ich weiß, dass ich diesen Tag mit dir und Eli und meinen Eltern verbringen will. Ohne dich ist es nicht dasselbe."
Elis Augen funkelten, als er seinen Vater ansah. „Genau wie eine echte Familie, richtig, Dad?"
Harmans Daumen bewegte sich über meine Knöchel und mein Inneres schmolz dahin bei dem Blick, den er mir zuwarf. „Ja, Kleiner. Dieses Jahr wird es sich wie ein echtes Thanksgiving anfühlen. Ein paar Stunden auf Rebel zu warten schadet uns kein bisschen, hm?"
„Genau", stimmte Eli zu.
Noch nie hatte mich jemand so angesehen wie diese beiden. Etwas tief in mir regte sich – etwas, das bis zu diesem Moment unentdeckt gewesen war.
Am nächsten Abend fand das Hauseigentümer-Treffen statt und ich war furchtbar nervös.
Mit Harman an meiner Seite betrat ich die Garage – eine Garage für zehn Autos, in der überall Cateringpersonal herumlief. Patricia winkte uns zu sich. „Kommen Sie her und setzen Sie sich zu uns."

Harman nahm meine Hand in seine und stellte sicher, dass alle wussten, dass wir zusammen waren. „Hey, Patricia. Danke für die Einladung."
Er zog einen Stuhl hervor und ich setzte mich, während ich spürte, dass alle Augen auf mich gerichtet waren.
„Das hatte ich befürchtet", gab ich flüsternd zu.
Sie schob einen Teller mit Essen zu uns. „Kein Grund zur Sorge. Es ist eher eine Party als eine Versammlung. Also, sind Sie beide jetzt offiziell zusammen, oder was?"
Ich sah Harman an, als er schnell sagte: „Ja, das sind wir."
Seine Augen richteten sich auf zwei Männer, die in unsere Richtung schauten. „Stellen Sie sicher, dass Jack und Bill das auch wissen."
Als ich die Männer ansah, über die er gesprochen hatte, winkten sie mir beide zu. Ich lachte, als Harman ihnen mit unseren ineinander verschlungenen Händen zuwinkte. „Harman!"
„Was? Sie müssen es wissen." Er küsste meine Hand vor allen Anwesenden und somit wussten all unsere Nachbarn von unserer Beziehung. Wir würden uns nie mehr vor irgendjemandem verstecken.
Aber es gab immer noch eine Person, die nichts davon wusste. Und ich war immer noch besorgt darüber, wie sie die Neuigkeit aufnehmen würde.

Kapitel 15
Harman

Der Thanksgiving-Feiertag verlief glücklich und sowohl Eli als auch ich hatten mehr Spaß als seit langer Zeit. Meine Eltern hatten mich zur Seite genommen, um mich wissen zu lassen, dass sie Rebel liebten und sich über unsere aufkeimende Beziehung freuten.
Besser ging es nicht. Und als der Freitag kam, bekam Eli einen Anruf von seiner Mutter, die ihm sagte, dass sie ihn am Nachmittag um vier Uhr abholen würde. Sie wollte auch wissen, ob Eli ihr Rebel, die andere Frau in seinem Leben, vorstellen würde.
Ich hatte vor, bei diesem Treffen dabei zu sein. Ich dachte nicht, dass Rebel das allein tun sollte. Aber eine Notoperation hielt mich auf und ich stellte fest, dass ich es doch nicht schaffen konnte.

Am Ende der Operation überwachte ich eine Praktikantin, als sie unseren Patienten vernähte, und schaute auf die Uhr an der Wand. Genau vier Uhr. Ich fragte mich, ob Tara schon zu Hause war und unseren Sohn pünktlich abholte. Oder hatte sie wieder kurzfristig abgesagt?
Die Minuten vergingen viel zu langsam und ich schaute immer wieder vom Patienten zur Uhr. Um halb fünf zog sich mein Magen zusammen, als würde mein Körper spüren, dass Rebel und Tara sich in diesem Moment trafen.
Würden sie sich herzlich begrüßen? Oder fühlte sich eine von ihnen bedroht und attackierte die andere? Nicht meinetwegen, sondern wegen Eli. Dieser Junge dachte, Rebel hätte den Mond aufgehängt, und es zeigte sich in seinen Augen. Und Eli war schrecklich enttäuscht von seiner Mutter und auch das zeigte sich in seinen Augen. Ich wusste außerdem, wie stark Rebels Beschützerinstinkt bei Eli war.
„Er ist fertig, Doktor Hunter", informierte mich die Praktikantin.
„Okay, bringen Sie ihn zur Aufwachstation. Ich lasse ihn später von Doktor Kerr untersuchen. Ich muss los." Ich verließ den OP in der Hoffnung, dass ich es doch noch schaffen würde, bevor das Treffen stattfand.
Nachdem ich Jeans und einen Pullover angezogen hatte, ging ich zu meinem Auto und zog mein Handy aus der Tasche meiner Jeans. Ich rief Rebel an und wollte herausfinden, was mir entgangen war.
„Hey, Schatz", sagte sie.

„Hey." Ich klickte auf den Schlüssel, um mein Auto zu öffnen, während mir der Wind ins Gesicht blies. „Ist sie da?"

„Nicht mehr. Sie sind gerade gegangen", ließ sie mich wissen.

„Und wie ist es gelaufen?" Ich setzte mich auf den Fahrersitz, steckte den Schlüssel in das Zündschloss und drehte die Heizung auf. „Verdammt, heute ist es kalt."

„Ich weiß. Im Kamin brennt ein Feuer. Hier ist es schön warm." Sie holte tief Luft. „Und es lief gut. Sie war nett. Und sie sagte mir sogar, dass sie meinen Rat und die Zeit, die ich mit ihrem Sohn verbracht habe, zu schätzen weiß."

„Das war nett von ihr." Erleichterung überkam mich. „Es ist also gut gelaufen. Und Eli war glücklich?"

„Überglücklich." Sie klang auch glücklich darüber. „Er war so aufgeregt, uns einander vorzustellen. Ich konnte nicht aufhören zu lächeln, so süß war er."

„Gut. Ich bin froh, dass alles geklappt hat." Ich wollte noch etwas wissen. „Habt du oder Eli ihr von uns erzählt?"

„Nein", kam ihre schnelle Antwort. „Es schien nicht der richtige Zeitpunkt dafür zu sein und ich nehme an, Eli dachte das auch. Keiner von uns hat ein Wort über dich gesagt."

„Nun, ich schätze, das ist okay. Es geht sie sowieso nichts an." Ich bog ab, um auf den Highway zu fahren. „Mom und Dad sind heute Morgen abgereist und ich habe dem Personal während des langen Wochenendes freigegeben.

Mein Haus ist also leer. Was sagst du zu einem Wochenende bei mir?"

"Das wäre wunderbar!" Ich hörte, wie sie sich bewegte. "Ich werde packen und du kannst mich auf deiner Fahrt nach Hause abholen."

"Klingt gut. Wir sehen uns in fünfzehn Minuten." Es tat gut, jemanden zu haben, mit dem ich Zeit verbringen konnte, während Eli weg war. In den letzten Jahren war es immer einsam gewesen, wenn Tara ihn mitgenommen hatte. Aber jetzt hatte ich Rebel, um mir Gesellschaft zu leisten.

Es sah gut aus für Eli und mich. Vielleicht würde sich Tara sogar künftig mehr anstrengen, nachdem sie jetzt eine Konkurrentin um die Zuneigung ihres Sohnes hatte. Ich nehme an, ein bisschen Konkurrenz ist immer gut. Rebel kam aus ihrem Haus, als ich in ihre Einfahrt einbog, so als hätte sie auf mich gewartet. Sie eilte zum Auto, stieg ein und warf ihre Tasche auf den Rücksitz.

"Mann, es ist kalt. Wie wird wohl Weihnachten sein, wenn es jetzt schon so kalt ist?"

"Wir könnten dieses Jahr ein verschneites Weihnachtsfest bekommen. Wir sind jetzt nur noch drei Grad über dem Gefrierpunkt." Ich fuhr los, um sie so schnell wie möglich zu mir nach Hause zu bringen und ihr die Kleider auszuziehen.

Sie musterte mich mit einem sexy Lächeln auf den Lippen. "Mit dir zu kuscheln, während draußen der Schnee fällt, klingt himmlisch für mich."

"Für mich auch." Ich hielt in der Garage an und drückte dann den Knopf, um das Tor hinter mir zu schließen.

„Wenigstens müssen wir nicht raus in die Kälte, um ins Haus zu gelangen."
Es war immer so unheimlich ruhig, wenn niemand zu Hause war, und Rebel bemerkte es sofort. „Es fühlt sich so leer an. Wo ist Moppy?"
„Die Köchin hat ihn für das Wochenende mit nach Hause genommen, da Eli nicht hier ist. Sie hat sich in den großen, alten Kerl verliebt." Als ich die Küche betrat, ging ich zum Kühlschrank, um das Tablett mit Fleisch, Früchten und Käse zu holen, das die Köchin als Snack für uns vorbereitet hatte. „Es ist schon eine Weile her, dass niemand zu Hause war." Ich stellte das Tablett auf die Theke und drehte mich dann um, um mein Mädchen in die Arme zu nehmen.
Unsere Augen trafen sich, dann taten unsere Lippen das Gleiche und plötzlich waren mir die Snacks egal. Ich hob Rebel hoch, setzte sie auf die Theke und bewegte mich zwischen ihre Beine. Ihre Arme legten sich um meinen Hals, als wir uns ineinander verloren.
Ich hob ihr Shirt an, legte meine Hände auf ihre Haut und liebte ihre Zartheit. Als Nächstes schob ich ihren BH hoch und spielte mit ihren großen Brüsten, bis ihre Brustwarzen steinhart waren. Als das nicht genug war, legte ich sie auf die Granitplatte, damit ich sie schmecken konnte.
Ihre Augen waren weich und glasig, als sie beobachtete, wie ich mich vorbeugte, um eine Brustwarze in meinen Mund zu nehmen, während ich mit der anderen spielte. Ihr Stöhnen bewegte mich auf eine Art und Weise wie noch nie zuvor.

Während ich saugte, leckte und an ihrer köstlichen Brust knabberte, dachte ich darüber nach, dass ich ihr nicht einmal einen Happen zu essen angeboten hatte, bevor ich sie verschlungen hatte. Ich nahm meinen Mund von ihr und fragte: „Hast du Hunger?" Dann wurde mir klar, dass das ein bisschen seltsam klang. „Nicht auf mich. Auf Essen." Ich fuhr mir mit der Hand durch die Haare. „Oh, verdammt! Du machst mich so …"
„Durcheinander?", fragte sie mit einem Grinsen. „Und nein, ich habe keinen Hunger. Danke der Nachfrage. Komm jetzt zurück zu mir und mach weiter. Das war großartig."
Alles, was ich tun konnte, war, auf sie herabzusehen. Ich war fast neun Jahre mit nur einer Frau zusammen gewesen. Einer Frau, zu der ich in all der Zeit keine wirkliche Verbindung gehabt hatte. Tara hatte mir nie gesagt, dass ich großartig war. „Als wir gestern am Tisch sagten, wofür wir dankbar sind, wollte ich sagen, wie dankbar ich für dich bin, Rebel."
Sie griff nach meinem Hemd und zog es mir aus. „Und ich bin dankbar für dich, Doktor Hunter." Ihre Hände bewegten sich über meinen Sixpack und meine Brustmuskeln und legten sich schließlich auf meinen Bizeps. „Und zwar für mehr als nur diesen herrlichen Körper, für den du so hart trainiert hast."
Ich fuhr mit meiner Hand durch ihr seidiges Haar und flüsterte: „Du wächst mir ans Herz. Wie der Samen einer Wildblume, den die Frühlingsbrise hergeweht hat, wächst du mir ans Herz."

„Das gefällt mir." Ihre Finger strichen über meinen Arm, um meine Hand zu nehmen. Sie hob sie hoch und saugte an meinem Zeigefinger.

Sie hatte das letzte Mal, als wir zusammen waren, eine neue Technik an mir geübt. Und es sah so aus, als würde sie diese neue Technik noch ein bisschen mehr üben wollen. Ich öffnete meine Jeans, als ich meine Turnschuhe abstreifte, und ließ meine Hose Sekunden später auf den Boden fallen. Rebels Augen funkelten, als sie von der Bar kletterte, um vor mir auf die Knie zu gehen.

Als sie zu mir aufblickte, zog sie mir langsam meine schwarzen Boxershorts herunter und befreite meinen langen, harten Schwanz daraus. „Also hat dir gefallen, was ich letztes Mal gemacht habe? Ich hatte Angst, dass du das nur gesagt hast, um meine Gefühle nicht zu verletzen."

„Ich gebe nur aufrichtiges Lob, Baby." Ich legte meine Hände auf ihre Schultern, als ich mich gegen die Bar lehnte. „Dieses Mal werde ich dich aufhalten, bevor ich komme." Ich schaute auf den Parkettboden. „Glaubst du, du wirst ein Problem damit haben, für mich auf den Knien zu bleiben?"

Sie schüttelte den Kopf. „Nicht ein bisschen." Sie leckte sich die Lippen, schlang die Hände um meinen Schwanz und küsste dann sanft die Spitze, bevor sie sie leckte wie einen Lutscher.

Als sie das ganze Ding in ihren heißen Mund nahm, knurrte ich zufrieden. „Ja, Baby. Nimm mich ganz."

Sie bewegte sich langsam auf und ab und saugte dabei leicht. Die Frau machte mich noch verrückt. Als ich auf sie hinabblickte und ihr zuschaute, konnte ich mich nicht erinnern, jemals etwas so Schönes in meinem Leben gesehen zu haben.

Ich vergrub meine Hände in ihren Haaren und legte ihren Kopf leicht schief, damit sie mir in die Augen sehen konnte. „Rebel, du bist die großartigste Frau, die ich je gesehen habe. Was du mit mir machst, fühlt sich manchmal unwirklich an."

Rebels Mund zitterte, als sie stöhnte und vor Vergnügen die Augen schloss, und ich verlor fast die Beherrschung. Keuchend zog ich ihren Kopf zurück und ließ sie wissen, dass sie mich an den Rand der Ekstase gebracht hatte und aufhören musste.

Sie lächelte mich an, bevor sie aufstand und ihr Shirt und ihren BH ganz auszog, während ich zusah. Dann schlüpfte sie aus ihren Jeans, nachdem sie ihre Ballerinas abgestreift hatte. Nackt kehrte sie auf Händen und Knien auf den Boden zurück.

Mein Körper zitterte vor Verlangen, als ich hinter sie trat. Sie wackelte mit ihrem festen Hintern. „Ich bin bereit für dich, Doktor", schnurrte sie.

„Du bist so ein böses Mädchen." Ich gab ihr einen Klaps auf den Hintern. „Du lässt dich von deinem Arzt ficken – das solltest du mir nicht antun."

„Aber es ist die einzige Medizin, die hilft." Rebel sah mich über die Schulter an und schmollte mit ihren geschwollenen Lippen. „Besorge es mir, Doc. Ich will deinen Schwanz tief in mir spüren."

„Hast du etwa Pornos angeschaut, Baby?" Ich lächelte sie an, als ich in sie stieß.
Sie keuchte bei dem kräftigen Stoß. „Nein, ich lese bei der Arbeit verbotene Bücher." Ich schlug wieder auf ihren Hintern, als ich hart in sie rammte. „Verdammt, warum fühlt sich das so gut an?", stöhnte sie.
Da es sich gut anfühlte, tat ich es immer wieder, bis ihr heißes Zentrum um meinen Schwanz erbebte und ich zum Orgasmus kam. Unser Keuchen hallte von den Wänden der Küche wider, als wir versuchten, wieder zu Atem zu kommen.
Ich zog sie auf die Füße, hob sie hoch und trug sie dann in mein Schlafzimmer. „Es sieht so aus, als würde es eine weitere heiße Nacht werden, Rebel. Ich kann nicht genug von dir bekommen."
Sie klammerte sich an meinen Nacken und legte ihren Kopf auf meine Brust. „Ich brauche eine weitere heiße Nacht." Sie küsste mich auf die Wange, als mein Fuß die erste Stufe der Treppe berührte. „Und danach noch eine zweite!"
Wenn uns dieses Wochenende nicht umbringt, macht es uns stärker!

Kapitel 16
Rebel

In Harmans Bett aufzuwachen war himmlisch. Das riesige Bett fühlte sich noch größer an, wenn wir uns in die Mitte kuschelten. Sonnenlicht strömte durch die Vorhänge, als es den Morgenhimmel erfüllte.

Als ich mich aus Harmans Armen löste, um aufzustehen und auf die Toilette zu gehen, knurrte er ein wenig und zog mich fester an sich, so als wollte er mich überhaupt nicht gehen lassen. „Ich muss pinkeln, Baby."

Er ließ mich widerwillig los, drehte sich dann um und schlief sofort wieder ein. Wir hatten uns bis spät in die Nacht geliebt. Ich hatte meine Zweifel, dass wir an diesem Tag die Energie haben würden, viel zu tun. Ich stellte mir vor, den größten Teil des Tages im Bett zu bleiben und uns zu erholen – und es dann noch einmal zu tun.

Ich humpelte ins Badezimmer. Noch nie in meinem Leben war ich so steif und wund gewesen. Ich versuchte, nicht zu stöhnen, aber ein leiser Laut entkam mir, als ich mich auf den Weg zum angrenzenden Badezimmer machte.

Sobald ich drinnen war, schloss ich die Tür und stöhnte lauter. „Oh Mann."

Wenn ich wieder richtig laufen wollte, brauchte ich ein heißes Bad. Ich drehte den Wasserhahn auf, bevor ich auf die Toilette ging, und putzte mir die Zähne. Ich war dankbar, dass ich mir am Abend zuvor fünf Minuten Zeit genommen hatte, um meine Tasche ins Badezimmer zu stellen, und nahm mein Shampoo und meinen Conditioner heraus, um mir die Haare zu waschen.

Als ich in der Wanne saß, dachte ich, ich könnte nach dem Anziehen die Treppe hinuntergehen und uns etwas zum Frühstück machen. Ich hoffte, Harman zu beeindrucken, indem ich meine kulinarischen Fähigkeiten demonstrierte, wobei meine Frühstücksgerichte am besten waren.

Nachdem ich mich fertig gemacht hatte, spähte ich durch die Badezimmertür und stellte fest, dass Harman immer noch tief und fest schlief. Ich verließ auf Zehenspitzen den Raum und ging nach unten, um zu sehen, was ich machen konnte.

Natürlich hatte die Küche alles, was man sich vorstellen konnte. Also entschied ich mich für eine Schinken-Käse-Quiche. Ich machte außerdem Bratkartoffeln und griff nach ein paar Keksen, die seine Köchin im Kühlschrank gelassen hatte.

Der Kaffee war gerade fertig und ich hatte zwei Gläser Saft eingegossen, als Harman nur in einem Bademantel in die Küche kam. Er sah so süß mit seinen zerzausten Haaren aus. „Du hast mich verlassen."

Ich breitete die Arme aus und deutete auf das Essen. „Ich wollte uns Frühstück machen."

„Sieh an, meine kleine Hausfrau." Er kam mit einem Grinsen zu mir und fügte hinzu. „Ich habe mir die Zähne geputzt. Wie wäre es mit einem Morgenkuss?"

„Ich denke, das wäre nett." Seine Arme schlossen sich um mich und hüllten mich in seine warme Stärke. „Ich bin gern neben dir in deinem riesigen Bett aufgewacht."

„Ich habe dich die ganze Nacht gern festgehalten." Er küsste mich sanft und drückte dann seine Stirn gegen meine. „Ich denke, es wird schwierig sein, das nicht mehr zu tun."

Ich wusste nicht, was ich dazu sagen sollte. Wenn Eli nach Hause kam, wäre es nicht richtig für mich, dort weiterhin zu übernachten. Aber das behielt ich für mich. „Wir haben noch heute Nacht. Es sei denn, du wirfst mich raus."

„Niemals." Er küsste mich erneut.

Mein Herzschlag beschleunigte sich, als unser Kuss leidenschaftlicher wurde. Ich musste ihn beenden, bevor wir es zu weit trieben, und zog meinen Mund von seinem. „Wir müssen essen. Wir haben gestern nach dem Mittagessen nichts mehr zu uns genommen."

„Du hast recht, Doktor Saxe." Er ließ mich los. „Lass uns anfangen."

Ich stellte das Essen auf den Tisch und Harman goss uns Kaffee ein. „Etwas Milch für mich, bitte."

Wir setzten uns zur gleichen Zeit und ich liebte seinen hungrigen Gesichtsausdruck, als er auf seinen Teller sah. „Mhmm, Baby."

„Danke." Es begeisterte mich unheimlich, dass er das Essen mochte, das ich gemacht hatte. „Du hast hier absolut jede Zutat, die irgendjemand jemals brauchen könnte. Es war ziemlich einfach, mir etwas auszudenken."

Er nahm einen Bissen von der Quiche und lächelte. „Das ist so gut."

Ich nahm einen Bissen von meiner Portion und nickte dann. „Ja, das ist es."

„Wir sollten heute meinen Truck nehmen, um einen Weihnachtsbaum zu besorgen. Dann können wir ihn heute noch aufstellen und dekorieren." Er machte eine Pause, um einen Schluck Kaffee zu trinken. „Ich habe jede Menge Dekorationen, die meine Mutter in den letzten Jahren ausgesucht hat. Ich bewahre alles in einem der leeren Schlafzimmer im Erdgeschoss auf. Eli und ich nennen es das Weihnachtszimmer. Du kannst dich dort umsehen, damit du weißt, was wir haben, während ich mich fertig mache. Wir lassen den Baum hier und ich rufe meinen Gärtner an, damit er ihn für uns aufstellt, während wir unterwegs sind. Dann können wir weitere Dekorationen und ein paar Geschenke einkaufen. Auf diese Weise wird Eli eine große Überraschung erleben, wenn er morgen nach Hause kommt."

„Und ich dachte, dass du und ich heute den ganzen

Tag im Bett bleiben würden." Ich lächelte ihn über den Rand meiner Kaffeetasse hinweg an.

„Nun, wir können das tun, wenn es dir lieber ist." Er zog seinen Morgenmantel auf, damit ich sehen konnte, wie er seine Brustmuskeln anspannte. „Brauchst du mehr davon, Baby?"

Ich lachte über ihn und sagte: „Ich könnte noch eine Dosis vertragen. Aber um ehrlich zu sein, liebe ich deine erste Idee wirklich. Heute Nacht können wir immer noch mehr ... davon genießen", sagte ich, während mein Blick über die nackte Haut wanderte, die er entblößt hatte.

Nach dem Frühstück ging ich in das Weihnachtszimmer und fand so viele Dinge, dass es mir schwerfiel, auszusuchen, was ich benutzen würde. Ich wusste nur, dass er keine weiteren Dekorationen kaufen musste.

Ich legte die Dinge, von denen ich dachte, dass sie gut aussehen würden, vor den großen Raum, der eigentlich ein Schlafzimmer sein sollte. Mit meinem Telefon in der Hand für den Fall, dass ich mich verlaufen sollte, beschloss ich, mich ein wenig umzusehen, um mich mit Harmans Zuhause vertraut zu machen.

Auf der unteren Etage zählte ich vier Schlafzimmer und sechs Bäder sowie eine Reihe weiterer Wohnräume. Und ich wusste, dass es oben noch mehr Zimmer gab. Ich fragte mich, wie Harman und Eli sich an diesem riesigen Ort wohlfühlen konnten. Schließlich hatten sie nicht immer so gelebt. Es musste etwas gewöhnungsbedürftig sein.

Als Harman mich auf meinem Handy anrief, ging ich

sofort ran. „Hallo, ich habe mich in deiner Villa verirrt."

„Biege immer rechts ab. Irgendwann gelangst du zurück ins Wohnzimmer." Er lachte. „Das war nur Spaß. Sag mir, wo du bist, und ich werde dich finden."

„Hier gibt es einen riesigen Fernseher", sagte ich und meinte riesig. „Und ein paar Kinosessel." Ich sah mich um und entdeckte eine Popcornmaschine und eine kleine Bar. „Wieso haben wir uns den Film, den Eli sehen wollte, nicht einfach an diesem Ort angeschaut?"

„Weil er Filme gern zusammen mit anderen Leuten ansieht." Die Tür öffnete sich und er trat ein. „Aber du und ich könnten uns hier ein paar Filme ansehen, wenn du möchtest."

Ich ging zur Bar und stellte fest, dass sie gut gefüllt war. „Wie viele Bars hast du hier, Harman?"

Er schüttelte den Kopf und ich wusste, dass er wahrscheinlich keine Ahnung hatte. „Ich kümmere mich nicht darum, das macht meine Haushälterin. Nun, sie ist eher eine Haus-Managerin als eine Haushälterin."

„Dieser Ort dient mehr der Unterhaltung als dem Leben." Ich wollte mehr sehen und ein Zimmer finden, an dem ich mich zu Hause fühlen konnte. „Führe mich herum, Harman."

Er hakte sich bei mir unter und setzte sich in Bewegung. „Eli und ich benutzen normalerweise den kleinen Essbereich direkt vor der Küche. Wir schauen Fernsehen im Medienraum in der Nähe des Poolraums, den wir oft benutzen. Und dann sind da noch unsere Schlafzimmer. Seines ist gegenüber von meinem. Ansonsten bleiben die meisten dieser Räume ungenutzt."

Ich sagte es nicht, aber ich fand, dass die Extravaganz etwas verschwenderisch wirkte. „Vielleicht finden wir hier noch einen Ort, der sich gemütlich anfühlt."

„Es gibt diesen einen Ort, von dem ich denke, dass er einst als Dienstbotenquartier diente." Er öffnete eine Tür, hinter der eine Wohnung zu sein schien. Hinter einem großen Raum war ein Flur, der zu einer kleinen Küche mit einem Badezimmer auf der anderen Seite führte. Außerdem gab es noch zwei kleine Schlafzimmer.

Wir sahen uns an und schüttelten beide den Kopf, als ich sagte: „Nein, das ist zu sehr wie meine alte Wohnung."

„Ja, das denke ich auch", stimmte er mir zu. „Zu klein und zu sehr wie unser altes Zuhause."

Während wir herumgingen, führte er mich in einen runden Raum. „Hier habe ich in den letzten zwei Jahren den Weihnachtsbaum aufstellen lassen."

„Und was ist hinter diesen Türen?" Insgesamt waren es drei.

„Komm – ich zeige es dir." Er führte mich zur ersten Tür und ich fand eine Bibliothek dahinter. Sie war voll mit Büchern aller Art. Eine weitere Tür führte zu einem weiteren großen runden Raum, aber dieser verfügte über ein riesiges Oberlicht, das den Raum erhellte. Ich wusste, dass es nachts, wenn die Sterne herauskamen, fantastisch hier wäre.

„Harman, warum machst du das nicht zum Hauptwohnbereich? Der Blick in den Nachthimmel wäre wundervoll." Ich deutete auf die Wand. „Die Wölbung der Wand wäre für einen dieser modernen Fernseher großartig. Aber die weißen Möbel sollten mit etwas anderem ausgetauscht werden. Vielleicht etwas aus Leder. Hier gibt es jede Menge Möbel."

„Ich mag das Ledersofa in dem Raum mit all den Fenstern, die zur Rückseite des Grundstücks zeigen." Harman sah sich um. „Ich habe dieses Zimmer nie als Wohnbereich betrachtet. Du hast aber recht, es wäre ein außergewöhnlicher Ort, um hier die Freizeit zu verbringen."

Er legte seinen Arm um mich und drückte mich. „Wenn du diesem Ort etwas Gutes tun möchtest, ist es willkommen, Baby. Es ist sogar nötig. Manchmal fühlt es sich an, als würde ich in einem Museum leben, voller Räume, die tabu sind."

„Sie gehören alle dir." Aber ich wusste, was er meinte. Das Haus fühlte sich unbewohnt an, dabei lebten er und Eli schon seit Jahren dort. „Ich helfe dir, es gemütlich zu machen."

Er hob eine Augenbraue und lächelte. „Großartige Idee. Wir können jeden Raum einzeln einweihen."

Lachend nahm ich seine Hand. „Lass uns zuerst den perfekten Weihnachtsbaum finden. Ich kann es kaum erwarten, Elis Gesicht zu sehen, wenn er morgen herausfindet, was wir getan haben."

Harman rührte sich nicht, als ich an seiner Hand zerrte. Stattdessen zog er mich zurück und schlang seine Arme um mich. „Ich frage mich, warum ich noch nie jemanden wie dich getroffen habe, Rebel Saxe. Du trägst dein Herz auf der Zunge – ein Herz, das größer ist, als ich es mir vorstellen kann. Und du liebst meinen Sohn."

„Das tue ich." Das konnte ich nicht verbergen.

„Du behandelst ihn fast so, als wäre er dein eigenes Kind." Er schüttelte den Kopf, als könnte er das nicht verstehen. „Du musst nichts für ihn tun, aber du tust alles Mögliche. Und du tust es, weil du es willst, nicht weil du es musst. Nicht, weil ich dich darum bitte."

„Er ist ein großartiges Kind." Ich hatte noch nie ein so tolles Kind gekannt.

„Es ist kein Wort, das ich in meinem Leben oft gesagt habe", flüsterte er, als wäre es ein großes Geheimnis. „Ich meine das Wort Liebe. Abgesehen von Eli habe ich es noch nie zu jemandem gesagt. Zu niemandem, Rebel."

„Versuchst du, mir zu sagen, dass du mich liebst, Harman?" Mein Herz schwoll an.

„Wenn ich es sage, möchte ich, dass du weißt, dass ich es ernst meine. Aber es wird immer offensichtlicher, dass sich etwas zwischen uns aufbaut, das sich verdammt ähnlich anfühlt wie dieses Wort."

Ich lächelte und wusste genau, was er meinte – weil ich es auch spürte.

Kapitel 17
Harman

Der Sonntagabend kam und ich hasste es zu sehen, wie das Wochenende zu Ende ging. Aber irgendwann musste alles enden. Rebel und ich waren in der Küche und kochten gemeinsam Chili, als Eli anrief. „Hey, kleiner Freund."
Rebel holte ein Messer und machte sich daran, eine Zwiebel zu schneiden. „Sag ihm, er soll seine Mutter fragen, ob sie zum Abendessen bleiben möchte, wenn sie ihn hier absetzt", flüsterte sie.
„Ähm." Ich wusste nicht, ob das eine gute Idee war.
„Wann wirst du zu Hause sein?", fragte ich meinen Sohn.
„Bald", sagte Eli. „Und sag Rebel, dass es nicht nötig ist. Wir sind auf dem Weg."

„Okay, dann bis gleich." Ich beendete den Anruf und legte das Telefon auf die Arbeitsplatte. „Er klingt ein wenig traurig oder verärgert."

Rebel wischte sich die Tränen aus den Augen, als sie schniefte. „Das ist nicht gut. Ich frage mich, was passiert ist."

Ich zog sie in meine Arme und wischte ihr mit einem Geschirrtuch die Augen ab. „Lass mich die Zwiebeln schneiden."

„Warum?", fragte sie. „Ich weine schon. Warum solltest du auch noch weinen?"

Ich machte mir nicht die Mühe, es zu erklären, sondern nahm ihr einfach das Messer weg und schob sie zur Spüle, bevor ich das kalte Wasser aufdrehte. „Bleib hier, bis es nicht mehr brennt."

„Auf Anordnung des Arztes?", fragte sie lachend.

„Ja." Ich ging den Rest der Zwiebel schneiden und tat es so schnell, dass mich die Dämpfe nicht störten. Dann warf ich die gehackte Zwiebel in das Chili, das auf dem Herd kochte, und machte mich daran, das Messer und das Schneidebrett abzuspülen. Eli war immer noch in meinen Gedanken. „Ich frage mich, was passiert ist."

Es dauerte weitere fünfzehn Minuten, bis Eli nach Hause kam. Er trat mit gesenktem Kopf durch die Seitentür und sah müde und traurig aus. „Hey, Leute."

Rebel sah ihn an und beobachtete mich, als ich zu meinem Sohn ging. Ich legte meinen Arm um seine Schultern und fragte: „Willst du mir sagen, was passiert ist?"

Er sah zu mir auf und dann zu Rebel. „Ich will ihre Gefühle nicht verletzen, Dad."
Rebel verstand den Hinweis. „Ich muss auf die Toilette." Sie verließ uns schnell.
„Und, Eli? Willst du jetzt mit mir reden?", fragte ich.
Er setzte sich an die Küchenbar und sagte schließlich: „Ich habe Mom von dir und Rebel erzählt. Ich dachte, sie wäre glücklich. Sie sagte, sie mochte Rebel, nachdem wir ihr Haus verlassen hatten."
„Wann hast du deiner Mutter davon erzählt?", fragte ich.
Ich hatte am Samstag mit ihm darüber gesprochen und er war nicht aufgebracht gewesen.
„Vor einer Weile." Er schnupperte. „Ist das Chili?
„Ja", sagte ich und ging zurück zum Herd, um es umzurühren.
„Ich mag Chili. Gibt es auch Maisbrot?", fragte er und sah ein wenig glücklicher aus, wodurch es mir ebenfalls besser ging.
Vielleicht ist es nicht so schlimm, wie er denkt.
Ich öffnete den Ofen und zeigte ihm das Blech mit dem Maisbrot. „Natürlich."
„Gut." Er lächelte. „Dadurch fühle ich mich ein bisschen besser, Dad. Wie auch immer, ich habe Mom von dir und Rebel erzählt, weil ich mir ziemlich sicher war, dass Rebel hier sein würde, wenn Mom mich nach Hause brachte. Weil ich weiß, dass du gern Zeit mit ihr verbringst. Und ich wollte nicht, dass Mom überrascht wurde."
„Das klingt furchtbar reif von dir, mein Sohn." Ich war immer wieder überrascht, wie rücksichtsvoll er war.

„Ja, nun, es ist nicht so gelaufen, wie ich erwartet hatte."
Dann überkam ihn wieder die Traurigkeit. „Mom hat geweint. Sie rannte aus dem Zimmer und kam lange Zeit nicht zurück. Und als sie es schließlich tat, sagte sie mir, dass sie traurig ist, weil sie dachte, dass wir eines Tages wieder eine Familie sein würden."
„Das hätte sie nicht tun sollen." Ich spürte, wie Wut in mir aufstieg, aber ich versuchte, vor Eli ruhig zu bleiben. „Es tut mir leid, dass sie dir das angetan hat. Ich werde mit ihr darüber sprechen."
„Bitte sag nichts, was sie wieder zum Weinen bringt, Dad. Es hat mir das Herz gebrochen." Er stand auf und ging zum Kühlschrank, um eine Flasche Wasser zu holen. Ich setzte mich, weil ich das Gefühl hatte, ich könnte hinfallen. Als ich ihn sagen hörte, dass das Weinen seiner Mutter ihm das Herz gebrochen hatte … brachte es mich fast um. „Okay, dann werde ich es nicht tun, Eli."
Er nahm einen langen Schluck von der Wasserflasche. „Es ist gut, endlich etwas Wasser zu haben. Mom hat diese neuen Regeln. Kein Wasser nach fünf Uhr. Sie sagte, ich könnte sonst ins Bett machen. Ich habe ihr gesagt, dass ich seit meinem sechsten Lebensjahr nicht mehr ins Bett mache, aber nach fünf Uhr wollte sie mir trotzdem nichts mehr geben. Und sie hat mich um acht ins Bett gebracht. Ich fühlte mich wie ein Baby."
Das gefiel mir auch nicht, aber ich behielt es für mich. Ich nahm mir vor, mit Tara darüber zu sprechen. „Das Abendessen ist fast fertig", sagte ich. „Warum legst du deine Sachen nicht in dein Zimmer und wäschst dir die Hände? Wenn du wieder runterkommst, ist alles bereit."

„Okay." Er hob die Tasche auf, die er neben der Tür auf dem Boden liegen gelassen hatte. „Ich wünschte nur, Mom hätte die Neuigkeit besser aufgenommen. Ich wollte, dass sie und Rebel miteinander auskommen. Sie haben sich nett unterhalten, als ich sie einander vorstellte."

„Lass ihr Zeit, kleiner Freund. Deine Mutter muss sich erst daran gewöhnen." Ich legte meinen Arm um seine Schultern und führte ihn aus der Küche.

Nachdem Eli gegangen war, kam Rebel zurück. „Also, was ist los?"

Ich schüttete das Chili in drei Schalen. „Er hat seiner Mutter von dir und mir erzählt. Tara hat geweint."

Rebel stieß den Atem aus und setzte sich auf den Barhocker, den Eli gerade geräumt hatte. „Verdammt."

„Ja." Ich zog das Maisbrot aus dem Ofen, stellte das Blech auf den Herd und holte die Butter aus dem Kühlschrank. „Es hat mir fast das Herz gebrochen zu sehen, wie traurig er darüber war, dass sie geweint hat."

„Das kann ich mir denken." Rebels Augen waren auf die Stelle vor ihr gerichtet. Ich wusste, dass sie wahrscheinlich versuchte, einen Weg zu finden, um alles besser zu machen.

„Rebel, es wird einfach Zeit brauchen." Ich wusste, dass es das Einzige war, was helfen würde. „Ich verstehe es einfach nicht. Sie ist weggegangen. Sie hat andere Männer gedatet, noch bevor wir geschieden waren. Hat sie geglaubt, ich würde einfach herumsitzen und nichts tun, während sie mit ihrem Leben weitermacht?"

„Sieht ganz so aus", murmelte Rebel.

„Eli hat mir erzählt, dass Tara sagte, sie hätte gedacht, dass wir eines Tages wieder eine Familie sein würden." Dieser Kommentar verblüffte mich. Zu mir hatte sie so etwas noch nie gesagt. „Es ärgert mich irgendwie, dass sie glaubt, sie kann tun, was sie will, und dann nach Hause zurückkehren, wenn sie fertig ist."
Rebel nickte. „Ich kann verstehen, warum dich das wütend macht." Sie sah auf und meine Augen bemerkten das Glitzern von Tränen in ihren. „Also, was machen wir jetzt?"
„Nichts." Ich wusste, dass Tara nicht nach Hause kommen wollte. Ich wusste, dass sie noch lange nicht damit fertig war, sich auszutoben. Sie hatte Eli nur genommen, weil eine andere Frau ihr Schuldgefühle wegen ihrer seltenen Besuche gemacht hatte. „Wenn ich sie zurückkommen lasse, bleibt sie nur kurze Zeit. Das weiß ich einfach. Ich will sie sowieso nicht zurück."
Rebel schluckte schwer. „Was macht dich so sicher?"
„Wir haben uns nie geliebt, Rebel." Ich nahm unsere Schalen und stellte sie auf den Tisch.
„Aber ihr habt ungefähr sechs Jahre ohne Liebe zusammengelebt. Ich bin mir sicher, dass sie denkt, ihr könnt einfach dahin zurückkehren." Rebel nahm das gebutterte Maisbrot und brachte es zum Tisch.
Ich drehte mich um und sah sie an. „Ich kann nicht mehr zu diesem Leben zurückkehren. Ich hätte es vielleicht früher gekonnt, aber jetzt nicht mehr."
„Meinetwegen?", fragte sie mit durchdringendem Blick.
„Ja." Ich nahm sie bei den Schultern und küsste sie auf die Stirn. „Meine Gefühle für dich sind bereits so viel

stärker als alles, was ich jemals für sie empfunden habe. Wie kann ich das alles wegwerfen?"
Rebel atmete scharf ein. „Was, wenn sie wegen Eli bei dir bleiben will? Was, wenn es ihr einfach zu viel ist, ihr Kind und ihren Ex zu teilen?"
„Dann hat sie Pech gehabt." Ich setzte mich an den Tisch und hatte plötzlich gar keinen Hunger mehr. Dann sah ich Rebel an und beobachtete, wie sie nervös auf ihrer Unterlippe herumkaute. „Warum schaust du so?"
Sie schüttelte den Kopf und legte den Finger an die Lippen, als Eli wieder hereinkam. „Hast du Hunger, Eli?"
„Chili gehört zu meinen Lieblingsgerichten." Er setzte sich und begann gierig zu essen.
Auch Rebel setzte sich. Sie und ich aßen lustlos unser Essen, da keiner von uns großen Appetit hatte. Ich konnte in ihren Augen sehen, dass sie dachte, ich könnte Tara zurück in mein Leben lassen, wenn sie nach Hause kommen wollte.
Aber ich hatte mit Rebel etwas Besseres gefunden. „Nach dem Abendessen haben Rebel und ich eine Überraschung für dich, Eli. Wir waren an diesem Wochenende so beschäftigt wie Elfen." Wenn Rebel hörte, wie ich Pläne für unsere Zukunft schmiedete, wurde ihr vielleicht klar, dass ich nicht die Absicht hatte, sie gehen zu lassen – für niemanden.
„Wirklich?" Elis Augen leuchteten hell, als er Rebel ansah. „Was habt ihr gemacht?"
Schließlich kehrte das Licht in ihre Augen zurück. „Etwas für dich."

Nach dem Abendessen brachten wir Eli dorthin, wo wir den Baum aufgestellt hatten. Als er drei Geschenke mit seinem Namen darunter sah, sprang er aufgeregt auf und ab. „Juhu! Schon drei Geschenke."
„Du wirst nie erraten, was sie sind." Rebel hatte nach den einzigartigsten Geschenken gesucht, die sie für Eli finden konnte. Sie hatte recht – er würde niemals damit rechnen, dass ein Pet Rock unter seinen Geschenken war. Zumal sie ihn in eine riesige Schachtel gelegt hatte.
Alle lächelten wieder und die Traurigkeit über Taras Reaktion schien zurückgedrängt worden zu sein.
Jedenfalls für eine Weile.

Kapitel 18
Rebel

Als ich auf mein Handy sah, während mein Assistent den faulen Zahn eines alten Golden Retrievers zog, entdeckte ich Harmans Namen auf dem Bildschirm. Wir hätten schon vor einer Stunde schließen sollen, aber als Mrs. Nelson wegen ihres verzweifelten Hundes angerufen hatte, sagte ich, ich würde länger bleiben und ihn behandeln. „Hast du das, Jimmy?"
Er nickte. „Ja. Er blutet nicht einmal, weil der Zahn so verfault ist. Ich werde ihn fertig machen und ihn dann in einen Käfig setzen, damit er sich nach der Anästhesie ausschlafen kann."
„Ich bleibe, bis du hier fertig bist. Ich muss nachher abschließen." Ich wischte über den Bildschirm, um den Anruf entgegenzunehmen, und verließ den Untersuchungsraum. „Hi, Süßer."

„Hey, meine Schöne." Ich hörte ihn seufzen. „Ich bin gerade bei dir vorbeigefahren und du bist nicht zu Hause. Wo bist du?"

„Immer noch in der Klinik." Ich setzte mich auf einen der Stühle in der Lobby. „Wir hatten einen späten Notfall. Ich gehe gleich."

„Komm zu mir zum Abendessen. Rene macht Gänsebraten", sagte er.

„Ich werde da sein. Bis bald." Ich beendete den Anruf und sah, dass ein Auto vor den Glastüren hielt. Ich hatte sie abgeschlossen, also nahm ich meine Schlüssel heraus und öffnete sie wieder, um dem Neuankömmling zu sagen, dass er morgen wiederkommen sollte.

Als Tara aus dem Auto stieg, fühlte ich mich, als wäre mir der Wind aus den Segeln genommen worden. „Können wir reden?" Sie kam auf mich zu.

Ich trat einen Schritt zurück, ließ sie herein und schloss die Türen wieder ab. „Das muss ziemlich wichtig für dich sein, wenn du zu meinem Arbeitsplatz kommst, Tara." Ich dachte, angesichts der Tatsache, dass ich jetzt mit Harman zusammen war, könnten wir uns genauso gut duzen.

„Ich habe dein Auto gesehen, als ich vorbeifuhr, und dachte, dass es ein Zeichen sein muss." Sie sah sich in der Lobby um. „Ist noch jemand hier?"

„Jimmy ist hinten. Sobald er fertig ist, muss ich abschließen." Ich verschränkte meine Arme. „Also, worüber möchtest du reden?" Ich fühlte mich überhaupt nicht wohl mit ihr in meiner Klinik, aber ich wollte nicht unhöflich zu Elis Mutter sein.

Sie verlagerte ihr Gewicht und wirkte aufgeregt. „Ich habe das Gefühl, du stehst den Dingen im Weg, Rebel."
„Wie das?" Mir gefiel nicht, wohin dieses Gespräch führte, und ich fand es ziemlich anmaßend, dass sie dachte, sie könnte jemandem vorschreiben, was er mit seinem Leben machte. Sie hatte Harman verlassen. Was gab es noch zu sagen?
„Eli redet die ganze Zeit über dich. Mehr noch als er über seinen Vater spricht." Sie begann, mit ihren langen, gepflegten Nägeln auf die Rezeption zu klopfen. „Das gefällt mir nicht. Er ist unser Sohn, Rebel. Er gehört uns." Sie sah mir in die Augen, um ihren Standpunkt zu verdeutlichen.
„Ich weiß, wessen Kind er ist, Tara. Ich versuche nicht, irgendjemanden zu ersetzen. Und ich versuche nicht, deine Beziehung zu deinem Sohn zu stören." Sie hatte keine Ahnung, wie sehr ich es lieben würde, wenn sie mehr Zeit mit Eli verbrachte. „Tara, du kannst den Jungen haben, so oft du willst. Du bist diejenige, die das verhindert, nicht ich."
„Er ist die ganze Zeit mit dir beschäftigt", sagte sie, warf ihre Hände in die Luft und begann auf und ab zu gehen. „Er spielt immer mit deinen Tieren. Er ist immer bei dir."
„Und sein Vater ist auch da." Ich war mir nicht sicher, ob mir dieser Einwand half oder schadete. „Eli kann so oft bei dir sein, wie du willst – Harman hat mir das schon oft gesagt. Es liegt an dir, nicht an den dummen Gerichtsunterlagen. Harman würde dir nie Steine in den Weg legen. Du kannst Eli abholen, wann immer du willst."

Sie blieb abrupt stehen und sah mich an. „Ich sollte nicht mit dir um die Aufmerksamkeit meines Sohnes konkurrieren müssen."

„Es gibt keine Konkurrenz, Tara. Du bist seine Mutter. Ende." Ich konnte nicht glauben, dass sie sich von mir bedroht fühlte. „Ich möchte, dass der Junge eine großartige Beziehung zu dir hat. Jeder will das, Tara. Niemand steht dir im Weg."

„Doch, das tust du. Ich verstehe nicht, wie du das nicht sehen kannst." Ihre Augen flehten mich an. „Halte dich zurück. Gib mir Raum. Bitte."

„Ich kann versuchen, dir Raum zu geben, aber du siehst etwas, das nicht da ist." Ich warf meine Hände in die Luft. „Du hast immer weniger Zeit mit deinem Kind verbracht und jetzt willst du, dass ich dem armen Jungen das Gleiche antue? Warum? Warum glaubst du, dass es für Eli am besten ist, nur Harman in seinem Leben zu haben? So war es vorher und es war in Ordnung für dich."

„Sein Vater war schon immer sein Held", sagte sie. „Jetzt hört es sich so an, als hättest du diese Rolle übernommen. Und jetzt liebt Eli dich, also liebt Harman dich natürlich auch."

Das ließ mich innehalten. War ich Harman nur wichtig, weil ich Eli verzaubert hatte? Ich würde später darüber nachdenken.

„Natürlich schaut Eli zu seinem Vater auf. Sie haben eine wundervolle Beziehung. Und das könntest du auch haben. Niemand hindert dich daran, Tara. Du suchst nur Ausreden." Ich nahm Platz. Ich fühlte mich verärgert,

wollte aber nicht, dass sich die Frau von mir bedroht fühlte. „Lass uns reden."
Sie setzte sich ein paar Stühle entfernt hin. „Du hast keine Ahnung, wie es ist, wenn dein Leben schon mit neunzehn endet."
„Siehst du das so?", fragte ich erstaunt. „Hast du das Gefühl, dein Leben wäre vorbei gewesen, als du schwanger wurdest?"
Eine Träne lief über ihre Wange. „Ich kannte Harman nicht einmal, als ich schwanger wurde."
„Ja, er hat mir die ganze Geschichte erzählt." Es hatte mich schockiert, dass Harman jemals ein Mann gewesen war, der Sex mit einer Unbekannten in einer schmutzigen Bar-Toilette hatte.
„Okay, also weißt du, wie viel älter er war als ich. Er war schon ein erwachsener Mann. Und ich war noch ein Kind." Eine weitere Träne lief ihr über die Wange. „Kannst du dich für eine Minute in meine Lage versetzen?"
„Rede weiter, Tara." Ich wollte sie verstehen. Wirklich. Sie wischte sich mit dem Handrücken die Tränen weg und verschmierte ihr Makeup. „Mein Vater hat mich gezwungen, Harman zu heiraten. Harman hat nicht einmal mit der Wimper gezuckt, als mein Vater ihm sagte, dass er einen DNA-Test durchführen lassen würde. Er sagte, wenn das Baby von ihm wäre, würde er erwarten, dass Harman das Richtige tat und mich heiratete. Ich kam mir vor wie ein Stück Fleisch, das verkauft wurde. Es war demütigend."

„Das muss eine schreckliche Zeit für dich gewesen sein."
Mein Herz schmerzte für sie. Aber auch für Harman.
„Aber es ist passiert. Und es war nicht alles schlecht, oder? Harman ist ein netter Mann. Er ist nicht gemein oder hasserfüllt."
„Nein, er ist nett. Zumindest habe ich in dieser Hinsicht Glück gehabt." Sie blickte zur Decke hinauf. „Aber ich fühlte mich nicht von ihm angezogen – nicht so, wie es sein sollte, wenn man jemanden heiratet. Ich war so jung und unwissend und er kam mir damals einfach so alt vor. Und als wir nach der Heirat in seine Wohnung gingen, zwang er mich nicht dazu, Sex mit ihm zu haben, aber er verführte mich auch nicht. Und das gab für alles Weitere den Ton an. Wir hatten gar keine ... Verbindung zueinander."
„Es war mechanisch", sagte ich. Harman hatte es mir so beschrieben, als er mir die Geschichte erzählte.
„Ja. Und es fühlte sich so an, als ob ich trotzdem ihm gehörte. Und das hat mich innerlich umgebracht." Sie schluchzte und ich stand auf, um sie zu umarmen.
„Es tut mir so leid, dass du das durchgemacht hast. Und auch noch in so jungen Jahren. Wenn du älter gewesen wärst, hättest du gemerkt, dass ihr nicht heiraten musstet, um euer Baby zusammen aufzuziehen." Die Antwort auf all das war einfach, auch wenn es keine schnelle Lösung war. „Tara, du brauchst eine Therapie. Was du durchgemacht hast, würde an niemandem spurlos vorbeigehen."
Sie presste ihre Hände gegen mich und stieß mich weg.
„Ihr Ärzte hetzt immer noch mehr Ärzte auf die

Menschen. Es gibt niemanden, der reparieren kann, was mir passiert ist. Nichts wird etwas daran ändern. Warum glaubt ihr, dass es so sein wird?"
Die Frau irrte sich. „Tara, ein Gespräch mit jemandem, der über deine Situation informiert ist, hilft immer. Das verspreche ich dir. Außerdem würden viele Menschen, die keine Ärzte sind – ob für Menschen oder für Tiere – dir das Gleiche empfehlen."
Sie sah mir in die Augen, während ihre Unterlippe zitterte. „Harman hat mich genommen und geheiratet, ohne mich zu fragen, ob ich das wollte. Niemand hat je gefragt, was ich wollte."
 „Er wurde auch durch die Vernunftehe verletzt, Tara. Glaube nicht, dass es nicht so war." Ich verstand nicht alles an ihrer einzigartigen Situation, aber ich wusste zumindest so viel. „Er wusste, dass du ihn nicht liebst, aber er hat dich trotzdem geheiratet. Er hat alles für dich getan und als euer Sohn kam, hat er alles für euch beide getan. Er tat alles, was er konnte, um ein guter Ehemann und Vater zu sein. Und es ist tragisch, dass keiner von euch verstanden hat, was los war, und eure Kommunikation so schrecklich war, dass ihr nicht ehrlich miteinander umgehen konntet. Aber er wollte dich nie verletzen. Er wollte dir nie schaden."
„Ich weiß." Sie brach erneut zusammen und ich umarmte sie noch einmal. „Ich habe mich irgendwann in ihn verliebt. Ich denke ... ich denke, es war Liebe. Ich weiß es nicht genau. Aber ich habe Harman immer mehr respektiert. Und Eli respektiert ihn auch. Und jetzt

respektiert Eli dich. Und ich bin die Einzige, die von niemandem respektiert wird."
Zu diesem Zeitpunkt tat sie auch nichts dafür. Aber ich wollte es nicht so direkt ausdrücken. „Wenn man Respekt will, musst man ihn sich verdienen. Nur anderen Respekt zu zollen bedeutet nicht automatisch, dass sie einen auch respektieren. Eli liebt dich. Wenn du anfängst, ihm richtig zuzuhören, und daran arbeitest, ein Teil seines Lebens zu sein, wirst du dir seinen Respekt verdienen. Und damit auch den von Harman. Er will dich unbedingt in Elis Leben haben, Tara."
„Ich habe das Gefühl, dass ich nicht in Elis Leben sein kann, wenn du es bist." Sie sah mich mit traurigen Augen an. „Ich hätte nie gedacht, dass Harman wieder datet – es sind zwei Jahre vergangen und er hat es bis jetzt nie versucht. Und ich dachte, wenn er es jemals tun würde, würde er mit Sicherheit nicht zulassen, dass eine andere Frau Kontakt zu unserem Sohn hat."
„Es tut mir leid, aber ich weiß nicht, warum du das erwartet hast", ließ ich sie wissen. „Das Leben geht weiter, Tara."
„Ich dachte, ich könnte weggehen und ein bisschen leben und wieder zurückkommen, sobald ich alles aufgeholt habe, was ich verpasst hatte, als ich mein Leben durch die Schwangerschaft ruiniert habe." Sie rutschte auf ihrem Stuhl herum. „Und ich glaube, ich habe das alles getan. Ich bin wieder bereit für mein altes Leben. Aber ich kann es nicht zurückhaben, wenn du mir im Weg stehst, Rebel. Von Frau zu Frau, bitte – ich will meine Familie zurück."

Ich saß mit schmerzendem Bauch und pochendem Herzen da und mein Verstand sagte mir, dass Harman genau das gemeint hatte, als er sagte, er würde Tara zurücknehmen, wenn es bedeutete, dass Eli wieder eine normale Familie haben könnte.
Und ich hatte keine Ahnung, was ich tun sollte.

Kapitel 19
Harman

Ich wartete darauf, dass Rebel zu mir nach Hause kam, und als stattdessen mein Handy klingelte, antwortete ich mit einer Vorsicht, die ich noch nie bei Rebel gespürt hatte. „Was ist los, Baby? Wo bist du?"
„Bei mir zu Hause." Sie zögerte und mein Herz raste. „Kannst du hierher kommen, um zu reden, nachdem du Eli ins Bett gebracht hast?"
„Willst du nicht rüberkommen?" Ich hatte die Köchin das Abendessen warmhalten lassen, damit wir alle zusammen essen konnten.
„Nein", lautete ihre Antwort. „Ich werde es dir später erzählen."
Ihre Stimme sagte mir, dass etwas nicht stimmte. „Okay, wir sehen uns kurz nach neun."

Eli und ich aßen in verwirrter Stille zu Abend. „Also wollte Rebel einfach nicht mit uns essen?", fragte Eli nach ein paar Minuten.
„Ich denke, der Notfall in der Klinik ist nicht gut verlaufen." Das war alles, was ich denken konnte. Was könnte es sonst sein?
„Ja, vielleicht ist ein Haustier gestorben und es machte Rebel zu traurig, um zu essen." Er stach seine Gabel in ein Stück gebratene Gans. „Sag es nicht Miss Rene, aber ich bin kein Fan dieses Abendessens."
„Sie hat ihr Bestes gegeben." Ich war mir sicher, dass die Gans von den meisten reichen Leuten, denen sie in ihrer Karriere gedient hatte, gut aufgenommen worden wäre.
„Und du und ich haben nicht den edlen Gaumen, den die meisten ihrer bisherigen Arbeitgeber hatten."
„Ich weiß nicht, was das bedeutet", sagte er und verdrehte die Augen. „Aber ich glaube, ich mag Hot Dogs lieber als dieses Zeug."
„Genau." Ich lächelte, als ich sah, wie er eine geröstete rote Kartoffel vorsichtig kostete.
Später, nach unserer abendlichen Schwimmstunde, brachte ich Eli ins Bett und sagte der Haushälterin, sie könne gehen, sobald ich zurückkam. Dann stieg ich in meinen Maserati und fuhr zu Rebel.
Die Tür war verschlossen, als ich dort ankam, und ich musste klingeln. Sie erwartete mich und ich fragte mich, warum sie abgeschlossen hatte. Als sie in einem Bademantel öffnete, sagte sie kein Wort, sondern trat nur zurück, um mich hereinzulassen.

Ihr Benehmen war nicht gerade kalt, aber es war anders. Ganz anders als noch Stunden zuvor. „Kein Kuss?" Sie schüttelte den Kopf und ich wusste, dass definitiv etwas nicht stimmte. „Hast du dich erkältet oder so?"
Sie zeigte auf das Sofa. „Setz dich bitte."
„Okay." Ich nahm Platz und Rebel setzte sich mir gegenüber auf einen Sessel. „Rede schon, Baby. Was auch immer es ist, wir können damit umgehen."
„Ich bin mir nicht sicher, ob du das überhaupt willst." Sie blickte zur Decke und ich sah den Schimmer von Tränen in ihren Augen. Sie schüttelte den Kopf und drängte sie zurück, bevor sie mich ansah. „Tara ist in der Klinik vorbeigekommen, um mich zu sehen."
Das klang schlecht. „Warum?"
„Sie sagte, dass sie nicht geplant hatte, es zu tun. Aber sie hat mein Auto dort gesehen und dachte, es sei ein Omen." Dann sah Rebel mich an und eine Träne lief ihr über die Wange. „Sie ist eine sehr kranke Frau, Harman. Ich sage nicht, dass es deine Schuld ist, denn das ist nicht ganz die Wahrheit. Aber sie ist krank."
„Das denke ich auch." Ich hatte immer gewusst, dass die Schwangerschaft Tara große Schmerzen zugefügt hatte. „Aber sie lehnt eine Therapie ab. Was kann ich also tun?"
Sie zuckte mit ihren schmalen Schultern und ich wusste, dass sie diesmal keine Lösung hatte. „Ich weiß nur, dass ich sie bedrohe."
„Ich verstehe." An der Oberfläche hatte Tara allen Grund, sich bedroht zu fühlen. Aber das war nur, weil sie nicht wusste, dass Rebel nur das Beste für Eli wollte – und das bedeutete eine Beziehung zwischen Tara und Eli.

„Erinnerst du dich, was du mir erzählt hast, als wir uns das erste Mal getroffen haben? Darüber, was wäre, wenn Tara jemals zurückkommen und versuchen wollte, eure Familie wieder zusammenzubringen?", fragte sie. Ich spürte, wie mein Herz sich mit Entsetzen füllte.
„Hat sie dir gesagt, dass sie das will?" Es war mir egal, ob sie es wollte oder nicht. Ich liebte Tara nicht – das hatte ich nie getan. Aber ich liebte Eli mit allem, was ich in mir hatte, und das machte die Dinge schwierig.
Sie nickte und bestätigte meinen Verdacht. „Und ich sagte ihr, ich würde ihr aus dem Weg gehen."
Was hat sie gesagt? „Du hast was getan?"
„Sie hat mir gesagt, ich stünde eurer Familie im Weg dabei, wieder zusammenzukommen." Eine weitere Träne rollte über ihre Wange. „Und sie hat recht. Ich kann euch nicht geben, was sie euch geben kann. Ich kann Eli seine Familie nicht zurückgeben – und das ist, was du wirklich willst. Das hast du mir gesagt, als wir uns das erste Mal trafen."
„Baby, nein. Ich habe jetzt eine andere Art zu leben gefunden, die ich vorher nicht gekannt hatte." Ich erhob mich und hatte das Gefühl, auf und ab gehen zu müssen. Ich konnte spüren, was Rebel und ich verlieren würden. „Lass nicht zu, dass sie uns das antut, Rebel. Ich kann nicht glauben, dass du ihr gesagt hast, dass du ihr aus dem Weg gehen würdest. Das ist meine erste Beziehung seit der Scheidung. Wahrscheinlich ist sie deshalb ausgeflippt. Sie wird sich daran gewöhnen und es verstehen."

„Es ist noch nicht so lange her, dass du mir gesagt hast, dass du sie wieder bei dir zu Hause aufnehmen würdest, wenn sie zurückkommen will." Weitere Tränen fielen und mein Herz schmerzte bei jeder von ihnen.
„Weine nicht, Baby." Ich setzte mich in Bewegung, um sie zu halten und zu umarmen und ihr zu sagen, dass alles in Ordnung kommen würde.
Aber ihre Hände trafen meine Brust und stoppten mich. „Bitte nicht, Harman. Das ist auch so schon schwer für mich. Wenn du mich berührst, mich festhältst und küsst, werde ich nicht in der Lage sein, das zu tun, was ich für Eli und dich tun muss."
„Ich will sie nicht zurück, Rebel", sagte ich. „Bedeutet das nichts für dich? Sie kann in Elis Leben sein, aber sie muss nicht in meinem sein. Nicht so. Ich habe vor dir niemanden je geliebt."
Ihre Augen schimmerten, als sie in meine schaute. „Du liebst mich?"
„Das tue ich." Es musste Liebe sein. Mein Herz hatte noch nie für jemanden so geschmerzt. Nicht einmal als Tara mich verlassen hatte. „Wenn du denkst, dass du mich verlässt, damit sie versuchen kann, mich wieder für sich zu gewinnen, irrst du dich. Das kann sie nicht."
„Ich sagte ihr, ich würde ihr Raum geben, um es zu versuchen. Ich habe nicht gesagt, dass ich alles beenden würde, aber ich denke, das wäre das Beste." Sie schüttelte den Kopf. „Sie hat recht, Harman. Ich tue dir und Eli keinen Gefallen, wenn ich mich in all das einmische. Wenn ich mich nicht bei Eli und Tara eingemischt hätte, wären wir wahrscheinlich gar nicht hier. Ich wollte ihn

nicht benutzen, um an dich heranzukommen, aber du hast nur angefangen, mich zu beachten, weil ich gut mit deinem Sohn zurechtkam."

„Was?" Das verwirrte mich völlig. „Nichts davon ist wahr." Es gefiel mir, wie sie zu Eli war, aber das war nicht alles, was ich an ihr liebte. Und ich wusste, dass er ihr schon lange vor mir wichtig gewesen war. Wenn sie dachte, dass sie meine Zuneigung zu Eli ausgenutzt hatte, um mir aufzufallen, dann konnte ich sagen, dass ich mich des gleichen Vergehens schuldig gemacht hatte. „Du und ich teilen eine Verbindung, die ich noch nie zu jemand anderem gespürt habe. Das hat nichts mit Tara oder Eli zu tun. Ich habe Tara nie geliebt und sie hat mich nie geliebt. Mehr gibt es dazu nicht zu sagen."

„Aber was ist, wenn sie dich doch geliebt hat?" Rebel sah von mir weg. „Manchmal merkt man erst, wie viel etwas wert war, das man für selbstverständlich hielt, wenn ein anderer es hat. Ich denke, sie hat jetzt etwas an dir gefunden, das sie lieben kann. Jetzt, da sie älter ist und das Gefühl hat, dass sie ihre eigenen Entscheidungen treffen kann. Und das wolltest du immer, bis ich in dein Leben kam."

„Nur weil ich bereit dafür war. Ich wusste nicht, wie sich Liebe anfühlt." Trotz allem, was Rebel sagte, sagte sie nie, dass sie Eli und mich nicht liebte. „Und jetzt weißt du auch, wie sich Liebe anfühlt. Wie kannst du einfach weggehen und das zurücklassen? Wie kannst du uns verlassen?"

Sie ignorierte meine Frage. „Tara ist Elis Mutter und sie ist deine Frau – ihr seid nur durch die Scheidungspapiere getrennt." Sie zog ein Taschentuch aus der Tasche ihres Bademantels.

„Du sagst Scheidungspapiere, als wäre das nichts!" Es fühlte sich an, als ob sie immer weitere Ausreden suchte. Anstatt für mich zu kämpfen, fühlte es sich an, als würde sie gegen mich kämpfen. Und ich konnte nicht allein für uns beide kämpfen. „Wenn du es so ausdrücken willst, war das Einzige, was sie zu meiner Frau gemacht hat, irgendein Dokument. Sie war nie meine Frau in meinem Herzen, egal wie sehr ich es versuchte. Das musst du mir glauben."

Ich ging vor ihr auf die Knie. „Ich liebe dich. Ich weiß, dass ich es nie ausdrücklich gesagt habe, aber ich liebe dich. Und ich will dich nicht verlieren. Ich werde sie nie wieder wollen, Rebel. Das weiß ich einfach. Nicht, wenn ich weiß, wie sich Liebe mit dir anfühlt. Selbst wenn du mich verlässt, werde ich sie nicht zurücknehmen."

Sie sah mich mit feuchten Augen an. „Aber Harman, was, wenn du die Familie haben kannst, die du immer wolltest? Du solltest ihr eine Chance geben. Und nur, damit das klar ist – ich liebe dich auch. Ich mache das, weil ich dich liebe – dich und Eli. Er ist der wichtigste Mensch bei all dem. Du und ich wissen das beide. Er hat es verdient, dass seine Mutter und sein Vater ihn zusammen großziehen."

„Ich gebe zu, dass ich das immer gedacht habe." Aber jetzt war es anders. „Aber das hat sich geändert. Ich hätte nie gedacht, dass eine andere Frau zu meinem Sohn die Bindung aufbauen kann, die er braucht. Ich dachte, dass nur seine leibliche Mutter ihn bedingungslos lieben

könnte. Ich habe mich geirrt. Du liebst ihn wie eine Mutter. Du behandelst ihn so, als wäre er dein eigener Sohn."
„Und deshalb liebst du mich, Harman." Sie strich mir über die Haare. „Wenn ich kein Interesse an Eli gehabt hätte, hättest du auch keines an mir gehabt."
„Du hast recht." Eli war schließlich der Mittelpunkt meiner Welt. „Ich hätte mich nicht mit dir verstanden, wenn du kein Interesse an meinem Sohn gezeigt hättest, aber ich habe mich nicht in dich verliebt, weil du es getan hast. Und du hast ihn nicht benutzt, um an mich heranzukommen. Du hättest es wahrscheinlich versuchen können, wenn du ein anderer Mensch wärst. Genau das versucht Tara – sie benutzt ihn, um zu bekommen, was sie will. Und du willst mir wirklich sagen, dass du Eli und mich liebst, aber uns einer anderen Frau überlässt?"
„Ich habe dich zuerst von ihr weggelockt." Ihre Unterlippe zitterte. „Ich weiß, dass sie nicht oft da war. Und ich werde nicht aus dem Weg gehen, wenn sie sich weigert, einen Schritt nach vorn zu machen. Aber wenn sie beweist, dass es ihr ernst ist ... dann ist es in deinem Interesse, das Beste für dich und deinen Sohn zu tun."
Jetzt war ich frustriert – und ein bisschen verzweifelt. Ich wusste, dass es nur eine Frau für mich gab. Und ich wusste, dass in Elis Leben genug Platz für uns alle war. „Das Herz des Jungen ist groß genug für uns alle. Und das weißt du auch."
„Seine Mutter aber nicht." Rebel ließ sich nicht umstimmen.

Wenn ich etwas über die Frau wusste, in die ich mich verliebt hatte, dann dass niemand ihre Meinung ändern könnte, wenn sie das Gefühl hatte, das Richtige zu tun. Ich musste sie also dazu bringen zu sehen, dass das Richtige für sie war, mit mir und Eli zusammen zu sein. Wir brauchten sie beide. „Hör zu, wenn Tara sich wirklich Mühe gibt, werden wir sehen, wie sich die Dinge zwischen ihr und Eli entwickeln. Und ich werde dich in der Zwischenzeit nicht unter Druck setzen, meinen Sohn oder mich zu sehen. Aber wenn du merkst, dass sie den Raum, den du ihr gibst, nicht nutzt – versprichst du mir dann, dass du zu mir zurückkommst?"
Sie sah mich einen nervenaufreibenden Moment an, bevor sie einen tiefen Seufzer ausstieß. „Ich liebe dich." Sie legte ihre Hände auf beide Seiten meines Gesichts. „Und ich will bei dir sein. Ich will nicht, dass sich etwas ändert. Aber ich glaube, sie hat noch eine Chance auf die Familie verdient, die ihr beide zusammen geschaffen habt. Wenn sie nicht das Richtige tut, werde ich mich nicht länger zurückhalten. Aber wenn sie es tut, werde ich verschwinden und du und Eli müsst mich nicht wiedersehen. Das ist ein Versprechen."
Als ob einer von uns das jemals wollen würde. Der Gedanke, Rebel Saxe niemals wiederzusehen, erfüllte mich mit einer Mischung von Emotionen, die mich erschreckten. Und Wut war die stärkste davon.

Kapitel 20
Rebel

Zuzusehen, wie Harman mein Haus verließ, brachte mich fast um. Als ich am nächsten Tag nach Hause kam und Eli in meinem Garten vorfand, wo er sich um die Tiere kümmerte, wusste ich, dass Harman ihm nichts erzählt hatte.
„Hi, Rebel", sagte er, als ich durch die Hintertür ging. „Hast du dich gestern schlecht gefühlt? Bist du deshalb nicht gekommen, um den Gänsebraten mit uns zu essen? Oder war es, weil du Gänsebraten hasst? Weil ich nicht wusste, dass ich ihn hasse, aber ich weiß es jetzt. Und Dad hasst ihn auch. Also verstehe ich, wenn du nicht kommen wolltest, um dieses verdammte Zeug zu essen."
„Ähm ..." Ich wusste nicht, wie ich ihm sagen sollte. Es war klar, dass sein Vater ihn überhaupt nicht vorbereitet hatte. „Nun, fangen wir damit an. Hast du heute von deiner Mutter gehört?"

Als er den Kopf schüttelte, klappte mir die Kinnlade herunter. Zumindest hätte sie ihn anrufen können.
„Warum?"
„Nun, deine Mutter hat mich gestern auf der Arbeit besucht und wir haben uns unterhalten." Ich nahm seine Hand und führte ihn hinein. „Lass uns heiße Schokolade trinken, damit uns warm wird." Es war kalt und ich dachte, ein Leckerbissen könnte die Härte dessen lindern, was ich zu sagen hatte. „Ich werde sie mit Mandelmilch machen, damit dir nicht übel wird."
„Danke." Er lächelte mich an, als er seine Hand in einem Kreis über seinen Bauch bewegte. „Bevor ich Durchfall bekomme, wird mir immer übel."
„Ich weiß." Als ich ihn hineinbrachte, fühlte ich den gleichen Stein in meinem Bauch wie bei Harman in der Nacht zuvor. „Nimm Platz und ich mache die Getränke."
Als er am Tisch saß, sah er mich an und fragte: „Also, was hat Mom zu dir gesagt?"
„Sie hat gesagt, dass sie noch viel mehr in deinem Leben sein möchte." Seine Augen leuchteten bei meinen Worten und das machte mich glücklich. Also wäre nicht alles umsonst.
„Gut", sagte er. „Ich will sie auch mehr in meinem Leben haben."
Nachdem ich den Tag damit verbracht hatte, mich schrecklich darüber zu fühlen, wie es mit Harman gelaufen war, wurde dieses Gespräch mit Eli bereits zu einer Erinnerung daran, warum ich mich entschlossen hatte, mich zurückzuhalten. Der Junge brauchte seine Mutter in seinem Leben mehr, als er mich brauchte.

Nachdem ich die Mandelmilch erhitzt hatte, füllte ich zwei Tassen und rührte Schokoladensirup hinein. Ich legte ein paar Mini-Marshmallows auf seine Portion, stellte die Tassen auf den Tisch und setzte mich. „Hier, Eli."

„Danke." Er blies den Dampf weg. „Sieht gut aus."

Ich nahm einen Schluck und beschloss dann, direkt zur Sache zu kommen. „Da deine Mutter mehr Zeit mit dir verbringen möchte, will ich sicherstellen, dass du weißt, dass du mit ihr weggehen oder Zeit mit ihr in eurem Haus verbringen kannst. Du kannst die Tiere mir überlassen. Ich kann allein auf sie aufpassen. Ich möchte nicht, dass du ihretwegen weniger Zeit mit deiner Mutter hast."

„Das ist nett von dir, Rebel." Er tätschelte meinen Handrücken. „Ich weiß, dass du willst, dass Mom eine gute Mutter ist. Sie hätte mich letztes Wochenende nicht abgeholt, wenn du nicht mit ihr telefoniert hättest. Du hast einen guten Einfluss auf sie, weißt du?"

„Denkst du das wirklich?" Ich lächelte. „Vielleicht." Immerhin hatte ich ihr gezeigt, dass Eli und Harman wundervolle Menschen waren, die andere – zumindest ich – gern in ihrer Nähe hatten.

„Bestimmt." Nachdem er einen Schluck getrunken hatte, fügte er hinzu: „Und sie kümmert sich sogar mehr um Dad. Das freut mich auch. Sie hat sich sonst nicht um ihn gekümmert." Er sah auf, als versuchte er, sich an eine Zeit zu erinnern, als sie es getan hatte. „Nie. Ja, sie hat sich nie um ihn gekümmert."

„Warum denkst du das, Eli?" Ich wusste, dass sie Harman gegenüber nicht so gleichgültig sein konnte, immerhin war er einst ihr Ehemann gewesen.
„Einmal war Dad wirklich krank. Ich war in der Vorschule und er konnte nicht aufstehen." Er nahm einen weiteren Schluck. „Das ist so gut, Rebel. Du solltest mit diesem Rezept bei einem Wettbewerb antreten, denn du würdest gewinnen."
„Danke." Ich nahm noch einen Schluck. „Es ist gut, nicht wahr? Erzähle weiter, Eli."
„Oh ja. Dad war im Bett und hat sich richtig schlimm übergeben. Er hat mir so leidgetan und ich habe meiner Mutter sogar gesagt, dass ich zu Hause bleiben könnte, um auf ihn aufzupassen." Er schaute auf die Kekse auf der Theke. „Kann ich einen davon haben?"
Ich stand auf und trug den Teller zum Tisch. „Sicher, Kleiner."
„Also, Mom hat nur gelacht und gesagt, er sei ein erwachsener Mann und es würde ihm von allein wieder besser gehen. Sie musste mich zur Vorschule bringen und hatte andere Dinge zu tun." Er nahm den Keks, den ich ihm reichte. „Danke, Rebel. Ich hatte Mitleid mit Dad. Und als wir nach der Vorschule nach Hause kamen, war er immer noch im Bett. Er hat mich gebeten, ihm sein Handy zu geben, damit er Grandma anrufen konnte, weil er Hilfe brauchte."
Obwohl sich mein Magen bei der Geschichte verknotete, sagte ich mir, dass Tara jung und unerfahren gewesen war. „Nun, ich bin sicher, deine Mutter wusste einfach nicht, was sie tun sollte." Wenn ich darüber nachdachte,

war Tara wahrscheinlich zu dem Zeitpunkt, als das stattgefunden hatte, fünfundzwanzig gewesen – in meinem Alter. Ich konnte mir nicht vorstellen, Harman krank und schwach einfach im Stich zu lassen.

„Ja, sie ist nicht wie die meisten Mütter." Meine Türklingel ertönte und er sah über seine Schulter. „Das ist wahrscheinlich Dad."

„Oh?" Es fühlte sich seltsam an, dass Harman wie jeder andere Gast in meinem Haus an der Tür klingelte. Aber es war eine Notwendigkeit, wenn ich Abstand zwischen uns wollte.

Ich ging zur Tür und öffnete sie. Harman stand mit grimmigem Gesichtsausdruck davor. „Es ist kalt. Ich dachte, ich sollte Eli abholen. Dann muss er nicht durch die Kälte laufen."

Er hätte wissen sollen, dass ich das Kind nach Hause bringen würde. „Komm rein."

Er kam unbeholfen ins Haus. „Bist du bereit zu gehen, Eli?"

Elis Augen musterten uns. „Warum umarmt und küsst ihr euch nicht?"

Harman sah mich aus dem Augenwinkel an. „Hat dir Rebel nichts von deiner Mutter erzählt, Eli?"

„Nicht diesen Teil." Ich wusste nicht, wie ich mit dem Jungen über etwas so Erwachsenes sprechen sollte.

„Was ist mit Mom, Rebel?" Eli stand auf und kam ins Wohnzimmer. Wir drei standen im Halbkreis da und Eli und Harman zeigten ein fast identisches Stirnrunzeln.

„Ich will wissen, warum du und Dad euch so sonderbar verhaltet."

Harman sah mich an, damit ich antwortete. Ich hatte keine Wahl. „Deine Mutter möchte mehr Zeit mit dir und deinem Vater verbringen. Und sie würde es bevorzugen, wenn ich nicht so viel mit euch beiden machen würde – damit sie etwas mit euch machen kann. Wie eine echte Familie. Ich bin nicht deine Familie, Eli."
Eli nahm meine Hand. „Rebel, verbiete mir nicht wegen meiner Mutter weiterhin herzukommen. Bitte." Seine flehende Stimme rührte mich immer und es war schwieriger als je zuvor, ihn jetzt zurückzuweisen. „Sie wird es sowieso nicht durchziehen. Du wirst sehen. Sie hat immer andere Dinge zu tun."
„Ich weiß, dass sie immer schon andere Dinge zu tun hatte." Ich sah zu Harman und alles, was ich bekam, war ein Stirnrunzeln. „Aber sie hat gesagt, dass sie euch künftig an die erste Stelle setzen wird. Und das muss ich respektieren."
Eli hielt sich an meinem Bein fest und sah mich jetzt auch mit flehenden Augen an. „Wenn sie kommt, um mich abzuholen oder um uns zu besuchen, dann komme ich nicht hierher. Aber wenn sie nicht vorbeikommt, dann lass mich bitte zu dir kommen. Ich liebe die Tiere und ich liebe dich, Rebel."
Es war ein Zittern in Elis Stimme, das mir das Herz brach. Ich starrte auf den Jungen hinab, der mir so viel bedeutete, und wusste nicht, was ich sagen sollte.
Harman räusperte sich und durchbrach die Stille. „Ich auch."
Eli sah seinen Vater hoffnungsvoll an. „Siehst du, wir lieben dich beide. Also schicke uns nicht weg."

Die Art, wie sie mich ansahen, gab mir das Gefühl, eine schreckliche Entscheidung getroffen zu haben. Aber was soll eine Frau tun, wenn die beiden Männer, die sie am meisten liebt, eine Chance auf ultimatives Glück haben?
„Okay. Wenn sie nicht durchzieht, was sie versprochen hat, müssen sich die Dinge nicht ändern." Ich sah Harman an, der endlich ein Lächeln auf seinem Gesicht hatte. Ich hatte sein Lächeln vermisst. „Aber was Dates angeht, sollten wir noch etwas abwarten, Harman", sagte ich mit leiser Stimme.
„Das denke ich nicht", sagte er und griff nach meinen Händen, während sich Eli an mein Bein klammerte. „Wir lieben dich."
„Und ich liebe euch beide." Ich fuhr mit meiner Hand über Elis Kopf, als ich Harman in die Augen sah. „Ich liebe euch beide so sehr, dass ich auf alles, was ich will, verzichten würde, um sicherzustellen, dass ihr beide alles bekommt, was ihr wollt und braucht."
„Wir brauchen dich", jammerte Eli.
Jetzt fühlte ich mich, als würde ich sie verletzen. Ich wollte niemals jemanden verletzen. Aber was ich auch tat, jemand würde darunter leiden.
Tara hatte gesagt, dass sie dachte, sie hätte Harman geliebt. Vielleicht wusste er das nicht. Vielleicht musste er das wissen – anstatt meine Liebesbekundungen zu hören.
„Versprich mir einfach, dass du ihr eine Chance gibst, wenn sie zu euch kommt."
„Wenn du versprichst, dass du nirgendwo hingehst", sagte Eli.

Ich wusste nicht, ob das ein Versprechen war, das ich ihnen geben konnte. Wenn sie Tara wieder in ihrem Leben willkommen hießen, wusste ich nicht, ob ich in der Nähe bleiben könnte – all die Liebe zu sehen, die ich mir selbst wünschte, wäre zu schmerzhaft. Und Harman wusste, dass ich keinen von ihnen anlügen würde.
„Kleiner, wenn Rebel das Gefühl hat, dass sie deiner Mutter eine Chance geben muss, dann müssen wir sie tun lassen, was sie für richtig hält."
Ich nickte. „Danke, Harman."
Der grimmige Ausdruck war zurückgekehrt. „Auch wenn wir glauben, dass das, was sie tut, albern ist, müssen wir Rebel erlauben, für ihre Überzeugungen einzustehen. Denn wenn man jemanden liebt, lässt man ihn das tun, was er tun muss. Auch wenn es wehtut."
„Aber ich will dich nie verlieren, Rebel", wimmerte Eli. Ich fuhr mit meiner Hand über seinen Kopf und hatte keine Ahnung, was richtig war. Meine Jungs litten und ich hasste es mehr, als ich jemals etwas anderes gehasst hatte. Aber ihnen falsche Versprechungen zu machen fühlte sich falsch an. Also sagte ich ihnen das Einzige, was ich konnte. „Im Moment werden die Dinge gleichbleiben."
Nur würden sie nicht gleich sein. Ich würde sichergehen, dass ich bei der Arbeit beschäftigt blieb und Tara Zeit gab, die Rolle zu übernehmen, die immer ihre gewesen war.
Harman nahm mich in die Arme. „Das ist das Richtige, Baby. Verlasse uns nicht, nur weil du denkst, dass sie sich ändert. Selbst wenn sie es tut, will ich dich immer noch in meinem Leben."

„Ich auch", wiederholte Eli. „Bitte, Rebel, verlass uns nie."

Ich wusste, dass es schwierig für mich sein würde, einen Schritt zurückzutreten, aber mir war nicht klar gewesen, wie sehr Eli und Harman von meinen Entscheidungen betroffen sein würden. Ich wusste, dass sie verärgert sein würden, aber ich hatte nicht gewusst, wie dringend sie mich brauchten. Und jetzt, da ich wusste, dass ihre Gefühle mit meinen übereinstimmten, konnte ich mich kaum zurückhalten und dabei zusehen, was Tara mit diesen Jungs machen würde, denen mein Herz gehörte. Verletzte ich sie, nur damit Tara kommen und sie noch mehr verletzen konnte? Sie hatte sich nie um einen von beiden gekümmert, als sie die Chance hatte, warum also durfte sie sie jetzt haben? Warum durfte sie sie weiter vernachlässigen? Das hatten sie nicht verdient.

Und ich auch nicht.

Kapitel 21
Harman

Als drei Tage ohne zusätzliche Bemühungen von Tara verstrichen waren – sie telefonierte immer noch täglich mit Eli, aber nicht mehr –, dachte ich, sie hätte genug Zeit gehabt, um zu zeigen, ob sie vorhatte, das durchzuziehen, was sie Rebel erzählt hatte. Genau wie ich gedacht hatte, wollte sie nicht mehr Zeit mit uns beiden verbringen. Tara wollte einfach nur keine Konkurrenz. Nun, dieses eine Mal würde Tara ihren Willen nicht bekommen.
Obwohl Rebel Aufgaben gefunden hatte, die sie abends beschäftigt hielten, schafften Eli und ich es, jeden Tag eine Stunde mit ihr zu verbringen. Keiner von uns wollte, dass Rebel sich von uns entfremdete. Und ich wusste, dass Rebel das auch nicht wollte. Es war an dem strahlenden Lächeln zu erkennen, dass sie nicht zurückhalten konnte, wenn sie uns durch ihre Tür kommen sah.

Ich hatte vor, Tara noch bis zum Ende der Woche Zeit zu geben. Wenn sie bis dahin nicht auftauchte, würde ich meiner Ex die Meinung sagen. Ich war derjenige, zu dem Tara eigentlich hätte kommen sollen, nicht Rebel. Eli und ich waren nicht ihre Spielsachen, die sie einfach ins Regal stellen konnte, bis sie Lust hatte, uns wieder ihre Aufmerksamkeit zu schenken.

Eli und ich fuhren nach Hause, nachdem ich ihn von der Schule abgeholt hatte. Es gab keine Patienten im Krankenhaus, die ich betreuen musste, also war ich früher gegangen, um ihn abzuholen. Als sein Handy klingelte, hörte ich, wie er ranging. „Hi, Mom."

Er hatte die Freisprechtaste gedrückt und das Handy auf seinen Schoß gelegt, also hörte ich Taras Antwort. „Hi, Eli. Was hast du heute vor?"

„Warum?", fragte er, als er mich überrascht ansah.

„Kommst du, um mich abzuholen?"

„Oh, nicht heute", sagte sie schnell. „Ich habe eine Lieferung erhalten. Ich muss hier sein. Vielleicht kann ich dich nächste Woche abholen. Wenn dein Vater mich lässt."

Eli sah mich an und ich nickte. „Er würde es erlauben."

„Ich muss mit ihm reden, dann sehen wir weiter", sagte Tara. „Was habt ihr in den letzten Tagen gemacht, Eli? Fütterst du immer noch Rebels Tiere für sie?"

„Ja", sagte er.

Es dauerte keine Millisekunde, bis Taras Stimme schrill wurde. „Was? Hat sie dir nicht gesagt, dass sie deine Hilfe nicht mehr braucht?"

Eli sah mit gerunzelter Stirn aus dem Fenster. „Das hat sie mir gesagt. Aber ich bat sie, mich weiterhin helfen zu lassen. Ich liebe diese Tiere und ich liebe es zu helfen. Und ich liebe sie auch, Mom!"
„Diese Schlampe!", schrie sie.
Ich hielt am Straßenrand, nahm das Handy und schaltete die Freisprechfunktion aus. „Hör zu, ich will nicht, dass du so mit Eli sprichst."
„Belauschst du etwa unsere privaten Gespräche?", fragte Tara und klang feindselig. „Wir hatten eine Vereinbarung. Ich schätze, sie hat dir und Eli nichts davon erzählt."
„Du und ich müssen uns unterhalten." Ich hatte genug davon, dass sie versuchte, uns herumzukommandieren. „Ich werde dich in dem Café in der Nähe deines Ladens treffen. Ich bin mir sicher, dass du die Zeit findest, um dorthin zu kommen."
„Ich kann nicht", sagte sie.
Ich akzeptierte kein Nein. „Du kannst und du wirst. Ich bringe Eli nach Hause und komme dann in das Café. Dieses Chaos endet heute, Tara."
„Nein!", war alles, was sie herausbrachte, bevor ich den Anruf beendete und das Handy in meine Tasche steckte.
„Bis ich die Dinge wieder in Ordnung gebracht habe, ist es mir lieber, wenn du eine Weile nicht mit deiner Mutter sprichst, Kleiner. Sie ist gerade ein bisschen durcheinander."
„Das ist sie wirklich." Er sah mich mit gerunzelter Stirn an. „Warum hat sie Rebel so genannt?"
Ich wusste, warum. Aber mein Kind musste sich keine Sorgen um die Probleme machen, mit denen die

Erwachsenen in seinem Leben zu tun hatten. „Sie muss sich erst an die neue Situation gewöhnen, das ist alles. Ich werde mit ihr reden und wir werden das klären. Sie wird es verstehen." Ich war mir nicht sicher, wie ich das erreichen konnte. Aber ich wusste, dass etwas getan werden musste.

Eine Stunde später saß ich im Café und wartete auf Tara. Schließlich schlenderte sie mit einer ihrer jungen Angestellten an ihrer Seite herein. Vermutlich zur emotionalen Unterstützung. „Hallo, Harman. Das ist Rachel. Sie ist in der Stimmung für einen Mokka Latte und ich sagte ihr, dass sie mit mir mitkommen könnte." Ich kümmerte mich nicht um Höflichkeitsfloskeln.

„Rachel, meine Ex-Frau und ich haben etwas Wichtiges zu besprechen und dieses Treffen sollte privat sein. Sie müssen mir also meine Grobheit vergeben, aber Sie sind nicht eingeladen, daran teilzunehmen."

Sie senkte den Kopf und flüsterte: „Whoa, ich bin weg hier." Dann ging sie direkt zurück zur Tür.

Tara sah fassungslos aus, als sie ihre Freundin weggehen sah. „Ähm, du musst nicht gehen ..."

„Doch, das muss sie." Ich stand auf, nahm Tara am Arm und führte sie zu der Bank gegenüber derjenigen, auf der ich gesessen hatte. „Wir haben viel zu besprechen."

Die Kellnerin kam zum Tisch. „Was kann ich Ihnen bringen?", fragte sie Tara.

„Nichts." Tara sah zu ihr auf. „Ich werde nicht lange bleiben."

Mit einem Nicken verließ uns die Kellnerin, da ich schon eine Tasse Kaffee vor mir hatte. Als wir endlich allein

waren, konfrontierte ich sie mit ihrem Verhalten. „Rebel hat mir erzählt, wozu du sie aufgefordert hast. Und ich denke, es ist das Egoistischste, was du jemals getan hast. Du hast deinem Sohn sehr wenig Aufmerksamkeit geschenkt. Rebel ist die erste Person, die ihm welche gibt, und du verlangst, dass wir sie ausschließen."
Ihre grünen Augen funkelten vor Wut, als sie mit einer Hand durch ihre roten Haare fuhr. „Sie nimmt sich mehr, als ihr zusteht."
„Das ist überhaupt nicht wahr." Ich konnte die Eifersucht spüren, die von meiner Ex-Frau ausging, und es war Zeit, dass wir zum eigentlichen Thema kamen. „Du bist eifersüchtig."
„Worauf?" Sie grinste, als ob das lächerlich wäre. „Ich bin seine Mutter." Ihre Augen verengten sich. „Du und ich sind seine Eltern, Harman. Sie ist nichts für euch. Ich bin seine Mutter und ich bin die Mutter deines einzigen Kindes. Das macht mich für euch beide wichtiger, als sie es jemals sein sollte. Aber ihr scheint das vergessen zu haben, oder? Ich habe sie nur gebeten, das Richtige zu tun – sich zurückzuziehen und mir meine Familie zurückzugeben."
„Du wolltest uns noch nie." Ich sah sie an. „Sobald ich Geld hatte, hast du deinen Ausweg gesehen und ihn genutzt. Du hast nie zurückgeschaut. Erst, als wir jemand anderen gefunden haben."
„Das ist nicht richtig." Sie verschränkte ihre Hände auf dem Tisch. „Harman, ich war noch nie so einsam."
„Du hast vor drei Tagen mit Rebel gesprochen. Du hattest drei Tage, um Zeit mit deinem Sohn zu

verbringen, und du warst keine Minute bei ihm." Ich nahm einen Schluck von meinem Kaffee, um mich zu beruhigen, als mich Wut erfüllte. „Und was ist das für ein Mist, dass du mich zurückhaben willst, Tara? Zu mir hast du noch nie so etwas gesagt. Du wolltest mich von Anfang an nicht. Ich versuche immer noch zu begreifen, warum zum Teufel du mich in jener Nacht zur Damen-Toilette gezerrt hast."

„Ich wünschte, ich wüsste es, Harman." Sie musterte mich vorsichtig. „Das tue ich wirklich. Aber ich habe es getan und kann es nicht ändern. Warum kann ich jetzt nicht das Beste daraus machen? Ich kann jetzt Dinge in dir sehen, die vorher nie da waren. Dein Lächeln ist jetzt anders und du leuchtest von innen heraus. Es ist attraktiv. Ich bin auch nur ein Mensch. Und du gehörst mir. Ich bin die Mutter deines Sohnes. Wir haben eine Verbindung, die du zu ihr nicht hast."

„Und sie und ich haben eine Verbindung, die ich nie zu dir hatte", informierte ich sie.

Die Grimasse auf ihrem Gesicht sagte mir, dass ich sie verletzt hatte. „Nun, was du und ich haben, ist wichtiger. Wir lieben unseren Sohn und wir würden alles für ihn tun – auch auf Liebe verzichten, um das zu tun, was für ihn richtig ist. Das haben wir jahrelang getan, warum können wir nicht damit weitermachen?"

Sie hatte recht – genau das hatten wir so viele Jahre lang getan. Wir hatten die Liebe aufgegeben, um zu heiraten und eine Familie für das Baby zu schaffen, das wir gezeugt hatten. Egal wie er entstanden war, Eli war der

Klebstoff, der uns immer zusammengehalten hatte. „Du bist weggegangen, Tara."
„Ich weiß, dass ich das getan habe." Sie sah mich mit Tränen in den Augen an. „Harman, ich war ein Kind, als ich Eli bekam. Ich brauchte etwas Zeit zum Leben – um herauszufinden, was mir gefehlt hat. Aber damit bin ich jetzt fertig. Es stellte sich heraus, dass mir gar nicht viel fehlte. Ich möchte einfach wieder die Familie sein, die wir früher waren."
„Heißt das, du hattest deinen Spaß und es war nicht so lustig, wie du es haben wolltest, also denkst du jetzt, ich sollte dich einfach wieder zurückkommen lassen?", fragte ich verwirrt. „In mein Haus – und auch in mein Bett?"
„Ich weiß, dass du mich nicht in deinem Bett haben willst. Noch nicht." Sie sah zur Seite. „Vielleicht nie, jetzt wo du sie hattest. Aber ich möchte die Chance haben, dir zu zeigen, dass ich dich glücklich machen kann. Lass mich die Frau und Mutter sein, die ich war, bevor alles schiefgelaufen ist."
In beiden Dingen war sie noch nie allzu gut gewesen. Warum sollte ich ihr die Chance geben, genauso weiterzumachen, wenn ich so viel mehr haben konnte? Weil sie Elis Mutter ist.
Ich wusste nicht mehr, was die richtige Antwort war. Wenn ich Rebel nie getroffen hätte, hätte ich Tara vielleicht sofort zurückgenommen. Das hieß aber nicht, dass es das Richtige gewesen wäre. „Warum fangen wir nicht damit an, dass du die Mutter bist, die du für deinen Sohn sein musst, Tara?"

Ihr Kiefer war auf eine Weise angespannt, die besagte, dass sie die Dinge auf ihre Art wollte – und nur auf ihre Art. „Harman, du hast mir immer wieder gesagt, dass ich nach Hause kommen könnte, wann immer ich wollte. Und jetzt, wo ich dir sage, dass ich nach Hause kommen will, lässt du mich nicht."
„Du hast zu lange gewartet." Ich ergriff meinen Kaffee und nahm einen weiteren Schluck. „Und du hast nicht die Hälfte dessen getan, was du in der Zwischenzeit hättest tun sollen."
„Ich kann nicht das sein, was ich für Eli sein soll, wenn ich nicht mit ihm zusammenleben darf – und mit dir." Sie schüttelte den Kopf und fuhr fort: „Ich weiß nicht, wie ich ohne dich Mutter sein soll, Harman. Deshalb habe ich Eli nicht oft abgeholt. Und ihn bei mir zu Hause zu haben fühlt sich falsch an."
„Du hattest immer die Gelegenheit, zu mir zu kommen, um Zeit mit ihm zu verbringen", erinnerte ich sie. „Du hast dich dagegen entschieden."
Sie fuhr sich mit der Hand durch die Haare und sagte: „Du kannst dir nicht vorstellen, wie schwer es war, in deiner Nähe zu sein, Harman. Du hast mich angeschaut, als hätte ich dein Leben ruiniert, als ich gegangen bin. Und du dachtest, ich könnte in deiner Nähe ich selbst sein? Du bist verrückt."
Ich dachte, sie war diejenige, die sich verrückt verhielt.
„Tara, was willst du? Willst du, dass ich die Frau fallen lasse, die ich liebe, damit ich wieder dein ungeliebter Ehemann sein kann?"

Als sie nickte, wäre ich fast von meinem Stuhl gefallen. "Warum nicht?"
Sie hatte keine wahre Liebe gefunden, so wie ich, wie konnte ich ihr also vorwerfen, dass sie so etwas Wahnsinniges fragte? "Hör zu, Tara, es hat vielleicht lange gedauert, bis ich es realisiert habe, aber du hattest recht damit, mich zu verlassen. Was wir zusammen hatten, war kein Leben. Ich hatte auch keine Ahnung, was mir gefehlt hat. Aber dann ist Rebel nebenan eingezogen und ich habe es gefunden. Und ich gebe es nicht für dich auf. Tut mir leid, aber das kann ich nicht."
Taras Hände ballten sich zu Fäusten. "Sie hat mir versprochen, dass sie mir aus dem Weg geht. Sie hat gelogen."
"Sie hat sich so weit zurückgezogen, wie wir es zugelassen haben." Ich war so erleichtert gewesen, als Eli genauso hart wie ich gegen Rebels lächerliches Zugeständnis an Tara gekämpft hatte. "Eli und ich lieben Rebel. Und sie liebt uns so sehr, dass sie bereit war, selbstlos zu sein, als sie glaubte, unserem Glück im Wege zu stehen. Sie hat Platz gemacht – Platz, den sie gar nicht machen musste – und du hast ihn nicht ausgefüllt."
"Sie hat mir nicht genug Zeit gelassen." Tara schüttelte den Kopf. "Sie hat nicht getan, was sie versprochen hatte. Ihr zwei seid immer noch jeden Tag bei ihr. Wie soll ich mit ihr konkurrieren? Sie hat eine Karriere wie du. Sie hat all diese Tiere, die Eli liebt. Und was habe ich? Eine Boutique, die keinen von euch interessiert."
"Aber du bist uns wichtig, Tara." Ich mochte die Frau nicht geliebt haben, aber sie war die Mutter meines

Sohnes und ich würde immer einen Platz in meinem Herzen für sie haben. „Ich möchte, dass die Dinge für uns alle funktionieren. Ich möchte, dass du dich in meinem Zuhause wohlfühlst. Ich möchte, dass du dich in Rebels Nähe wohlfühlst."

Sie schüttelte den Kopf und ließ mich wissen: „Das wird niemals passieren, Harman. Sie muss verschwinden, wenn du willst, dass ich bleibe."

Kapitel 22
Rebel

Da ich bei der Arbeit nichts mehr zu tun hatte, forderte mich die Klinikdirektorin auf, nach Hause zu gehen und ein bisschen zu entspannen. Sie sagte, mir schien viel im Kopf herumzugehen, und sie hatte recht. Ich hatte nicht bemerkt, dass es mir anzusehen war. Auf dem Heimweg hielt ich an einem Spirituosenladen an, um mir eine Flasche Whiskey und Cola zum Mischen zu besorgen. Was auch geschah, ich wollte mich entspannen.
Ich nippte an einem relativ hochprozentigen Drink, setzte mich auf mein Sofa und las einen historischen Liebesroman, der mir jede Menge Leidenschaft versprach. Während ich mich auf der Couch ausruhte, ließ ich mich von der Wärme des Kamins in eine Illusion der Sicherheit ziehen – obwohl ich mich so unsicher wie noch nie in meinem Leben fühlte.
Ich hatte die Tür nicht so weit offengelassen, wie ich Tara versprochen hatte, und ich wusste, dass es irgendwann

eine Konfrontation geben musste. Da ich keine Ahnung hatte, wann oder wie das passieren würde, war ich in den letzten Tagen ständig nervös gewesen.

Und dann war da die Vorstellung, dass ich Harman und Eli bald verlieren würde. Das fühlte sich auch nicht gut an. Zu diesem Zeitpunkt fühlte sich gar nichts gut an. Außer an dem alkoholischen Getränk zu nippen, während ich mich im Schein des Kaminfeuers entspannte – das war großartig.

Das Geräusch eines langsam vorbeifahrenden Autos ließ mich von meinem Buch aufschauen und aus dem vorderen Fenster blicken. Taras Auto fuhr langsam an meinem Haus vorbei. Mein Magen krampfte sich zusammen, weil ich wusste, dass sie auf dem Weg zu Harman war.

So sehr ich sie auch in Elis Leben haben wollte, ich wollte sie nicht in Harmans Nähe. Ich wusste, dass es egoistisch von mir war, aber ich konnte es nicht ändern. Es würde mich jedoch nicht daran hindern, Abstand zu halten, nicht wenn es das Beste für Eli war.

Ich dachte, dass ein bisschen mehr Whiskey in meiner Cola mir helfen würde, Taras ersten Besuch zu überstehen, stand auf und füllte mein hohes Glas mit reinem Alkohol auf. Ich nahm einen Schluck und hustete. Als sich meine Haustür öffnete und eine Gestalt darin auftauchte, auf deren breiten Schultern Schnee lag, weinte ich beinahe vor Erleichterung. „Harman!"

„Hey, meine Schöne." Er bewegte sich mit anmutiger Schnelligkeit und nahm mich in seine Arme.

Ich hatte meinen Drink aufgegeben und ihn auf der Theke in der Küche gelassen. „Ich hätte nicht gedacht, dass du heute Abend vorbeikommst. Ich dachte, ich hätte sie vorbeifahren sehen."
Er küsste mich und erstickte meine Worte. Ich bewegte meine Hände über seine starken Arme und seufzte, als sein Kuss mir mehr sagte, als seine Worte es jemals konnten. Er liebte mich. Er würde nicht zu seiner Ex zurückkehren.
Er führte mich wieder in die Küche, hob mich hoch und setzte mich auf die Theke, bevor er mir den Pullover über den Kopf zog. „Was sagst du zu ein bisschen Zeit zu zweit, Baby?"
„Ja", stöhnte ich an seinen Lippen. Ich zog ihm seinen Pullover aus und fuhr mit meinen Händen über seine massiven Brustmuskeln und perfekten Bauchmuskeln.
Er hob mich wieder hoch, trug mich diesmal ins Wohnzimmer und legte mich für einen Moment auf das Sofa, während er eine Decke vor uns auf dem Boden ausbreitete. „Ich denke, es ist Zeit für Liebe vor dem Kamin." Ich stand auf, ließ meine Jeans fallen und stieg aus meinen Schuhen. Seine Augen wanderten über mich. „Verdammt, du bist so sexy, Baby."
Ich fuhr mit den Händen über meine Seiten und nickte zu seiner Hose. „Möchtest du sie nicht ausziehen?"
Er knöpfte langsam seine Hose auf und ließ sie dann zusammen mit allem anderen auf den Boden fallen. Nackt und vom Licht des Feuers in Schatten getaucht, sah er wie ein Gott aus, als er dort stand. Mit einem Finger winkte er mich zu sich.

Ich machte einen Schritt nach dem anderen und streifte dabei meinen BH und mein Höschen ab. Als ich ihn erreichte, war ich splitternackt. Seine Berührung entzündete ein Feuer in mir, das fast überwältigend war.
„Ich habe Angst", gab ich zu.
„Ich weiß." Er zog mich an sich. „Das tut mir leid."
Wenn ich gewusst hätte, was passieren würde, hätten sich die Dinge für mich vielleicht nicht so beängstigend angefühlt. Aber ich wusste nicht, ob Tara Harman zurückgewinnen würde. Ich wusste nicht, ob sie Harmans Herz gewinnen konnte, indem sie die Mutter war, die sie für ihren Sohn sein sollte.
Tara würde jedes Werkzeug benutzen, das ihr zur Verfügung stand – auch wenn das bedeutete, Eli zu benutzen. Ich wusste, dass sie es tun würde.
Aber fürs Erste gehörte Harman mir und ich würde unsere gemeinsame Zeit genießen. Wenn sie endete, musste ich mich mit den Folgen befassen. Aber vorläufig hatte ich ihn.
Er streichelte sanft meine Wange, als wir uns in die Augen schauten. Wir mussten nicht reden. Wir wussten beide, dass die Lage schwierig war und dass es nichts mehr gab, was wir sagen konnten, um die Dinge zu verbessern. Er fuhr mit den Fingern über meine Arme und ließ mich zur Decke sinken, bevor er sich auf mich legte.
Wir bewegten uns zusammen und wurden eins. Nichts hatte sich jemals so gut angefühlt. Wir bewegten uns wie Wellen in einer ruhigen See und zelebrierten unsere Liebe auf eine Weise, die ich nie zuvor verstanden hatte.

„Harman, ich liebe dich mehr, als ich je für möglich gehalten hätte."
Seine Augen funkelten, als er auf mich herabblickte. „Zweifle nie an meiner Liebe zu dir, Rebel." Er küsste mich und verdrängte vorerst alle Zweifel aus meinem Kopf. Auch wenn sie nie wirklich verschwinden würden, bis die Dinge geklärt wären.
Die Angst lauerte immer irgendwo in meinem Hinterkopf. Und das hasste ich. Ich hasste die Tatsache, dass es jemanden gab, der mir meine Liebe wegnehmen könnte.
„Ich wünschte, ich könnte daran glauben, dass alles gut für uns ausgehen wird", gestand ich, schlang meine Arme um ihn und hielt ihn fest.
Er hielt inne und sah mich besorgt an. „Ich denke, ich hätte das gleich am Anfang sagen sollen, aber Tara und ich haben uns heute unterhalten. Sie hat mir anvertraut, dass sie sich mit Eli in ihrem Haus nicht wohlfühlt. Es ist nicht wie bei uns zu Hause. Also sagte sie, sie würde versuchen, mehr Zeit mit ihm bei mir zu verbringen. Ich hoffe, das wird ihr helfen, mit Eli zu ihrem alten Ich zurückzukehren, damit sie irgendwann kein ungutes Gefühl mehr dabei hat, ihn zu sich mitzunehmen. Ich bin raus aus dieser Sache. Es ist mir egal, was du ihr darüber gesagt hast, dass du ihr eine Chance mit mir gibst. Ich gebe ihr diese Chance nicht. Sie kann Elis Mutter sein, aber sie wird nie meine Frau sein."
„Wirklich?" Ich wollte ihm glauben.
Nickend beugte er sich vor, um meine Lippen zu küssen, und ich gab mich ihm ganz hin. Alles, was zählte, war,

dass ich ihn jetzt hatte. Und ich versprach meinem Körper, dass ich den Mund halten und mich ganz auf die Gefühle konzentrieren würde, die nur er in mir wecken konnte.

Wir setzten unseren perfekten Rhythmus fort und der Kuss wurde inniger. Schließlich konnten wir uns nicht länger zurückhalten und fanden beide gleichzeitig unseren Höhepunkt.

Ich keuchte, als wir einander in die Augen starrten, und wusste, dass er immer meine einzig wahre Liebe sein würde. Niemand konnte mich jemals so empfinden lassen, wie er es tat. Ich nahm sein Gesicht in meine Hände und prägte mir sein schönes Gesicht ein. „Egal was passiert, ich werde niemanden so lieben, wie ich dich liebe."

„Das will ich hoffen." Er lächelte und mein Herzschlag beschleunigte sich noch mehr. Er küsste meine Nasenspitze. „Und ich will, dass du aufhörst, das Gefühl zu haben, dass dir jeden Moment der Boden unter den Füßen weggezogen wird. Das wird nicht passieren. Versprochen."

Er konnte alle Versprechungen machen, die er wollte, aber ich wusste, dass es passieren konnte. Im Moment würde ich aber so tun, als würde ich ihm glauben. „Ich werde mein Bestes geben, um mich nicht mehr so zu verhalten wie in letzter Zeit." Ich wusste, dass er davon genervt sein musste.

Er rollte seinen schweren Körper von mir, legte sich auf die Seite und streichelte meinen Bauch, während er seinen Kopf auf seine andere Hand legte. „Weihnachten ist nicht mehr weit weg und ich möchte nichts lieber, als deine Familie zu diesem Anlass zu mir nach Hause einzuladen."

„Oh nein." Ich wusste, dass es dafür viel zu früh war. Und es stand so viel auf dem Spiel, dass das Risiko einfach zu hoch war. „Sie haben bereits andere Pläne." Sein schiefes Grinsen ließ seine Augen funkeln. „Pläne, die nicht geändert werden können? Es sind noch ein paar Wochen. Und wir könnten es an Heiligabend tun, wenn das hilft. Ich möchte sie kennenlernen. Mom und Dad auch. Sie denken, dass wir beide ein großartiges Paar sind." Er beugte sich vor, knabberte an meinem Ohr und brachte mich zum Kichern.

Ich drückte meine Hände gegen seine Brust. „Das kitzelt."

„Das soll es auch." Er gab ein leises Knurren von sich und strich mit den Zähnen über meinen Hals. „Glaubst du, wenn ich dich beiße, wirst du für immer mir gehören? Weißt du, wie in dem Buch, das ich neulich auf deinem Couchtisch gesehen habe. Das mit dem Werwolf und seiner Geliebten oder so ähnlich."

Wie ich wünschte, dass es wahr wäre. „Du meinst, wenn ich dich beiße, könnte keine andere Frau beanspruchen, was mir gehört?"

Er nickte und sah plötzlich ernst aus. „Wir müssen dafür kein Blut vergießen. Ich gehöre dir, Rebel. Und du gehörst mir."

Ich wünschte, ich könnte ihm glauben. Aber ich hielt den Mund. Ich sah keinen Grund, meine Zweifel zur Sprache zu bringen. „Ich gehöre dir." Ich zog ihn zu mir und küsste ihn erneut.

Es hatte nie jemanden gegeben, der mir den Atem rauben konnte wie Harman Hunter. Und ich wusste, dass es niemals wieder jemanden geben würde.

Ich weiß nicht, was ich tun soll, wenn er mich jemals verlässt.

Sein Handy klingelte und unsere Lippen trennten sich, als er zu seiner Hose hinüberblickte. Das Telefon in seiner Tasche ließ das ganze Kleidungsstück bei den Vibrationen erzittern. „Das ist Elis Klingelton." Er stand auf, um den Anruf anzunehmen.

Ich hörte das Geräusch eines Autos, das viel zu langsam an meinem Haus vorbeifuhr. Und als ich mich aufsetzte und aus dem Fenster schaute, entdeckte ich, dass es Tara gehörte.

Harman ging an sein Handy und sagte: „Hey, kleiner Freund, was ist los?"

Ich wusste, was los war. Elis Mutter war gegangen. Und das hatte sie getan, weil Harman nicht bei ihr war.

Ich konnte Elis gehetzte Stimme hören, während ich immer noch vor dem Kamin saß. „Mom ist gegangen. Sie sagte, es fühlt sich nicht richtig an, wenn du nicht hier bist, und dass sie es nur tun kann, wenn du dafür sorgst, dass sie sich wie zu Hause fühlt. Kannst du nach Hause kommen? Ich rufe sie an und sage ihr, dass du auf dem Weg bist. Vielleicht kommt sie dann zurück."

Ich sah Harman an und sagte das Letzte, was ich jemals zu einem Mann sagen wollte, den ich so sehr liebte wie ihn. „Geh nach Hause, Harman. Mach deine Familie wieder komplett."

Kapitel 23
Harman

„Hör auf damit, Rebel", sagte ich, sobald ich das Gespräch mit Eli beendet hatte. Ich hatte genug davon, dass sie mir sagte, was ich tun sollte. Ich war ein erwachsener Mann und konnte meine eigenen Entscheidungen über die Frau treffen, die ich in meinem Leben haben wollte. „Ich will Tara nicht. Wie viel deutlicher kann ich noch werden?"

Rebel zog die Decke um ihren Körper, stand auf und sah mich mit so viel Trauer in ihren hübschen blauen Augen an. „Ich weiß, dass du das nicht tust. Aber dein Sohn braucht seine Mutter und sie wird offensichtlich nicht mehr kommen, wenn du nicht da bist. Vielleicht könnt ihr euch irgendwann wieder versöhnen. Aber fürs Erste musst du da sein, wenn Sie es auch ist, wenn du willst, dass dein Sohn seine Mutter wieder in seinem Leben hat. Und bevor du ein Wort sagst – ich weiß, dass du willst, dass dieser Junge seine Mutter zurückbekommt."

Das wollte ich – das hatte ich nie geleugnet. Aber ich wusste nicht, was ich noch tun könnte, um Tara wieder in Elis Leben zu bringen, wenn sie es nicht wollte. Ich hob meine Hose auf und zog sie an. „Ich gehe nach Hause, damit ich Tara anrufen und herausfinden kann, was diesmal ihr Problem ist." Ich hätte den Anruf vor Rebel gemacht, aber angesichts dessen, wie sie sich benahm, hatte ich Angst, dass sie allem zustimmen würde, was Tara zu sagen hatte.

„Ich weiß genau, was ihr Problem war, Harman." Rebel drehte mir den Rücken zu, als sie ihre Kleider einsammelte.

Ich trat hinter sie, nahm sie bei den Schultern und drehte sie zu mir. „Und das wäre?"

„Sie wusste, dass du hier bist." Sie blinzelte schnell und schien zu versuchen, nicht zu weinen. „Wahrscheinlich konnte sie sich genau vorstellen, was wir getan haben. Und ich wette, es hat sie krank gemacht. Sie hatte wahrscheinlich das Gefühl, dass sie nicht dort sitzen und so tun konnte, als ob nichts ist. Und ich kann nicht behaupten, dass ich es ihr zum Vorwurf machen kann. Mir würde es genauso gehen."

„Sie liebt mich nicht." Ich konnte mich nur wiederholen. „Und ganz ehrlich, es ist mir egal, ob ihre Gefühle verletzt wurden – das ist keine Entschuldigung, ihren Sohn zu verlassen. Was auch immer sie denkt, dass sie für mich empfindet – was für eine Verbindung wir wegen Eli auch haben mögen – ist nichts im Vergleich zu dem, was du und ich haben."

Sie entfernte sich von mir, ging in die Küche und nahm ein Glas, das wie Cola aussah, um es in einem Zug auszutrinken. „Ihr habt einen kleinen Jungen zusammen, Harman. Er ist vielleicht nicht aus Liebe gezeugt worden, aber ihr habt ihn bekommen. Er gehört euch beiden. Dem sollte niemand im Wege stehen. Ich liebe diesen Jungen. Das tue ich wirklich." Sie ging, um etwas zu holen, und als sie sich zu mir umdrehte, sah ich, dass sie eine Flasche Cola und eine Flasche Whiskey in ihren Händen hielt.

„Hast du gerade ein ganzes Glas Whiskey-Cola getrunken?" Ich schüttelte ungläubig den Kopf. Rebel war keine Trinkerin und wie es aussah, machte ich sie zu einer.

„Vielleicht." Sie füllte das halbe Glas mit Whiskey auf und gab dann etwas Cola hinein, bevor sie Eiswürfel hinzufügte.

Ich ging direkt zu ihr, nahm ihr das Glas aus der Hand und leerte seinen Inhalt in die Spüle. „Nein, Rebel. Das werde ich nicht zulassen. Das kannst du dir nicht antun. Ich kümmere mich um alles. Du wirst sehen. Es wird alles funktionieren. Vielleicht nicht genau so, wie du willst, aber es wird funktionieren. Und du musst wegen mir keine Alkoholikerin werden. Das würde mich zerstören."

„Diese Situation zerstört mich, Harman." Langsam sank sie auf den Boden, bis sie darauf saß und erbärmlich aussah. „Ich raube einem kleinen Jungen seine Mutter." Ihre tränennassen Augen begegneten meinen. „Wir rauben einem kleinen Jungen seine Mutter, Harman."

Ich hatte nicht so empfunden. Aber als ich sie das sagen hörte, setzte mein Herz einen Schlag aus. Habe ich mein Wohlergehen vor meinen Sohn gestellt?

Das hatte ich noch nie gemacht. Seit dem Moment, als ich wusste, dass ich Vater werden würde, hatte ich mich niemals an die erste Stelle gesetzt. Und hier war ich und ließ ihn zum ersten Mal im Stich. Und ich konnte nur die Liebe für dieses unentschuldbare Verbrechen verantwortlich machen.

Ich zog den Rest meiner Kleidung an und betrachtete Rebel, die auf dem Boden saß und mit glasigen Augen auf die Fliesen starrte. „Es tut mir leid."

„Geh einfach." Sie fiel um und wickelte die Decke fest um sich. „Niemand ist schuld an diesem Durcheinander. Es gibt keinen Grund zu sagen, dass es dir leidtut."

Aber es gab einen Grund. Ich wusste, dass meine Situation mit Tara prekär war. Ich hatte mir immer eingeredet, dass ich sie zurücknehmen würde, damit wir wieder eine Familie sein könnten. Ich hatte mich selbst belogen.

Mein Sohn hatte absolute Priorität. Und er brauchte sowohl seine Mutter als auch seinen Vater – aber nicht so. „Hör zu, Tara ist diejenige, die etwas verstehen muss", sagte ich und griff nach Strohhalmen. „Ich werde nicht zulassen, dass sie meinen Sohn benutzt, um mich zu einer Beziehung zu erpressen, in der keiner von uns glücklich wird."

„Was auch immer. Tu, was du für richtig hältst", murmelte Rebel und bekam Schluckauf.

Der eine Drink hatte sie betrunken gemacht. Ich hob sie hoch, trug sie zu ihrem Bett und legte sie hin. „Schlaf jetzt, Baby. Ich komme zurück, um nach dir zu sehen, wenn ich Eli ins Bett gebracht habe. Und ich werde eine Lösung finden."

Sie schloss die Augen und flüsterte: „Ich liebe dich und ich liebe Eli und ich möchte einfach das tun, was für euch beide das Richtige ist. Gute Nacht."

Ich nahm ihre Schlüssel von der Kommode, da ich später zurückkommen würde, und schloss Rebels Haus hinter mir ab. Dann ging ich nach Hause, um herauszufinden, was ich gegen dieses Chaos tun musste, in das wir alle geraten waren.

Ich fand Eli in seinem Zimmer, wo er auf den Fernseher starrte, und fragte: „Also war es ziemlich übel?"

„Total übel, Dad." Eli setzte sich auf, nahm die Fernbedienung und schaltete das Gerät aus, um mir seine ungeteilte Aufmerksamkeit zu schenken. „Mom kam herein und benahm sich, als wäre sie noch nie in diesem Haus gewesen. Es war, als wüsste sie nicht, was sie tun sollte oder so. Sie hat sich die ganze Zeit nicht hingesetzt. Ich habe nur weiter aus dem Fenster geschaut. Sie hat mir gesagt, dass du direkt hinter ihr bist und dass ihr geredet habt und dass sie künftig viel öfter kommen würde. Sie sagte, sie könnte sogar wieder hier einziehen – das hat mich sehr glücklich gemacht."

Und da war es. Mein Sohn hatte mir gerade genau gesagt, was ihn glücklich machen würde. Was soll ein ergebener Vater mit diesen Informationen anfangen? Sie ignorieren?

Das Einzige, was ich nicht verstand, war, warum Tara gedacht hatte, dass ich direkt hinter ihr wäre. Ich hatte nie gesagt, dass ich das sein würde. Ich hatte ihr gesagt, dass sie Eli in meinem Haus sehen konnte. Und ich hatte vollkommen klargestellt, dass ich nicht daran beteiligt wäre. „Ich muss deine Mutter anrufen. Wir müssen einige Dinge klarstellen."
„Dad?", sagte er, als ich mich umdrehte, um zu gehen. Ich blieb stehen und sah ihn an. „Ja?"
„Ich will Mom zurück. Ich will sie hier bei mir haben." Seine Augen senkten sich. „Könnt ihr nicht einfach miteinander auskommen?"
Mein Herz erstarrte und mein Magen verknotete sich. Ich hatte mich noch nie in meinem Leben so egoistisch gefühlt. „Doch, das können wir, Kumpel."
Ich ließ ihn mit einem Lächeln im Gesicht zurück und ging in mein Arbeitszimmer, um Tara anzurufen. Es musste etwas geben, das wir tun konnten, um unseren Sohn glücklich zu machen.
Sie ging beim dritten Klingeln ran. „Bist du noch bei ihr?"
„Nein." Ich lehnte mich auf dem Bürostuhl zurück, als ich mich hinter den Schreibtisch setzte. „Warum bist du gegangen?"
„Ich kann das nicht ohne dich tun. Das konnte ich nie." Sie seufzte laut. „Harman, ich brauche dich. Ich habe dich immer gebraucht, wenn es um unseren Sohn ging. Und das weißt du auch. Was wirst du jetzt tun?"
„Es gibt eine Menge Platz hier. Vielleicht könntest du hier wohnen und wir könnten herausfinden, wie wir für

Eli miteinander auskommen können, aber trotzdem getrennte Leben führen." Ich schloss die Augen und wusste, dass Rebel vielleicht nicht damit umgehen konnte, wenn Tara in mein Haus einzog. Aber ich musste zuerst an meinen Sohn denken.

„Du verstehst es nicht, Harman. Ich brauche dich. Ich will nicht dort wohnen und getrennte Leben führen. Ich will, dass wir wieder eine Familie sind. Verstehst du, was ich sage?", fragte sie.

Ich hatte genug. „Hör zu, Tara, wenn du nicht weißt, wie du ohne mich Mutter sein kannst, dann ist das dein Problem. Ich bitte dich seit Jahren, einen Therapeuten aufzusuchen. Jetzt sagst du, dass du keine Mutter für unseren Sohn sein kannst, wenn ich – was? Dich nicht wieder heirate? Denkst du, das ist besser für unseren Sohn? Dass wir zusammenkommen und uns wieder trennen – und wir werden uns wieder trennen –, als dass wir von Anfang an getrennte, aber gute Eltern sind? Inwiefern wäre eine unglückliche Ehe ein besseres Umfeld für ihn? Wenn du in unserem Leben sein willst, dann ist das möglich. Du ziehst in eine der Suiten in diesem Haus und lernst, wie du deinem Kind eine Mutter sein kannst. Aber ich bin nicht dabei. Ich werde dir als Elis Vater so viel wie möglich helfen, aber ich werde dich nicht wieder heiraten." Ich hatte das Ende meiner Geduld erreicht und wusste nicht, was ich sonst noch tun sollte.

Die fassungslose Stille am anderen Ende der Leitung war ebenso befriedigend wie überraschend. Aber sie dauerte

nicht lange. „Wenn ich bei dir einziehe, will ich sie nicht in der Nähe haben", antwortete Tara schließlich.
„Du willst also, dass ich Rebel aufgebe." Ich wusste, was sie wollte, aber ich würde es ihr nicht so einfach geben. Ich hatte es ernst gemeint, als ich sagte, ich würde nicht wieder mit Tara zusammenkommen, aber ich konnte nur hoffen, dass Rebel geduldig war. Sie sollte nicht in dieses Chaos verwickelt werden und ich brauchte Zeit, um meine Familie zu reparieren. Ich konnte nur hoffen, dass Rebel noch da sein würde, wenn ich alles in Ordnung gebracht hatte.
„Natürlich will ich das. Wie würde es aussehen, wenn wir zusammenleben und du sie immer noch siehst?", fragte sie mit einem weinerlichen Unterton in ihrer Stimme. „Harman, ich möchte nicht zum Gespött werden. Ich nehme an, dass du das auch nicht für Rebel willst."
Würde das tatsächlich passieren?
Es war mir egal, was andere dachten, außer Rebel. Und selbst als ich versuchte, mir das Gegenteil einzureden, wusste ich, dass Rebel mich nicht weiterhin sehen würde, wenn Tara auf meinen Vorschlag einging. „Das sollte nicht wichtig sein. Das Einzige, was zählt, ist Eli."
„Ganz genau", sagte sie. „Und wenn seine leiblichen Eltern zusammen sind, ist es das Beste für ihn. Es ist das Beste für jedes Kind. Meine Eltern haben das die ganze Zeit gesagt. Sie werden so glücklich sein, dass wir wieder zusammenkommen. Es ist an der Zeit, dass wir beide aufhören, egoistisch zu sein, und das Richtige für den Einzigen tun, der hier wichtig ist. Das ist Eli. Es sind nicht du, ich oder Rebel. Nur er."

„Tara, wir kommen nicht wieder zusammen. Wie würde das überhaupt funktionieren, wenn er alt genug ist, um auszuziehen? Du weißt, dass wir dann keine Ausrede mehr hätten, um zusammenzubleiben", sagte ich ihr.
„Was dann?" Je länger dieses Gespräch dauerte, desto mehr erinnerte ich mich daran, wie manipulativ Tara sein konnte. Ich würde nicht zulassen, dass sie mir ihren Willen aufzwang. „Nein. Am besten ziehst du einfach ein und schlägst dir eine gemeinsame Zukunft mit mir aus dem Kopf."
„Wir können mit diesen Problemen fertig werden, wenn die Zeit gekommen ist." Sie wurde für eine Minute still. „Wir müssen tun, was unseren Sohn glücklich macht, Harman. Ich ziehe bei dir ein, aber du musst Rebel aufgeben. Keine Dates mehr. Gib mir die Chance, dir zu zeigen, dass es für uns alle das Beste ist, eine Familie zu sein."
Mein Kiefer tat weh, weil ich ihn so fest zusammengepresst hatte. Mein Kopf tat weh, weil ich so viel nachgedacht hatte. Und mein Mund öffnete sich, aber es kam nichts heraus. Ich wollte Tara nicht zurück. Ich wollte sie nicht einmal jeden Tag bei mir zu Hause sehen. Ich schaute aus dem Fenster und sah Rebels Haus in der Ferne leuchten. Würde ich sie aufgeben?
Werde ich dazu in der Lage sein?
Taras Stimme war nur ein Flüstern. Sie sagte: „Harman, ich kann nicht ändern, was ich getan habe. Ich kann mich nur noch mehr anstrengen, um die Zukunft besser zu machen."

Ich musste zugeben, dass Tara im letzten Monat unglaublich gereift war. Aber würde das ausreichen?
„Und welche Änderungen wirst du vornehmen?"
Sie räusperte sich und ich bemerkte, dass sie lautlos geweint hatte. „Ich werde den Laden verkaufen und mich unserem Sohn und dir widmen."
Ich wusste, wie sehr die Schwangerschaft sie psychisch geprägt hatte, sodass sie noch Jahre später das Gefühl hatte, keine Wahl zu haben. „Ich möchte nicht, dass du deine Arbeit aufgibst, wenn sie dir gefällt." Ich schluckte schwer und wusste, was ich als Nächstes sagen musste, aber ich hasse mich dafür. „Und ich werde die Sache mit Rebel unter einer Bedingung beenden, Tara. Du musst einen Therapeuten aufsuchen. Einen Therapeuten meiner Wahl."
Sie hatte die Idee immer abgelehnt und ich wusste, wenn sie sie wieder ablehnte, gab es keine Hoffnung für unsere Familie – was auch immer unsere Familie war. „Wenn du mit mir zur Paartherapie kommst, gehe ich zu deinem Therapeuten, Harman. Diesmal meine ich es ernst. Ich möchte, dass es funktioniert. Ich will das für unseren Sohn tun. Er hat sich das nicht ausgesucht. Du und ich haben diesen Fehler allein gemacht."
„Es war kein Fehler." Ich hasste den Gedanken. „Eli war kein Fehler. Egal, was vorher oder nachher passiert ist, er war kein Fehler."
„Dann waren wir es auch nicht", sagte sie mit einem langen Seufzer. „Ich merke das gerade zum ersten Mal, Harman. Wir waren kein Fehler. Etwas hat uns in jener

Nacht zusammengebracht. Wir hatten vielleicht nur jene eine Nacht, aber sie gab uns Eli."
Man konnte es nicht einmal eine Nacht nennen. Es waren zehn Minuten gewesen. Aber sie hatte recht. Wir beide hatten Eli gezeugt. Wir beide. Nicht nur sie. Nicht nur ich. Wir beide. Und er hatte es verdient, uns beide zu haben.
Auch wenn es bedeutete, dass ich Rebel aufgeben musste. Ich seufzte in das Telefon und konnte fast mein Herz brechen hören. „Okay. Ich werde eine Familienberatung mit dir aufsuchen – aber wir bleiben getrennt. Und ich höre auf, Rebel zu sehen, solange wir in der Beratung bleiben. Das ist das Beste, was ich dir jetzt anbieten kann, Tara."
Ich konnte Taras Lächeln praktisch über das Telefon hören. Die Frau bekam immer, was sie wollte, und ich vermutete, dass sie glaubte, ihren Willen wieder durchgesetzt zu haben. Sie mochte gereift sein, aber ein Mensch kann sich nicht völlig verändern.
„Einverstanden", sagte sie. „Ich kann morgen einziehen."

Kapitel 24
Rebel

Als ich mit heftigen Kopfschmerzen erwachte, öffnete ich die Augen und sah Harman in mein Zimmer kommen. „Wo bist du gewesen?" Ich erinnerte mich nicht an viel, nachdem er den Anruf von Eli erhalten hatte.
Er stand auf der anderen Seite des Raumes und sah so traurig aus, aber er kam nicht näher. „Zu Hause." Er legte die Schlüssel auf meine Kommode. „Ich habe deine Schlüssel genommen. Ich wollte die Tür nicht unverschlossen lassen und wusste, dass ich zurückkommen würde, um nach dir zu sehen. Übrigens habe ich den Rest der Whiskey-Flasche in die Spüle gegossen. Als Vorsichtsmaßnahme."
„Ich brauche etwas gegen die Kopfschmerzen." Ich stieg aus dem Bett und stellte fest, dass ich keine Kleider anhatte. „Meine Güte."

Harman nahm meinen Bademantel vom Haken und warf ihn mir zu. „Hier. Zieh das an."
Meine Nacktheit hatte ihn noch nie gestört. Mir wurde sofort übel – und ich glaubte nicht, dass es etwas mit dem Kater zu tun hatte. „Würdest du mir sagen, was es mit dem Anruf auf sich hatte, den du bekommen hast? Ich habe es irgendwie vergessen."
„Ja, ein ganzes Glas Whiskey mit sehr wenig Cola hat diese Wirkung." Er warf mir einen ernsten Blick zu.
„Hey, versprich mir, dass du das Zeug nicht benutzt, um über mich hinwegzukommen."
Meine Hände, die mit dem Gürtel des Bademantels gekämpft hatten, fielen an meine Seiten. „Was?"
„Versprich mir, dass du nicht dem Alkohol verfällst, Rebel", sagte er und ließ den wichtigsten Teil aus.
„Was ist los, Harman?" Ich setzte mich auf das Bett. Mein Kopf fühlte sich so benommen an, dass ich dachte, ich könnte ohnmächtig werden. Ich musste mich hinsetzen oder ich würde hinfallen. „Du hast gesagt, dass ich über dich hinwegkommen soll. Was bedeutet das?"
„Sie wird bei mir einziehen und sich in Therapie begeben." Er verlagerte sein Gewicht und sah nervös aus. „Das hier ist vorbei." Ich hatte mir eine Million Mal gesagt, dass es so enden würde, aber das half mir kein bisschen.
Es fühlte sich an, als hätte jemand in meine Brust gegriffen und mir das Herz herausgerissen. Nichts hatte jemals so wehgetan und ich betete, dass nichts jemals wieder so wehtun würde.

Harman wiederholte immer wieder die gleichen Worte:
„Es tut mir leid." Das war alles, was ich mindestens zehn
Minuten lang hörte, während ich wie ein Baby weinte.
„Ich weiß, dass du das tun musst." Ich hörte auf zu
jammern. „Ich weiß, dass es das Beste für Eli ist." Ich
sank zurück auf das Bett und dachte, ich könnte einen
Herzinfarkt bekommen, so sehr schmerzte es.
„Baby!" Harman war plötzlich neben mir und hielt mich
fest. Ich wünschte, er hätte mich nicht berührt.
Aber ich klammerte mich an ihn und hielt ihn so fest, als
könnte ich dadurch meine zerschmetterte Welt
zusammenhalten. „Beende es nicht! Bitte!"
Seine Lippen drückten sich gegen meine Stirn. „Ich muss
es tun. Ich war egoistisch und das muss aufhören."
Und dieses eine Wort traf mich genau dort, wo es sollte.
Ich war auch egoistisch. „Es tut mir leid." Jetzt war es an
mir, diese Worte immer wieder zu sagen. „Ich wollte nie
zwischen euch stehen." Aber genau das hatte ich getan.
Harman ließ mich allein und ich versuchte, mir ein paar
Minuten Zeit zu nehmen, um mich zu beruhigen. Er kam
mit einem Schmerzmittel und einem Glas Wasser zurück.
„Hier, nimm das."
Ich wischte mir die Tränen aus den Augen und versuchte,
die Situation aufzulockern. „Auf Anordnung des Arztes?"
Nickend sagte er: „Auf Anordnung des Arztes. Und ich
möchte noch ein paar mehr Anordnungen machen, wenn
ich schon dabei bin. Keine Tränen mehr. Ich liebe dich
immer noch. Meine Liebe wirst du nie verlieren. Es gibt
niemanden, mit dem ich lieber zusammen sein möchte –
und ich hoffe, ich verliere auch nie deine Liebe. Aber es

muss sein. Zurzeit. Vielleicht für immer. Weil ich auch egoistisch dir gegenüber war. So unglaublich egoistisch und ich hoffe, du kannst mir vergeben. Aber nicht, weil ich dich nicht liebe. Du hast es einfach nicht verdient, Teil dieses Durcheinanders zu sein. Und bis ich meine Familie in Ordnung bringen kann, habe ich dich auch nicht verdient."
„Ich liebe dich auch. Das werde ich immer tun." Ich dachte an Eli, als ich die Tabletten schluckte, in der Hoffnung, dass sie in der Lage sein würden, meine Kopfschmerzen und meinen Herzschmerz endgültig zu beseitigen. „Und ich liebe Eli. Er wird seine Familie zurückhaben. Ich bin glücklich für ihn."
„Ja, ich auch." Glücklich war das letzte Wort, mit dem ich beschrieben hätte, wie Harman klang. Er schaute auf meine offene Schlafzimmertür. „Ich sollte gehen. Wirst du darüber hinwegkommen?"
Nicht einmal annähernd.
Ich nickte, um ihm nicht noch mehr Schuldgefühle zu machen. Er hatte schon mehr als genug davon. „Ich habe auch eine ärztliche Anordnung für dich, Harman."
„Und die wäre?", fragte er, als er langsam auf die Tür zuging.
„Seid die beste Familie, die ihr für diesen Jungen sein könnt." Ich schluckte den Knoten, der sich in meiner Kehle gebildet hatte, herunter. „Er verdient eine großartige Familie. Er ist ein großartiger Junge. Und bitte lass ihn wissen, dass ich seine Hilfe mit den Tieren nicht mehr brauche. Es wird seine Mutter verärgern, wenn er

weiterhin vorbeikommt, aber ich glaube nicht, dass ich ihm das selbst sagen kann, ohne zusammenzubrechen."
„Ja, ich weiß." Harman trat aus der Tür. „Ich erkläre es ihm. Er will seine Familie zurück – das hat er mir gesagt. Er muss verstehen, dass es bedeutet, dass er nicht mehr herkommen kann. Er muss verstehen, dass es bedeutet, dich zu verlieren, wenn seine Mutter zurück ist."
„Niemand kann alles haben", flüsterte ich und sah, wie seine Augen glasig wurden.
Eine Träne lief über seine Wange. „Ja, niemand kann alles haben. Ich nehme an, Liebe steht nicht in den Sternen für mich. Jedenfalls keine Liebe, die ich behalten kann."
„Du wirst immer meine Liebe haben, Harman. Mein Herz gehört dir." Ich sah keinen Grund, den Mann anzulügen. Er hielt mein Herz in seinen Händen. Vielleicht würde ihm das ein Trost sein, wenn er mit Tara in seinem kalten Bett lag.
Denk nicht darüber nach, sagte ich mir, als mein Herz in noch kleinere Stücke zerbrach.
Weitere Tränen fielen aus seinen Augen. „Und du hast meines. Ich muss gehen. Es tut mir leid." Er drehte sich um und ging hastig. Ich hörte, wie sich die Tür schloss. Ich vergrub mein Gesicht im Kissen und weinte. Ärztliche Anordnungen oder nicht, ich musste weinen. Ich wusste, dass ich alles irgendwie herauslassen musste. Was ich nicht wusste, war, wie lange es dauern würde. In dieser Nacht fand ich keinen Schlaf und ich musste mich am nächsten Tag krankmelden. Eine weitere Nacht verging, ohne dass ich ein Auge zumachte, und ich weinte verdammt viel.

Nach einem weiteren Tag Krankenurlaub hörte ich endlich auf zu weinen. Aber ich konnte mich nicht dazu bringen, meinen Bademantel auszuziehen – denjenigen, den Harman mir zugeworfen hatte, als er gekommen war, um mir das Herz zu brechen. Ich hatte nicht gebadet, mir nicht die Zähne geputzt und meine Haare nicht gekämmt. Ich fühlte mich wie ein Zombie.

An diesem dritten Tag saß ich auf meinem Sofa und schaute aus dem Fenster. Als ich Taras Auto vorbeifahren sah, spürte ich, dass alles wieder hochkam, und ich brach wieder zusammen. Ich versprach mir, dass dies das letzte Mal sein würde.

Sie hatte ihre Familie zurück. Ich hatte verloren, was kurze Zeit mir gehört hatte, aber zumindest waren sie wieder komplett. Und ich musste aufhören, so egoistisch zu sein. Ich musste aufstehen und mit meinem Leben weitermachen.

Als es an meiner Tür klopfte, blickte ich von meinem sicheren Platz auf dem Sofa auf. „Wer ist da?", fragte ich schließlich.

„Tara."

Warum ist sie hier?

Um mich zu quälen? Ich stand auf und ging zur Tür, ohne darauf zu achten, dass ich so aussah, als hätte mich ein Lastwagen überfahren. Sie musste wissen, was sie mir angetan hatte.

Und gerade als ich sie sehen lassen wollte, was ich geworden war, hielt ich inne. „Ich bin krank, Tara. Jetzt ist kein guter Zeitpunkt. Ich glaube, ich habe die Grippe. Ich will dich nicht anstecken."

Es war nicht ihre Schuld, dass ich mich in einen Mann verliebt hatte, der mir direkt gesagt hatte, dass er seiner Ex-Frau eine weitere Chance geben würde, wenn sie ihre Familie wieder komplettmachen wollte. Also wollte ich nicht versuchen, ihr für das, was mir passiert war, die Schuld zu geben.
„Oh, das ist schade", rief sie durch die Tür und klang viel zu fröhlich. „Ich lasse dir von Rene Hühnersuppe bringen. Sie kann sie vor deine Haustür stellen. Ich werde in ein paar Tagen vorbeischauen, um zu sehen, wie es dir geht. Ich wollte dich nur wissen lassen, dass ich zu einem Therapeuten gehe. Harman hat einen für mich gefunden. Und wir gehen auch zu einem Eheberater. Ich weiß, dass du wahrscheinlich nichts davon hören möchtest, aber ich wollte dich wissen lassen, dass ich es versuche, Rebel. Wirklich."
„Das ist gut zu hören." Ich lehnte mich an die Tür und fühlte mich schrecklich. „Ich vermisse die beiden", murmelte ich, fast mehr für mich als für alle anderen. „Sag ihnen das nicht", beeilte ich mich hinzuzufügen, „aber es ist so. Und ich bin froh, dass du Hilfe bekommst. Es ist gut, mit jemandem zu sprechen, der dir bei dem helfen kann, was du durchgemacht hast."
Plötzlich wusste ich, dass ich auch Hilfe brauchte. „Ich werde auch jemanden aufsuchen."
„Gut", sagte sie mit fröhlicher Stimme. „Ich weiß, dass es hart für dich sein muss."
Es bringt mich um.
Aber am wichtigsten war Eli. „Ja, das ist es. Aber solange Eli glücklich ist, ist das alles, was mich interessiert."

„Ja, uns auch." Sie klopfte zweimal an die Tür. „Ich lasse dich jetzt in Ruhe, Rebel. Wenn Rene klopft, ist deine Suppe da. Und es tut mir leid, dass es so sein muss."
Ich hatte es irgendwie satt, wie viele Entschuldigungen ich in letzter Zeit gehört hatte.
Ich stolperte zurück zum Sofa und sah es mir an, setzte mich aber nicht hin. Ich brauchte ein Bad und musste aufhören, mich selbst zu bemitleiden. Sicher, ich hatte die Liebe meines Lebens verloren, aber ein kleiner Junge hatte seine Eltern wieder unter einem Dach.
Als ich den Bademantel auszog – den ich in den Mülleimer warf, als ich an der Küche vorbeiging –, fragte ich mich, ob Tara in dem Bett schlief, das Harman und ich geteilt hatten.
Mein Magen begann noch mehr zu schmerzen und ich musste aufhören, darüber nachzudenken. Es war egal, wo sie schlief. Harman gehörte nicht mehr mir. Er versuchte, ein guter Ehemann und Vater zu sein, und ich musste ihn das tun lassen. Nicht, dass ich ihn aufhalten könnte, wenn ich wollte.
Ich wollte, dass sie glücklich waren. Wenn sie glücklich sein konnten. Können sie wirklich glücklich sein?
Ich drehte das Wasser auf, stieg unter die Dusche und wusch die Reste unseres letzten Liebesspiels von meinem Körper. Einige Menschen hätten es ekelhaft gefunden, drei verdammte Tage so zu leben. Und sie hätten recht gehabt. Aber bis zu diesem Moment konnte ich einfach nicht abwaschen, was von dem Mann übrig war, den ich liebte.

Ich strich mit meinen seifigen Händen über meinen Bauch und fragte mich, was passiert wäre, wenn ich schwanger geworden wäre. Hätte Harman genauso gehandelt?
Es war egal. Ich war nicht schwanger. Ich bekam schon seit Jahren Verhütungsspritzen. Es würde kein kleines Wunder geben, das uns für den Rest unseres Lebens verband, so wie Eli es bei Harman und Tara tat. Und ich hätte sowieso nicht gewollt, dass es das Einzige war, was uns zusammenhielt.
In Wahrheit tat Tara mir leid. Sie würde niemals echte, wahre Liebe erfahren – nicht die Art, die Harman und ich hatten. Ich spürte sie immer noch in meinem gebrochenen Herzen. Wir würden uns immer lieben, auch wenn wir niemals zusammen sein könnten.
Es gab Schlimmeres, als Liebe zu opfern, damit ein Kind das Leben haben konnte, das es verdiente. Brachte es mich fast um? Ja. Aber kein Opfer ist jemals einfach.

Kapitel 25
Harman

Der vierte Tag schien der schwerste Tag zu sein. Ich war mit einer Erektion aufgewacht, nachdem ich die ganze Nacht von Rebel geträumt hatte. Zu sagen, dass ich sie vermisste, war eine Untertreibung.
Ich konnte nicht aufhören, mir Rebel vorzustellen, wie sie in Tränen ausbrach. Ich hatte versucht, ihr alles zu erklären, aber ich glaubte nicht, dass sie etwas von dem gehört hatte, was ich sagte. Ich hatte ihr gesagt, dass es nicht das Ende bedeuten musste und dass ich nicht wirklich mit Tara zusammen war, sondern nur mit ihr zusammenlebte. Aber als ich beobachtete, wie ihr Körper bei ihrem Schluchzen zitterte, wusste ich, dass ich Rebel gegenüber nicht fair war.
Ich konnte sie nicht mit Versprechungen vertrösten, dass die Dinge eines Tages besser sein würden. Es war egoistisch von mir zu hoffen, dass sie warten würde, bis ich Tara helfen konnte, die Mutter zu werden, die sie sein

musste. Rebel hatte es auch verdient, glücklich zu sein, und ich wusste, dass sie niemals mit ihrem Leben weitermachen würde, wenn sie nicht richtig mit mir abschließen konnte.

Also hatte ich nicht wiederholt, dass ich von Tara getrennt bleiben würde, und Rebel einfach das Schlimmste annehmen lassen. Und die Tage seitdem waren die schlimmsten meines Lebens gewesen.

Tara war in die Dienstbotensuite gezogen und hatte ihr Haus zum Verkauf angeboten. Sie gab alles, so wie sie angekündigt hatte. Und sie würde bald ihre erste Sitzung bei dem Therapeuten haben, den ich für sie gesucht hatte. Und gleich zu Beginn des neuen Jahres würden wir bei einem anderen Berater mit unserer Familientherapie beginnen. Sie sollte uns dabei halfen, eine stärkere Familieneinheit für Eli zu werden. Aber nichts, was wir bisher getan hatten, gab mir das Gefühl, dass wir der Familie näherkamen, die wir alle sein wollten.

Es fehlte etwas. Und ich wusste, dass es die Liebe war, die Rebel Eli und mir gegeben hatte. Tara hatte einfach nicht das natürliche Talent dafür, Menschen das Gefühl zu geben, geliebt zu werden, so wie Rebel. Nicht, dass Tara sich jemals besonders bemüht hatte, damit sich jemand großartig fühlte.

Tatsächlich würde ich fast so weit gehen zu sagen, dass Tara genau die gegenteilige Wirkung auf Menschen hatte. Sie war in unser Haus gekommen und hatte unsere Welt auf den Kopf gestellt. Eli hatte eine neue Schlafenszeit – Punkt acht. Und Tara hielt an der Regel fest, ihm nach fünf Uhr nichts mehr zu trinken zu geben. Sie tat so, als

wäre Eli immer noch ein Bettnässer, egal wie oft er und ich ihr sagten, dass das lange vorbei war. Sogar das Hausmädchen, das sich um seine Wäsche kümmerte, sagte Tara, dass er seit zwei Jahren keinen Unfall mehr gehabt hatte.
Ich fand es irgendwie lustig, dass Elis Bettnässen fast sofort aufgehört hatte, nachdem Tara ausgezogen war. Ich wies sie jedoch nie darauf hin. Und jedes Mal, wenn ich versuchte, mich ihren neuen Regeln zu widersetzen, wurde sie dramatisch und ich hatte nicht die Energie, mich damit herumzuschlagen. Nicht, wenn ich so viel Energie dafür verwendete, mein gebrochenes Herz zu heilen.
Seit Tara zurück war, kamen mir all die Gründe, warum ich meiner Frau mein Herz nie hatte schenken können, wieder in den Sinn.
Tara versuchte nicht, jemanden dazu zu bringen, sie zu lieben. Sie war, wer sie war, man konnte sie so nehmen oder sie verlassen – es gab keinen Raum für Kompromisse. Ich bevorzugte Letzteres. Aber Eli war glücklich darüber, dass sie wieder da war.
Ich traf ihn im Flur, als wir beide zum Frühstück gingen, und sah ein Lächeln auf seinen Lippen. „Du siehst heute ziemlich glücklich aus, Kleiner."
Nickend sprang er vor mir her. „Es macht mich einfach glücklich zu wissen, dass Mom im Frühstücksraum ist und dass ich sie jeden Morgen sehe, bevor ich zur Schule gehe."
Und das war der Grund, warum ich das alles tat. Ich wusste, wenn es funktionieren sollte, musste ich mit Tara

darüber sprechen, wie ich die Dinge in meinem Haus haben wollte. Nicht, dass ich es mein Haus nennen würde, denn ich wollte, dass sie es auch als ihr Zuhause ansah. Tatsache war jedoch, dass sie eingezogen und die Kontrolle übernommen hatte, und weder Eli noch ich waren glücklich über die Änderungen, die sie vorgenommen hatte.

Ich klopfte Eli auf den Rücken und verriet ihm meinen Plan. „Ich bin froh, dass du es magst, deine Mutter hier zu haben. Aber ich denke, es ist Zeit, mich mit diesen verrückten neuen Regeln zu befassen, die ihr einfallen."

„Gut." Er hüpfte die Treppe hinunter. „Das Trinkverbot nach fünf und das Schwimmverbot vor dem Schlafengehen müssen aufhören, Dad. Und ich denke, ich sollte auch nicht gezwungen werden, die Hausaufgaben direkt nach der Schule zu machen."

„Nun, das ist eigentlich eine gute Idee." Es war viel besser, dass Eli seine Hausaufgaben sofort erledigte, als dass ich abends nach Hause kam und ihm dabei helfen musste.

„Oh Mann", jammerte er.

Als wir in den Frühstücksraum gingen, sahen wir Tara mit ihrem iPad am Tisch sitzen. Sie riss ihren Blick davon los und sah zu uns auf. „Guten Morgen, Jungs."

Eli rannte zu ihr, um sie auf die Wange zu küssen, und ich goss mir eine Tasse Kaffee ein. Obwohl ich wusste, dass sie ihr Bestes gab, um die Dinge zwischen uns wieder in Schwung zu bringen – auch wenn ich absolut dagegen war –, gab es keine Intimität zwischen uns. Nicht, dass ich das erwartet hätte. Wir hatten noch nie

Leidenschaft in unserer Ehe gehabt, auch nicht zu den besten Zeiten. Ich hatte nicht erwartet, dass sie plötzlich wie von Zauberhand auftauchte. Es war genug für mich, einfach zu versuchen, höflich und fürsorglich zu sein, besonders vor Eli. „Morgen, Tara. Ich hoffe du hast gut geschlafen."
„Ja." Sie fuhr mit ihrer Hand durch Elis Haar. „Ich denke, wir werden dir heute nach der Schule die Haare schneiden lassen."
„Oder ich könnte sie von Rebel schneiden lassen", sagte er. „Sie ist großartig darin."
Taras Augen verengten sich und sie sah mich hilfesuchend an, aber ich wich ihrem Blick aus und schaute auf das Tablett auf dem Beistelltisch. „Rene hat sich mit den Leckereien heute Morgen selbst übertroffen. Sieh nur, Eli."
„Ja!" Er rannte zu mir, nahm einen Teller und legte ein paar seiner Lieblingsspeisen darauf. „Schau mal, es gibt Blätterteigschnecken mit Schinken."
Ich nahm meinen Teller und setzte mich an den Tisch.
„Ich werde heute zu meinem Haus fahren und noch ein paar Dinge erledigen", sagte Tara. „Und ich habe einen Zwinger für den Hund bestellt. Er muss von jetzt an draußen bleiben."
Elis Gesicht wurde traurig. „Mom, er schläft in meinem Zimmer. Er rennt nicht im Haus herum. Bitte zwinge mich nicht, ihn draußen zu lassen."
„Hunde gehören nicht ins Haus, Eli. Das musst du lernen." Sie sah mich finster an. „Dein Vater hätte es

besser wissen müssen, als dich ein Tier im Haus halten zu lassen."

„Er hält Moppy sauber, Tara. Der Hund war noch nie ein Problem. Er ist stubenrein und macht nie Ärger. Ich denke, der Hund ist in Ordnung, so wie er ist." Ich sah Eli an und setzte die neue Regel seiner Mutter außer Kraft. „Er kann drinnen bleiben, Eli." Dann wandte ich meine Aufmerksamkeit Tara zu. „Und es ist kein Zwinger erforderlich. Ich möchte nicht, dass Moppy eingesperrt wird, wenn er draußen ist. Er hat hier so viel Platz zum Herumlaufen, dass es grausam wäre."

Die Art, wie sie auf ihren halbleer gegessenen Teller blickte, sagte mir, dass sie nicht glücklich darüber war, dass ich ihr widersprochen hatte. „Also gut."

Elis Handy klingelte und er stand auf und nahm eine der Blätterteigschnecken mit. „Jason und seine Mutter sind hier. Ich muss gehen." Er küsste Tara auf die Wange, umarmte mich und ging.

Tara und ich blieben allein zurück. „Also, wie gefällt es dir in der Suite, Tara?"

„Sie ist in Ordnung. Ein bisschen klein, aber okay." Sie nippte an ihrem Kaffee und sah mich über den Rand der Tasse hinweg an. „Vielleicht können wir nach einer Weile beim Therapeuten wieder im selben Bett schlafen."

Ich wusste, dass das nicht der Fall sein würde. Sie hatte in den wenigen Tagen, in denen sie hier war, viele Kommentare dieser Art abgegeben und ich war nie darauf eingegangen. Diesmal schaute ich sie nur an, um wieder einmal klarzustellen, dass ich kein Interesse daran hatte.

Der Gedanke, mit einer anderen Frau zu schlafen, während ich noch so viel Liebe für Rebel in meinem Herzen hatte, machte mich krank. Ich hoffte, dass sie langsam verschwinden würde, aber ich glaubte nicht wirklich daran.
„Harman, wie lange können wir so leben?"
„Du scheinst zu vergessen, dass wir lange so gelebt haben. Der Großteil unserer Ehe verlief so, dass wir beide getrennte Leben führten. Ich verstehe nicht, warum wir es nicht wieder tun können." Ich wusste nicht, was ich ihr sonst noch sagen sollte. „Aber da wir uns gerade mit dem Thema ‚Zusammenleben' befassen, möchte ich einige Dinge ansprechen, die du hier eingeführt hast. Das Trinkverbot nach fünf Uhr muss aufhören. Das Kind hat Durst, Tara. Wenn Eli aufsteht, kippt er zwei Flaschen Wasser herunter. Ich kann das nicht so weitergehen lassen. Und das Schwimmverbot vor dem Schlafengehen muss auch authoren."
Sie sah aus, als ob sie darauf bestehen würde. „Nein, Harman. Es ist zu aufregend für ihn. Es wird ihm danach schwerfallen einzuschlafen."
„Es hilft ihm beim Einschlafen. Wenn du ihn am ersten Abend, als du hier warst, mit mir schwimmen lassen hättest, hättest du es gesehen", sagte ich.
Sie presste den Kiefer zusammen und sah mich entschlossen mit ihren grünen Augen an. „Das Trinkverbot können wir abschaffen, aber nicht das Schwimmverbot."
Ich lehnte mich auf meinem Stuhl zurück und musste fragen: „Warum machst du das, Tara?"

„Was?", fragte sie unschuldig, als hätte sie keine Ahnung, wovon zum Teufel ich sprach.
„Du kommst hierher und versuchst, alles zu ändern", sagte ich ihr. „Eli und ich sind gut zurechtgekommen ..."
„Ohne mich", unterbrach sie mich. „Ja, ich weiß." Sie stand auf, ging zum Fenster und hielt dabei die Tasse Kaffee in den Händen. „Ihr Auto hat die Auffahrt seit vier Tagen nicht mehr verlassen."
Ich wusste, dass Rebels Auto ihre Auffahrt nicht verlassen hatte. Und ich war mir ziemlich sicher, dass ich auch wusste, warum. Sie hatte kein Kind, für das sie stark bleiben musste. Rebel hatte die Zeit und Privatsphäre, sich den Schmerzen unserer Trennung hinzugeben. Ich litt ebenfalls mehr, als ich mir jemals hätte vorstellen können. Aber ich musste die Schmerzen verborgen halten und tief in meinem Inneren vergraben.
„Ich bin mir sicher, dass es ihr im Laufe der Zeit wieder besser geht." Ich wollte nicht mit meiner Ex über die Frau sprechen, die ich immer noch liebte.
Tara drehte sich zu mir um und sah ein wenig verlegen aus. „Ich bin gestern bei ihr vorbeigegangen."
„Warum?", fragte ich und mein gesamter Körper spannte sich bei dem Gedanken an. „Nach allem, was sie durchgemacht hat – nach allem, was du ihr angetan hast –, ist es wohl am besten, sie in Ruhe zu lassen."
„Sie hat dich und Eli vermisst. Sie hat mir gesagt, dass ich es dir nicht verraten soll, aber ich denke, du solltest es wissen." Sie nippte an ihrem Kaffee, als würden wir uns entspannt unterhalten. „Sie sagte, dass sie die Grippe hat, aber ich denke, sie geht wegen ihres gebrochenen

Herzens nicht zur Arbeit." Als ich auf den Tisch schaute, bemerkte ich ihren Blick auf mir. „Und wie geht es deinem Herzen, Harman?"
„Es gibt keinen Grund, darüber zu diskutieren, Tara." Ich hatte keine Ahnung, worauf sie hinauswollte, aber ich wollte mein gebrochenes Herz nicht mit ihr besprechen.
„Ich möchte wissen, wie du dich fühlst, Harman." Sie trat vom Fenster weg und nahm Platz.
„Tara, ich liebe Rebel wirklich. Das habe ich dir schon gesagt. Ich bezweifle, dass ich jemals aufhören werde, sie zu lieben." Ich wusste nicht, warum Tara etwas über meine Gefühle für eine andere Frau hören wollte, aber ich weigerte mich, sie vor ihr zu verstecken.
Ein Lächeln huschte über ihre Lippen. „Wow."
Diesem Lächeln traute ich nicht. „Ja, ich weiß", antwortete ich und kniff die Augen zusammen.
„Und unseren Sohn liebst du auch." Sie trank wieder einen Schluck Kaffee. „Du hast sie für ihn verlassen, damit er seine Familie zurückbekommt. Das ist das Selbstloseste, was ich je gehört habe."
Es war nichts im Vergleich zu Rebels Selbstlosigkeit. Und ich wollte nicht, dass sie noch länger von uns belästigt wurde. „Tara, bitte geh nicht mehr bei Rebel vorbei. Sie hat schon zu viel wegen unserer Familie durchgemacht."
„Das finde ich auch." Sie stellte ihre Tasse ab und strich mit den Händen über ihre Bluse, um sie zu glätten. „Wir sind ein Durcheinander. Und wir haben sie in unser Chaos hineingezogen."

„Genau. Wir sind ein Durcheinander. Ich hätte es besser wissen sollen, als überhaupt etwas mit der Frau anzufangen. Es war nicht fair ihr gegenüber."

„Ja." Sie stand auf, verließ den Raum und ließ mich allein zurück.

Ich schaute aus dem Fenster. Aus Rebels Schornstein kam kein Rauch. Sie hatte sich in ihrem Haus verbarrikadiert und ich konnte nichts dagegen tun. Sie wiederzusehen würde den Schmerz nur verlängern. Die Wunde reichte tief, aber sie würde heilen. Wenn ich oder irgendjemand in meiner Familie weiterhin Rebel kontaktierte, würde sie länger brauchen, um sich zu erholen. Eli von ihr fernzuhalten könnte allerdings gar nicht so einfach sein.

Rene kam in den Frühstücksraum. „Sind Sie fertig, Doktor Hunter?"

Ich reichte ihr meinen kaum angerührten Teller. „Bitte." Sie sah sich das Essen an, das noch übrig war. „Sie essen nicht so viel wie sonst. Ich schätze, das ist für Sie alle genauso schwer wie für Rebel."

Das weckte meine Neugier. „Sie sagen das, als hätten Sie sie kürzlich gesehen."

„Tara hat mich gestern gebeten, Rebel etwas Suppe zu bringen", sagte sie, als sie das Geschirr abräumte. „Sie hat mich eingeladen und wir haben ein bisschen geplaudert. Sie sagte, sie hätte sich endlich wieder im Griff, aber sie hat drei Tage lang nichts anderes getan, als ihre Tiere zu füttern und zu tränken. Ich konnte den Gewichtsverlust in ihrem Gesicht sehen. Ich habe ihr gesagt, dass es mit der Zeit besser wird."

Rene war bei uns, seit wir in dieses Haus gezogen waren. Sie kannte meine Familie besser als jeder andere. „Ist das ein Fehler, Rene?"

Sie schaute mich mit neutralem Gesicht an. „Wir machen alle Fehler, Doktor Hunter. Und wir alle gehen im Leben unterschiedliche Wege. Es gibt nicht nur einen Weg. Wenn Sie das Gefühl haben, dass Sie Elis Mutter hier haben müssen, damit Ihr Sohn das bestmögliche Leben hat, dann sollten Sie das tun."

„Was würden Sie an meiner Stelle tun?" Ich musste die Meinung eines anderen Menschen hören. Ich hatte mich niemand anderem anvertraut.

Sie lachte leise, als sie mit dem Geschirr aus dem Raum ging. „Ich? Oh, ich bin eine Romantikerin, Doktor Hunter. Ich entscheide mit meinem Herzen, nicht mit meinem Kopf." Und dann ging sie.

Kapitel 26
Rebel

Irgendwie hielt ich eine ganze Woche durch, ohne mit Harman oder Eli zu sprechen. Mir ging es nicht besser. Kein bisschen. Aber ich hatte es geschafft zu arbeiten, sogar am Wochenende, was ich selten getan hatte, seit ich neben Eli und Harman eingezogen war. Seitdem hatten sie die meisten meiner Wochenenden in Anspruch genommen.

Nancy, meine Kollegin, kam mit einem Grinsen in mein Büro. „Sieht so aus, als ob wir für die Planung der diesjährigen Weihnachtsfeier verantwortlich sind, Rebel. Ich dachte an jede Menge Alkohol und eine dieser Geschenkbörsen."

„Das hört sich toll an. Und es ist leicht zu planen." Ich konnte keine echte Begeisterung für die Party aufbringen. Nancy schien das zu spüren. „Nun, es gibt noch viel mehr zu planen. Das Essen, der Ort, die Uhrzeit, das Datum. Wie wäre es, wenn ich zu dir komme, wenn wir

heute Abend Feierabend haben? Ich bringe Wein und eine Käseplatte mit. Ich würde dich zu mir einladen, aber mein Haus ist ein Zoo. Nicht mit Tieren, sondern mit Menschen. Außerdem will ich unbedingt dein neues Haus sehen."
Ich kannte Nancy gut genug, um zu wissen, dass sie nicht aufgeben würde, bis ich nachgab. „Okay. Ich schreibe dir die Adresse auf. Ich kann auch etwas zu essen besorgen, wenn du willst."
„Nein, ich mache das. Betrachte es als ein Einweihungsgeschenk." Sie verließ mich und war glücklich, ihren Willen durchgesetzt zu haben.
Später, als ich nach der Arbeit nach Hause fuhr, bog ich gerade in meine Einfahrt ein, als Tara hinter mir vorbeifuhr. Sie drückte auf ihre Hupe und winkte glücklich lächelnd. Ich hob die Hand, ohne zu winken, ignorierte sie aber auch nicht.
Es schien, als würde es bei den Hunters großartig laufen. Zumindest sah es so aus, in Anbetracht des Lächelns, das ich auf ihrem Gesicht gesehen hatte. Ich ging ins Haus und dann in den Garten, um mich um die Tiere zu kümmern, bevor Nancy kam.
Gerade als ich hinten fertig war, klingelte es an meiner Tür und ich beeilte mich, zu öffnen. Nancys Lächeln und eine Flasche Wein begrüßten mich. „Ich habe etwas mitgebracht."
Ich ließ sie herein und brachte sogar ein Lächeln zustande. „Komme. Ich habe gerade meine Aufgaben erledigt und kann jetzt mit dir die Planung machen." Als

ich in die Küche ging, fügte ich hinzu: „Ich hole uns Weingläser."

Da ich nichts anderes zu tun hatte, nahm ich Platz, während Nancy ihren Korkenzieher suchte und die Käseplatte abstellte. „Ich muss sagen, du hast es drauf, Nancy. Die perfekte Partyplanerin. Ich bin mir nicht so sicher, ob ich dafür geeignet bin. Aber du bist brillant darin."

„Nicht wahr? Ich liebe es wirklich zu planen – besonders Partys. Ich denke übrigens, du wirst diesen Wein lieben." Sie füllte unsere Gläser und setzte sich mir gegenüber. Dann zog sie einen Stift und einen Block Papier aus ihrer Handtasche. „Ich bin bereit, Notizen zu machen." Sie lachte. „Tut mir leid, seit ich die Anwaltskanzlei verlassen habe, um die Buchhaltung in der Klinik zu übernehmen, habe ich kein Meeting mehr besucht und irgendwie vermisse ich es."

Ich wusste nicht viel über Nancy und nutzte die Gelegenheit, um sie besser kennenzulernen. „Warum hast du so einen guten Job aufgegeben, wenn ich fragen darf?"

„Nun, ich musste dort viel zu viele Überstunden machen." Sie lehnte sich zurück und nahm einen weiteren Schluck von dem Wein. „Als ich Harry heiratete, musste ich etwas finden, das nicht so zeitaufwendig war. Also bin ich von einer Rechtsanwaltsgehilfin zur Buchhalterin in der Klinik geworden."

„Warum wolltest du weniger arbeiten?", fragte ich und nahm mir etwas Käse zum Knabbern.

„Er hatte zwei Kinder", sagte sie. „Weißt du, er brauchte meine Hilfe mit ihnen."

„Und ihre Mutter?", fragte ich und dachte, das sollte ihre Aufgabe sein, nicht die von Nancy.
„Sie arbeitet auch." Sie nahm eine Traube und steckte sie sich in den Mund. „Ich liebe Käseplatten."
„Nun, wie bist du in diese ganze Sache hineingeraten?", fragte ich. „Ich meine, du bist nur ihre Stiefmutter."
„Meine Liebe, ich bin nicht nur eine Stiefmutter. Ich bin ein Elternteil dieser Kinder. Ich liebe sie, als wären sie meine eigenen." Sie zeigte auf das Fleisch neben dem Käse. „Probier den. Er ist perfekt geräuchert."
Ich nahm etwas davon und fühlte mich, als hätte ich zum ersten Mal seit einer Woche Appetit. Und ich wollte unbedingt mehr über ihre familiäre Situation erfahren.
„Kommst du mit Harrys Ex zurecht?"
„Anfangs kamen wir überhaupt nicht gut miteinander aus." Sie trank noch einen Schluck Wein. „Sie waren erst seit einem Jahr geschieden und ich glaube, sie war etwas überrascht, dass er jemanden gefunden hatte, der sich mit den Dingen abfand, die sie nicht ausstehen konnte. Harry ist ein bisschen schlampig. Sie hasste das an ihm. Es interessiert mich nicht so sehr. Und ich räume sowieso immer hinter allen anderen her, also denke ich nicht, dass es eine große Sache ist."
„Sie hat ihn verlassen, weil er schlampig ist?" Ich fand das ziemlich oberflächlich.
„Nein, sie hat ihn verlassen, weil sie sich nicht mehr liebten." Sie nahm noch einen Schluck Wein und fragte: „Wenn ich zu beschwipst werde, kann ich mein Auto über Nacht hierlassen? Ich nehme ein Taxi nach Hause.

Das schmeckt ein bisschen zu gut und ich möchte nicht aufhören."

„Natürlich kannst du dein Auto hierlassen. Das ist überhaupt kein Problem." Da Nancy Stiefkinder hatte und gelernt hatte, mit einer Ex-Frau umzugehen, wusste ich, dass ich mehr Informationen von ihr brauchte.

„Also, wollte die Ex deines Mannes nicht wieder zum Wohl der Kinder mit ihm zusammen sein?"

„Nein." Sie sah ziemlich verwirrt aus. „Warum sollte sie? Sie hat ihn verlassen und war zufrieden damit. Sie hatten sich auseinandergelebt."

So wie Harman es erzählte, waren er und seine Ex sich nie besonders nahegestanden, aber er hatte sie zurückgenommen. Ich verspürte den Drang, meine eigenen Probleme mit jemandem zu teilen, und hoffte, Nancy würde ein offenes Ohr für mich haben. Ich war größtenteils verschwiegen über mein Privatleben und hatte vergessen, wie gut es sich anfühlte, sich mit jemandem auszutauschen. „Ich habe einen Mann gedatet. Er hat einen kleinen Jungen – er ist acht Jahre alt. Dieser Mann hat seine Ex-Frau nur geheiratet, weil sie schwanger war. Sie waren nie verliebt, auch nicht während ihrer sechsjährigen Ehe. Sie hat ihn vor ein paar Jahren verlassen und er hatte vor mir niemanden gedatet. Und wir haben uns verliebt – schnell. Aber er hatte mir schon vor unserer ersten Verabredung gesagt, dass er sie zurückkommen lassen würde, wenn seine Ex das wollte. Er fand es wichtig für ihren Sohn."

„Nun, das ist dumm." Nancy verdrehte die Augen.

„Ist es das?" Niemand sonst schien so zu denken – am allerwenigsten Tara. In gewisser Hinsicht schien es das Richtige zu sein.

„Ja." Sie nahm noch einen Schluck, also tat ich es auch. „Keine gute Ehe endet jemals mit einer Scheidung – und warum sollten zwei Menschen, die sich unglücklich machen, nur für die Kinder zusammenbleiben? Oder ein Kind in deinem Fall. Es ist nicht gut für das Kind, das kann ich dir sagen. Kinder sind scharfsinnig. Selbst wenn sie es anfangs nicht spüren – wenn sie älter werden, werden sie feststellen, dass ihre Eltern keine gute Beziehung hatten. Dann werden diese Kinder immer Schuldgefühle haben, dass sie der Grund dafür waren, dass das Leben ihrer Eltern so elend war. Nein, wer auch immer gesagt hat, dass Paare für die Kinder zusammenbleiben sollen, hat sich geirrt – ich sage das nicht nur als Stiefmutter, sondern auch als das Kind unglücklich verheirateter Eltern. Sag deinem Mann, dass er seine Ex nicht wieder in sein Leben lassen soll. Es sei denn, er hat echte Gefühle für sie."

Nach einem weiteren Schluck fragte ich: „Und wenn seine Ex mich bitten würde, mich zurückzuziehen, damit sie ihr Kind zurückgewinnen kann – sie hat es in letzter Zeit ziemlich vernachlässigt –, was dann?"

„Nun, ihr Kind ist eine andere Geschichte. Du musst der Mutter des Jungen Raum geben, ihre Rolle auszufüllen. Versuch nicht, sie zu ersetzen. Aber du könntest eine Art mütterliche Freundin sein, wenn das Kind dies wünscht." Sie nahm ein Stück Käse und wedelte damit. „Wenn man einen Mann liebt, akzeptiert man seine Kinder. Sie gehören zu ihm. Und manchmal gehört dazu auch eine Ex, für die man sich auch interessieren muss. Auch ihre Gefühle spielen eine Rolle und man will keiner Mutter auf die Füße treten."

Ich beendete das Glas Wein und beugte mich vor, um es wieder aufzufüllen. „Ich möchte ihr nicht auf die Füße treten. Sie war sehr jung, als sie schwanger wurde. Ich glaube nicht, dass sie jemals wirklich einen Mutterinstinkt entwickelt hat. Mein Mann war ungefähr sechs Jahre älter als sie und sie ließ ihn meistens die Hauptrolle beim Elternsein übernehmen. So klang es jedenfalls für mich."

Ich nahm einen weiteren Schluck Wein und fragte mich, ob etwas getan werden konnte, um meine Situation zu verbessern, oder ob es wirklich Zeit für mich war, damit abzuschließen.

Nancy hob die Augenbrauen und fragte: „Also zählt sie darauf, dass der Vater des Jungen den größten Teil der Erziehung übernimmt?"

„Ja." Tara zählte definitiv mehr auf Harman als die meisten Mütter. Da war ich mir sicher. Harman übernahm deutlich mehr als die Hälfte der elterlichen Verantwortung. „Anscheinend war es okay, solange der Junge seinen Vater hatte, sodass sie nicht allzu präsent sein musste. Aber dann bin ich gekommen und ihr Sohn hat eine Bindung zu mir aufgebaut. Und das hat sie gestört."

„Das kann ich mir vorstellen", sagte Nancy und nickte. „Manchmal muss eine andere Person eine Rolle einnehmen, damit man erkennt, was für eine unterdurchschnittliche Arbeit man leistet. Aber hier kommt deine Geduld ins Spiel, Rebel. Wenn diese Frau jetzt etwas unternehmen möchte, um ihre frühere Nachlässigkeit auszugleichen, kannst du dem nicht im Wege stehen. Wenn dieser Junge schon an dir hängt, könnte sie das als Bedrohung ansehen und das könnte ein echtes Problem werden."

„Ja, das tut sie schon." Ich stellte fest, dass ich trank, bis das Glas leer war. Der Wein schmeckte wirklich gut.

„Was hat sie getan?" Sie sah etwas besorgt aus, wahrscheinlich weil ich in weniger als einer Minute ein ganzes Glas Wein getrunken hatte.

„Sie hat ihrem Ex erzählt, dass sie alles zurückhaben will – ihn, den Jungen, ihr Zuhause." Ich schluckte und lachte dann hysterisch. „Und dann hat sie es sich einfach genommen." Ich schnippte mit den Fingern, um meine Worte zu unterstreichen. „Sie hat alles zurück!"

„Nein." Nancy stand auf, um mich zu umarmen. „Meine Liebe, das tut mir so leid. Das ist überhaupt nicht gut."

„Nein, das ist es nicht. Es ist schrecklich und deshalb war ich diese Woche vier Tage krank. Es bringt mich um. Ich liebe ihn und seinen Sohn so sehr und jeder Teil von mir tut weh. Ich habe sie jetzt seit sieben Tagen nicht mehr gesehen. Und es wird nicht einfacher." Ich spürte, wie mir die Tränen über die Wangen rannen. Ich wollte nicht mehr weinen. Ich wollte heilen. Ich wollte über Harman und Eli hinwegkommen, konnte es aber nicht.

Nancy übernahm das Kommando. „Okay, liebt dieser Mann dich? Liebt er dich wirklich, Rebel?"

„Ja. Ich weiß, dass er es tut." Wenn es nur so einfach wäre. „Und ich habe ihm gesagt, er soll seine Familie reparieren. Ich habe nicht für ihn gekämpft. Ich dachte, es wäre das Beste für seinen Sohn. Ich liebe dieses Kind und möchte es glücklich sehen."

„War er glücklich, als du und sein Vater zusammen waren?", fragte sie mich, als sie meine Reaktion beobachtete.

„Ja. Ich weiß, dass er es war. Noch bevor ich mit seinem Vater zusammenkam, war Eli froh darüber, hier zu sein. Er half mir, mich um die Tiere zu kümmern – er liebte es. Es war seine Mutter. Sie fühlte sich von mir bedroht, aber ich wollte nie versuchen, ihren Platz einzunehmen – ich habe sogar ein paar Mal mit ihr gesprochen, bevor ich mit Harman zusammenkam, und sie gebeten, Zeit mit Eli zu verbringen." Meine Gefühle waren völlig durcheinander und es wurde immer schwieriger, Tara nicht die Schuld an der ganzen Situation zu geben. „Und ich weiß jetzt noch nicht einmal, ob sie wirklich Elis Wohl im Blick hat. Ich vermute, sie denkt, wenn sie eine gute Mutter ist, kann sie ihren Ex für sich gewinnen. Und damit könnte sie auch recht haben. Sie kam zu mir und sagte, dass sie für Eli da sein würde – dass sie ihre Familie wieder zusammenbringen könnte, wenn ich nur aus dem Weg wäre."

„Nun, ehrlich gesagt, klingt die Frau unerträglich", sagte Nancy. „Es hört sich so an, als hätte sie alles durcheinandergebracht. Sie sollte in der Lage sein, eine gute Mutter zu sein, unabhängig davon, ob sie mit ihrem Ex zusammen ist oder nicht und ob ihr Sohn einen anderen Erwachsenen gefunden hat, zu dem er aufschauen kann, oder nicht. Wenn du und dieser Mann euch lieben, dann muss sie das respektieren. Und wenn ihr Sohn Spaß daran hat, dich zu besuchen und dir mit den Tieren zu helfen, dann muss sie das auch respektieren. Klingt so, als wäre das im besten Interesse des Sohnes. Sie kann ihren Ex nicht in einer lieblosen Beziehung gefangen halten, nur weil sie eifersüchtig auf deine Beziehung zu ihrem Sohn ist."

„Ja." Ich nickte zustimmend. Plötzlich ergab alles Sinn. „Ich denke, du hast recht, Nancy." Ich setzte mich mit neuer Energie auf und war dankbar für den Denkanstoß. „Sie muss unsere Liebe respektieren. Es sollte keinen Unterschied für ihre Beziehung zu ihrem Sohn machen. Sie kann ihren Sohn so oft sehen, wie sie will, aber die Beziehung, die ich zu seinem Vater habe, muss respektiert werden. Oder zumindest toleriert."

„Damit hast du verdammt recht." Nancy füllte mein Glas wieder. „Also, ich hoffe, dass du den Mann zur Vernunft bringst, bevor es für alle noch schlimmer wird. Aber jetzt planen wir die Weihnachtsfeier."

Kapitel 27
Harman

Kurz nachdem ich ins Bett gegangen war, klingelte mein Handy und der Klingelton verriet mir, wer es war, bevor ich überhaupt das Display sah. Mein Körper reagierte sofort. Mein Herz beschleunigte sich und mein Schwanz erwachte zum Leben. „Rebel? Ist alles in Ordnung?", fragte ich besorgt, da ich wusste, dass sie nicht angerufen hätte, wenn es nicht wichtig wäre.
„Nicht wirklich", sagte sie leise. „Die Dinge könnten besser sein. Ich vermisse dich und Eli mehr, als ich für möglich gehalten hätte."
„Wir vermissen dich auch." Er hatte mich gefragt, ob ich mit Rebel gesprochen hatte, als ich ihn ins Bett brachte. Als ich ihm sagte, dass ich das nicht getan hatte, schaute er traurig weg, bevor er mir eine gute Nacht wünschte.
„Harman, kannst du jetzt reden?", fragte sie. „Oder ist Tara bei dir?"

„Nein, sie ist nicht hier. Wir teilen uns kein Schlafzimmer, Rebel." Vielleicht dachte sie, dass Tara und ich in unser altes Eheleben zurückgekehrt waren, was nicht der Fall war.

„Das ist egoistisch von mir, aber ich freue mich darüber." Sie seufzte schwer, bevor sie fortfuhr. „Ich habe mit einer Frau gesprochen, mit der ich zusammenarbeite. Sie hat Stiefkinder und muss mit einer Ex-Frau umgehen. Es war großartig, mit jemandem zu sprechen, der eine ähnliche Situation durchgemacht hat. Sie hat mir einen guten Rat gegeben, Harman."

„Und der wäre?", fragte ich und war neugierig, was jemand in dieser Position zu sagen hätte.

„Nur für die Kinder zusammenzubleiben ist nie das Richtige", ließ mich Rebel wissen.

Leider war unsere Situation etwas komplizierter. „Ja. Aber Tara jetzt in der Nähe bleiben zu lassen ist das Einzige, was ich tun kann. Eli will es so."

„Ich weiß." Sie zögerte. „Aber sie hat einige Dinge angesprochen, an die ich noch nie gedacht hatte."

„Was denn?" Ich war nicht dagegen, mehr zu hören. Wenn es einen besseren Weg gab, damit wir alle glücklich werden konnten, war ich offen dafür.

„Zum Beispiel die Tatsache, dass Eli eines Tages reif genug sein wird, um zu sehen, dass du und seine Mutter unglücklich seid", sagte Rebel. „Und dann wird er sich schuldig fühlen, weil er das Einzige ist, das euch beide dazu gebracht hat, zusammenzubleiben."

Ich setzte mich im Bett auf und dachte darüber nach. „Er ist gerade glücklich, Rebel. Du solltest sein Gesicht sehen,

wenn wir nach unten gehen, um zu frühstücken. Und das liegt daran, dass seine Mutter am Tisch auf ihn wartet."
„Wenn Tara ihn nicht vernachlässigen würde, sobald ihr getrennt lebt, könnte Eli sie fast genauso oft sehen. Sie muss verstehen, dass du jemanden gefunden hast. Du bist in jemanden verliebt, Harman. Jemand, der dich vermisst und möchte, dass das endet." Und da war es, Rebel würde diese Sache nicht mehr mitmachen.
Ich wollte nie mit ihr streiten. Ich wollte sie nie verletzen. Und es war schwer, ihr zu widersprechen, wenn wir beide dasselbe wollten. Aber Eli musste zuerst kommen.
„Glaubst du, ich vermisse dich nicht, Rebel? Das tue ich. Du bist fast alles, woran ich denke. Aber ich glaube, dass Eli seine Mutter und mich mehr respektieren wird, wenn er weiß, dass wir auf unser eigenes Glück verzichtet haben, um sicherzustellen, dass er glücklich ist."
Sie räusperte sich, bevor sie antwortete: „Eli war auch glücklich, als du und ich zusammen waren."
Damit hatte sie recht. „Aber er war nicht vollkommen glücklich, Rebel."
„Nur weil Tara ihn vernachlässigt hat. Es war nichts, was du getan hast – sie war es. Sie hatte jede Gelegenheit, ihn glücklich zu machen, Harman. Und sie hat nie einen Hauch von Respekt für dich, deine Gefühle oder unsere Beziehung gezeigt. Sie respektiert nichts davon."
Mir war klar, dass Rebel damit recht hatte. „Ich weiß."
Ich wusste allerdings nicht, was ich dagegen tun sollte. Ich sah keinen anderen Weg, Tara dazu zu bringen, sich anzustrengen, zur Therapie zu gehen und zu lernen, eine gute Mutter zu sein. „Das ist eine komplexe Situation."

„Erzähl mir, wie es dir geht, Harman", sagte sie. „Sag mir, ob du dich in deinem Zuhause wohlfühlst, jetzt wo sie da ist."

Das tat ich nicht. Und Eli wahrscheinlich auch nicht immer. „Ich musste bei ein paar Dingen auf den Tisch hauen, aber so läuft es in Familien. Du verstehst das nicht, weil du noch nie verheiratet warst und noch nie ein Kind mit jemandem hattest."

„Ich habe mich letzte Woche etwas gefragt, Harman", sagte sie. „Wenn ich schwanger wäre, was würden wir dann in dieser Situation tun?"

Eine Sekunde lang dachte ich, sie wollte mir sagen, dass sie schwanger war. Und für diesen Bruchteil einer Sekunde spürte ich, wie Freude in mir aufstieg. Aber dann erinnerte ich mich, dass sie Verhütungsspritzen bekam. „Das bist du nicht, also ist das kein Argument."

„Aber lass es uns einfach einen Moment lang annehmen. Ich bin schwanger. Was machen wir jetzt?", fragte sie. Meine Gedanken überschlugen sich. „Ich nehme an, wir hätten keine andere Wahl, als den Dingen ihren Lauf zu lassen. Tara müsste es verstehen und uns tun lassen, was wir tun müssen – heiraten und eine Familie sein. Aber Tara müsste dennoch einbezogen werden. Um Elis willen."

„Und wenn ich dir sage, dass ich damit umgehen könnte?", fragte sie.

„Du könntest es. Ich weiß, dass du es könntest. Das war noch nie das Problem, Baby." Es war nicht Rebel, die mit dieser Situation nicht umgehen konnte. „Es ist Tara. Sie hat Schwierigkeiten, sich anzupassen."

„Und das ist der Grund für diese ganze Sache. Tara hat ein Problem damit, sich daran zu gewöhnen, dass du dich in jemanden verliebt hast und dein Sohn Zuneigung zu jemand anderem hat." Sie wurde ganz still und sagte dann: „Hier sind einige Personen, die sehr selbstlos und kompromissbereit sind, und eine, die das nicht ist. Ist das fair?"

„Das Leben ist nicht fair." Das hatte ich schon vor langer Zeit gelernt. „Zu diesem Zeitpunkt will ich nur an Eli denken. Ich will jeden Morgen das lächelnde Gesicht meines Sohnes sehen. Und wenn das bedeutet, dass ich mit meiner Ex zusammenleben und auf absehbare Zeit allein bleiben muss – dann tut es mir leid, Rebel. Ich werde das machen. Auch wenn es mir das Herz bricht."

„Und was glaubst du, wird Tara tun, wenn sie merkt, dass du sie niemals lieben wirst, Harman? Wie lange wird es dauern, bis das passiert?" Bei ihrer Frage regte sich etwas in mir.

Ich hatte auch meine Zweifel an Taras Engagement für diese Sache. „Ich habe keine Ahnung. Aber wenigstens wird sie von selbst gehen und nicht, weil ich ihr sage, dass sie es tun soll."

„Und wie wird sich das auf Eli auswirken?", fragte sie. „Wenn er denkt, dass sie die Böse ist?"

„So sehe ich das nicht." Ich bemühte mich sehr, Tara nicht in diese Rolle zu drängen. Ich wollte nicht, dass mein Sohn so über seine Mutter dachte.

„Mir ist klar, dass es deine Meinung über mich ändern könnte, wenn ich dir nicht zustimme." Sie klang etwas nervös. „Aber ich kann nicht zusehen und nichts sagen.

Ich denke nicht, dass du richtig mit dieser Situation umgehst. Und ich habe mich lange gefragt, ob ich mit dir darüber sprechen soll oder nicht. Aber ich habe entschieden, dass es nicht so ist, als würden wir jemals wieder zusammenkommen. Warum also soll ich dir nicht sagen, was ich denke?"

„Woher weißt du, dass wir nie wieder zusammenkommen, Rebel?" So sehr ich mir auch eingeredet hatte, dass ich Rebel loslassen musste, konnte ich es einfach nicht.

„Wenn du bei Tara in dieser lieblosen, falschen Beziehung bleibst, dann werden du und ich niemals wieder zusammenkommen, Harman", sagt sie. Ich hatte sie noch nie so entschlossen gehört und es erschreckte mich. Ich konnte sie das nicht weiterhin glauben lassen, auch wenn es das Beste für sie wäre.

„Ich bin nicht in einer Beziehung mit ihr, Rebel. Wir leben nur unter einem Dach, damit wir unseren Sohn zusammen erziehen können. Wir verbringen wenig bis gar keine Zeit zu zweit." Ich dachte darüber nach, wie die wenigen kleinen Gespräche, die wir geführt hatten, fast immer etwas über Rebel beinhalteten. „Tara geht jeden Abend nach dem Essen in ihre Suite. Wir sehen uns nur beim Frühstück und Abendessen."

„Das klingt nach etwas, das auch funktionieren könnte, wenn du und ich zusammen wären", sagte sie. „Wenn jemand Tara zeigen könnte, dass es niemandem hilft, uns auseinanderzuhalten. Wenn nur jemand mit Tara sprechen und sie verstehen lassen könnte, dass sie Verantwortung für ihre eigenen Handlungen übernehmen muss, anstatt zu diktieren, wie andere ihr Leben führen. Wenn nur jemand ihr sagen könnte, dass deine Beziehung zu mir absolut nichts mit ihrer Beziehung zu ihrem Sohn zu tun hat und dass sie Eli nicht benutzen darf, um dich von der Frau fernzuhalten, die du liebst." Rebel war so aufgewühlt, dass sie praktisch keuchte. Ich konnte nicht sagen, ob es an der Frustration lag oder daran, dass sie versuchte, die Tränen zurückzuhalten. „Aber wer würde das tun?"

Ich fühlte mich, als hätte ich einen Schlag in die Magengrube bekommen.

Rebel kämpfte für mich – indem sie mir half, die Dinge klarer zu sehen – und für unsere Beziehung. Und sie sagte mir, dass es auch Zeit für mich war, für uns zu kämpfen.

Rebel hat recht.

Kapitel 28
Rebel

Nach meinem Gespräch mit Harman fühlte ich mich nicht besser. Seine Meinung schien durch nichts, was ich gesagt hatte, ins Schwanken zu geraten. Am nächsten Tag arbeitete ich nur ein paar Stunden am Morgen und machte mich dann nach dem Mittagessen auf den Heimweg. Ich fühlte mich nicht gut. Ich wusste nicht, ob es daran lag, dass das Gespräch nirgendwo hingeführt hatte oder was sonst das Problem war, aber ich fühlte mich seltsam.

Nancy hatte mich vor meiner Heimkehr gefragt, ob ich mit Harman über alles gesprochen hatte. Ich erzählte ihr von unserem Gespräch und dass sich nichts geändert hatte. Sie sagte mir, ich solle mit ihm Geduld haben. Ein einziges Gespräch würde wahrscheinlich nicht ausreichen, um ihn dazu zu bringen, die Dinge klarer zu sehen.

Ich dachte, dass sie recht hatte, und versuchte, mich nicht so hoffnungslos zu fühlen. Aber mir ging es trotzdem schlecht. Ich wollte nur, dass die Dinge wieder so wurden, wie sie waren, bevor Tara auftauchte und ihr altes Leben zurückforderte.

Als ich zu einem Lebensmittelgeschäft in der Nähe meines Viertels fuhr, dachte ich, ich sollte mir etwas Teures zum Abendessen gönnen. Filet Mignon klang gut für mich. Als ich durch die Gänge ging, sah ich eine Frau in der Weinabteilung und die Anzahl der Flaschen, die sich bereits in ihrem Einkaufswagen befanden, erregte meine Aufmerksamkeit.

Ich musterte den Wageninhalt und sah dann zu der Frau auf – es war Tara. Ich konnte mich nicht zurückhalten, „Feierst du eine Party, Tara?"

Als sie mich ansah, sagten mir die dunklen Ringe unter ihren Augen, dass die Dinge bei den Hunters nicht so gut liefen, wie ich es mir vorgestellt hatte. „Oh! Hallo, Rebel." Ihre Hand schwebte über einer Flasche Rotwein, dann stellte sie sie zurück. „Nein, ich suche nur ein paar Flaschen aus, um sie in dem Weinkühler aufzubewahren, der gestern geliefert wurde."

„Oh", sagte ich und schaute zurück zu ihrem Wagen. „Für eine Sekunde dachte ich, du hättest vielleicht ein Alkoholproblem." Ich versuchte, es wie einen unbeschwerten Witz klingen zu lassen, aber es kam viel bissiger heraus.

Sie fuhr sich mit der Hand durch das kastanienbraune Haar und versuchte zu lächeln, aber es sah sonderbar aus. Dann verzogen sich ihre Lippen und sie runzelte die

Stirn. „Ist es schrecklich, dass ich das Gefühl habe, etwas zu verpassen, weil ich wieder bei Harman und unserem Sohn bin?"

„Du hattest vorher ein ziemlich aufregendes Leben – wenn du das alles aufgegeben hast, könnte ich mir vorstellen, dass du dich ein bisschen seltsam fühlst." Ich wusste nicht, warum die Frau meinte, sie sollte sich ausgerechnet mir anvertrauen. „Das klingt nach etwas, über das du mit deinem Therapeuten sprechen solltest. Du gehst immer noch zur Therapie, oder?"

Sie lächelte ein wenig und sah fast schüchtern auf den Boden. „Ja. Mein Therapeut sagt mir immer wieder, dass ich daran arbeiten muss, Grenzen zu setzen und zu respektieren – und hier bin ich und schütte mein Herz der letzten Person aus, die das alles wissen sollte."

Ich wusste nicht, was ich dazu sagen sollte. Ich stimmte definitiv ihrem Therapeuten zu, aber ich fand es ein bisschen überraschend, dass Tara es auch tat. Wenn Tara von Anfang an Harmans Grenzen und die Tatsache, dass er begonnen hatte, sein eigenes Leben zu gestalten, respektiert hätte, wären wir vielleicht nie in dieses Chaos geraten.

„Dein Leben hat sich in letzter Zeit sehr verändert. Das wäre für jeden schwierig", sagte ich nicht ohne Mitgefühl.

„Ja." Sie stellte eine der Weinflaschen zurück. „Und ich benutze den Wein, um mich an die neue Situation anzupassen. Aber es hilft nicht. Ich dachte, mein Haus zu verkaufen würde es leichter machen zu akzeptieren, dass ich zu dem Leben zurückkehre, das ich zurückgelassen habe. Aber ich vermisse meine Unabhängigkeit – und es wird nicht einfacher." Sie verlagerte ihr Gewicht und sah ein bisschen so aus, als würde sie sich wünschen, sie hätte den Mund gehalten.

Ich seufzte und wusste nicht, was ich sagen sollte. Einerseits tat mir die Frau leid und ich verstand ihre Verwirrung. Andererseits konnte ich die Tatsache nicht ignorieren, dass Taras Unreife und Unsicherheit mein eigenes Leben zerstörten.

„Du hast gesagt, dass du es so willst, Tara." Ich blieb neutral und fühlte mich ohnehin zu erschöpft, um irgendeine Emotion zu zeigen. „Wenn du dir nicht sicher bist, musst du das ansprechen. Diese Art von Instabilität ist nicht gut für ein Kind und wenn du wirklich das Richtige für Eli tun willst, musst du eine Wahl treffen und dabei bleiben. Die Zeit und die Mühe, die du deinem Sohn widmest, müssen nicht von dem Mann abhängen, mit dem du zusammen bist. Du kannst einen Weg finden, allein für ihn da zu sein, ohne Harman." Ich wusste, dass es Zeit war, meinen Mund zu halten. Ich hatte mich schon mehr eingemischt, als gut war, und Tara würde vermutlich sowieso nicht auf mich hören. „Das willst du jetzt wahrscheinlich nicht hören, am allerwenigsten von mir. Aber ich musste es dir sagen."

Ihre grünen Augen blickten fest auf meine. „Ich hasse dich nicht, weißt du."

Leise lachend sagte ich: „Ich hasse dich auch nicht. Ich wünschte nur, die Dinge könnten anders sein."

Sie schaute mich an und ich sah die Angst in ihren Augen. „Ich will meinen Sohn nicht an dich verlieren."

„Das würde ich niemals zulassen, Tara." Die Tatsache, dass sie das dachte, sagte mir, dass es immer noch eine Menge gab, was sie nicht verstand. „Ich liebe Eli, Tara. Aber ich bin weder seine Mutter noch möchte ich deinen Platz einnehmen. Selbst wenn Harman und ich nie Gefühle füreinander entwickelt hätten, wäre mir dein Sohn wichtig gewesen. Aber ich liebe Harman und das bedeutet, dass er und Eli im Doppelpack kommen. Wir können damit umgehen, Tara. Ich kann dir so viel Raum geben, wie du brauchst, um die Mutter dieses Jungen zu sein. Und während du glücklich bist und dein Leben so führst, wie du willst, kannst du sicher sein, dass dein Sohn in guten Händen ist."
„Dessen war ich mir immer sicher, wenn er mit seinem Vater zusammen war." Sie runzelte die Stirn und sah aus, als ob sie mit diesem Teil unseres Gesprächs zu kämpfen hatte.
„Du bist auf Dates gegangen, Tara. Und als du das gemacht hast, hat Harman dir die Freiheit gegeben, dich mit jedem Mann zu verabreden, den du wolltest", erinnerte ich sie.
„Aber ich habe keinen davon in die Nähe meines Sohnes gebracht." Wir waren uns immer noch nicht ganz einig.
„Das ist deine Entscheidung. Wenn es keine Männer gab, die du deinem Sohn vorstellen wolltest, hast du die richtige Wahl getroffen, sie von ihm fernzuhalten." Aber ich hoffte, dass dies nicht immer der Fall sein würde.
„Eines Tages wirst du jemanden finden, Tara. Jemanden, mit dem du dein ganzes Leben teilen möchtest – und das

bedeutet, dass du ihn Eli vorstellst. Denn dieser Mann muss auch ein Teil vom Leben deines Sohnes werden."
„Glaubst du wirklich, ich finde den richtigen Mann für mich, Rebel?" Sie sah mich an, als hätte sie das für unmöglich gehalten. „Ich habe ihn noch nicht gefunden."
Mein Herz setzte einen Schlag aus. Merkte sie endlich, dass Harman nicht der richtige Mann für sie war? „Eines ist sicher, du wirst ihn nicht finden, wenn du mit deinem Ex-Mann zusammenlebst, den du nicht einmal liebst. Und es ist okay, dass du ihn nicht liebst. Tatsächlich würde ich lügen, wenn ich behaupten würde, dass ich nicht erleichtert bin, das zu hören. Aber halte dich nicht an Harman fest, nur weil er alles ist, was du in Bezug auf deinen Sohn jemals gekannt hast."
„Ich denke, es würde Harman umbringen, wenn sein Sohn einen anderen Mann als seinen Vater betrachten würde", sagte sie leise.
„Das ist es ja, Tara. Eli wird keinen anderen Mann als seinen Vater betrachten – nicht solange Harman am Leben ist. So wie Eli mich niemals als seine Mutter betrachten wird, nicht solange er dich hat. Und ich werde dir bei ihm niemals in die Quere kommen."
„Aber ich weiß nicht, wie ich für ihn da sein soll, wenn wir nicht zusammenwohnen." Ihre Augen sahen mich flehend an, als ob sie mich darum bitten würde, ihr alle Antworten zu geben. „Als Harman und ich getrennt waren, wusste ich nicht, wie ich Eli in mein neues Leben integrieren sollte."
„Wir können dir dabei helfen, es herauszufinden. Du und Harman könnt lernen, besser zu kommunizieren und

bessere Co-Eltern zu sein." Ich wollte nicht, dass sie dachte, ich hätte das nur gesagt, weil ich mit Harman zusammen sein wollte. Ich wollte mit ihm zusammen sein, aber ich wollte auch, dass Eli zwei glückliche, aufmerksame Eltern hatte. „Auch wenn ich nicht involviert bin, müsst du und Harman lernen, wie man das macht."

Tara nickte und ich hatte das Gefühl, dass sie endlich hörte, was ich sagte. Sie hörte endlich, was Harman und ich ihr schon die ganze Zeit zu sagen versuchten.

„Ich glaube, ich muss darüber nachdenken", sagte sie, als sie anfing, alle Weinflaschen zurück in das Regal zu stellen.

Kapitel 29
Harman

Ich hatte den ganzen Tag über Rebels Anruf in der Nacht zuvor nachgedacht. Je länger ihre Worte auf mich wirkten, desto mehr glaubte ich, dass sie recht hatte.
Eli und ich saßen in unserem Lieblingscafé, nachdem ich ihn vom Karate-Training abgeholt hatte. Er nahm einen großen Bissen von seinem Burger, während ich an einem Erdbeermilchshake nippte. Schließlich fasste ich den Mut, ihn etwas zu fragen, worüber ich schon seit einiger Zeit mit ihm sprechen wollte. „Also, über Rebel …"
Er schluckte den Bissen herunter und unterbrach mich. „Dad, ich vermisse sie. Und ich weiß, dass du sie auch vermisst. Du runzelst ständig die Stirn. Noch öfter als früher, bevor du sie kennengelernt hast. Und ich bin auch traurig, Dad. Ich will sie in meinem Leben haben."
„Ich auch." Aber was würde Tara darüber denken? „Ich fürchte nur, deine Mutter wird bei Rebel nicht an Bord sein, Kleiner."

„Bring sie an Bord, Dad." Er sah mich an, als wäre es ein Kinderspiel. Und vielleicht war es das auch.
Als wir gingen, war Eli optimistisch, dass Rebel bald wieder in unserem Leben sein würde. Er redete den ganzen Weg nach Hause darüber, was wir alle zusammen machen könnten – ich, er, Tara und Rebel. Ich wollte seine Träume nicht platzen lassen.
Gerade als ich in unserer Garage parkte und aus dem Auto stieg, hörte ich das Geräusch eines anderen Autos, das die Auffahrt heraufkam. Als sich eines der anderen Garagentore öffnete, sah ich Taras Wagen.
Eli und ich warteten darauf, dass sie ausstieg, und als sie es tat, hatte sie einen Gesichtsausdruck, den ich noch nie zuvor gesehen hatte. Noch nie hatte sie so entschlossen gewirkt. Sie schnippte mit den Fingern, als sie an uns vorbeikam. „Harman, wir müssen reden. Eli, geh duschen. Wir werden später zu dir nach oben kommen und dich zudecken."
Eli und ich sahen uns an. Keiner von uns wusste, was los war, aber wir folgten ihr. Er ging duschen und ich begleitete sie zu ihrer Suite, wo sie auf das Sofa zeigte. „Setz dich bitte."
Als ich Platz nahm, wurde mir klar, dass ich bei ihr noch nie in dieser Position gewesen war. „Tara, was ist los?"
Sie ging einen Moment schweigend vor mir auf und ab. „Das ist für keinen von uns gesund, Harman", sagte sie schließlich. „Und ich mochte – nein, ich liebte – mein eigenes Haus. Ich wusste nur nicht, wie ich mit Eli umgehen sollte, und geriet in Panik, als Rebel auf der Bildfläche auftauchte. Es tut mir leid, was ich dir angetan

habe, aber ich denke, ich kann es schaffen. Ich kann öfter zu Besuch hierherkommen. Jeden Morgen. Und auch zum Abendessen. Richtig? Das kann ich tun und du lässt es zu."

„Natürlich kannst du das." Ich hatte sie nie davon abgehalten, ihren Sohn zu besuchen, und würde es auch nie tun. Ich war zu überrascht von allem, was Tara sagte, um mehr zu antworten.

Aber sie war noch nicht fertig. Sie blieb stehen, um mir in die Augen zu schauen. „Ich liebe dich nicht, Harman. Ich war nur verwirrt und geriet in Panik – ich hatte Angst, ich würde für immer allein sein, während du ein perfektes, glückliches Leben führen würdest. Also habe ich meine Unsicherheiten auf Eli projiziert. Nachdem ich mit meinem Therapeuten gearbeitet und mit … anderen Menschen gesprochen habe, merke ich das jetzt. Es tut mir so leid und ich hoffe, dass du mir vergeben kannst. Du bist mir wichtig, das wird immer so sein, denn wir haben einen Sohn zusammen. Wir müssen ihm zuliebe miteinander auskommen. Aber wir müssen nicht zusammenwohnen und wir müssen kein Leben ohne Liebe führen. Rebel liebt dich. Das tut sie wirklich. Und ich denke, sie ist ein guter Mensch. Ich glaube ihr jetzt, wenn sie sagt, dass sie niemals versuchen wird, meinen Platz bei Eli einzunehmen."

„Ich auch." Ich konnte es nicht glauben. Ich fragte mich, woher dieser Sinneswandel kam – ob Tara zu Rebel gegangen war, obwohl ich ihr davon abgeraten hatte. Aber ich konnte nicht böse deswegen sein, da es so aussah, als wäre Rebel zu ihr durchgedrungen. Zum

ersten Mal in meinem Leben waren Tara und ich uns einig. „Und wie ich dir schon sagte, liebe ich dich auch nicht. Aber du bist mir wichtig und ich möchte, dass du unserem Sohn eine gute Mutter bist. Ich werde dir dabei nicht im Weg stehen und dir helfen, so gut ich kann."
„Das hat Rebel auch gesagt." Sie ballte ihre Hände an ihren Seiten zu Fäusten. „Und Harman, ich möchte, dass du mich wie eine Erwachsene behandelst. Ich bin Elis Elternteil, genauso wie du. Ich weiß, du betrachtest mich als dasselbe dumme Kind, das ich war, als wir heiraten mussten, aber ich bin jetzt erwachsen. Oder ich versuche zumindest, es zu werden. Es könnte einige Zeit dauern, bis ich so reif bin wie du, aber ich werde es schaffen."
Diese Anschuldigung überraschte mich, aber ich konnte sie nicht bestreiten. „Ich denke, du hast recht. Und ich denke, wir brauchen beide Therapie, Tara. Du und ich müssen lernen, wie wir als Elis Eltern wachsen können. Wir haben viele Fehler gemacht, aber ich denke, wir können es in Zukunft besser machen. Wir können Eli dabei helfen, mit allen Schwierigkeiten fertig zu werden, und wir müssen nicht zusammen sein, um das zu tun."
Ich holte tief Luft und glaubte endlich selbst daran. „Also, was machen wir als Nächstes?"
„Ich nehme mein Haus vom Markt und ziehe dorthin zurück. Aber die Dinge werden anders sein, okay?" Sie war so glücklich, dass sie strahlte. „Ich werde dort ein Schlafzimmer für Eli einrichten. Ich möchte, dass er sich bei mir zu Hause fühlt. Aber ich komme immer noch zum Frühstück und Abendessen hier vorbei. Jedes zweite

Wochenende verbringt er bei mir, aber ich werde meinen Sohn jeden Tag sehen, wenn das möglich ist."
„Du weißt nicht, wie glücklich mich das macht. Und es wird Eli unglaublich glücklich machen." Und das war alles, was wir uns jemals gewünscht hatten.
„Er kann uns alle haben", sagte sie mit einem Lächeln und einem Augenzwinkern.
„Wir können alles haben", stimmte ich ihr zu. „Und ich kann es kaum erwarten, Rebel die großartigen Neuigkeiten mitzuteilen."

Kapitel 30
Rebel

Weihnachtsmorgen, ein Jahr später ...
„Santa ist gekommen!", rief Eli, als er vor uns zum Weihnachtsbaumzimmer rannte. Der erste Hinweis auf den Besuch von Santa war der jetzt leere Teller mit Keksen, den Eli für ihn auf den Küchentisch gestellt hatte. Er zeigte darauf. „Er hat sie alle gegessen!"
Ich ging hinter dem aufgeregten Jungen her, während Harmans Arm locker um meine Schultern geschlungen war. Er küsste meinen Kopf und flüsterte: „Ich kann es kaum erwarten, dass er die Weihnachtskarte öffnet, die wir ihm gegeben haben."
„Ich auch." Harman und ich hatten eine ziemlich große Überraschung für Eli.
Er riss die Tür zum Festraum auf und da standen Tara und Mark, ihr Freund. „Eli, da bist du ja", sagte Tara und streckte die Arme aus. Eli rannte direkt auf sie zu und umarmte sie fest. „Frohe Weihnachten."

„Frohe Weihnachten, Mom." Er ließ sie los, um Mark zu umarmen. „Frohe Weihnachten auch für dich, Mark."
„Das wünsche ich dir auch, Kleiner", sagte Mark.
Tara hatte Mark kennengelernt, als er vorbeigekommen war, um einen Whirlpool in einem ihrer Badezimmer zu installieren – auf Elis Wunsch. Die beiden hatten sich sofort verstanden, obwohl Tara erst umworben werden musste, da sie sich entschlossen hatte, für eine Weile eine Pause von Männern einzulegen. Es dauerte einen ganzen Monat, bevor Marks natürlicher Charme sie mürbe machte und die beiden unzertrennlich wurden.
„Kann ich jetzt die Geschenke auspacken?", fragte Eli seinen Vater.
„Ja. Los, kleiner Freund", sagte Harman. Während er seinen Sohn beobachtete, nahm er meine Hand in seine und zog sie an seine Lippen. Er küsste den Ehering an meinem Finger und sah mich mit funkelnden Augen an.
„Unser erstes Weihnachtsfest als Ehepaar. Es fühlt sich anders an als letztes Jahr, nicht wahr?"
Ich nickte und trug ein albernes, ekstatisch fröhliches Lächeln auf meinem Gesicht. „Ganz anders. Ich kann nicht glauben, dass es sechs Monate her ist, dass wir den Bund fürs Leben geschlossen haben."
Tara lachte. „Ich auch nicht. Es scheint, als wären wir erst gestern im Garten gewesen und hätten diesen freudigen Anlass gefeiert."
Eli stand im Mittelpunkt, als er das Geschenk von seiner Mutter öffnete. „Ja! Eine Raketenabschussrampe! Mann, ich brauche das, Mom. Danke." Er rannte los, um sie zu umarmen und zu küssen, dann rannte er zurück zu dem

Berg Geschenke. „Dieses hier ist von Mark." Er riss das Geschenkpapier weg und fand eine Rakete, die zu der Abschussrampe passte. „Oh ja!" Er lief zu Mark und umarmte ihn. „Danke, Mark. Dass ist das beste Weihnachten aller Zeiten."
Ich hoffte, er würde das auch noch denken, nachdem er die Weihnachtskarte gefunden hatte, die sein Vater und ich zwischen die Geschenke gesteckt hatten. „Das ist von Rebel und mir, Eli." Harman zeigte darauf.
Eli sah ein wenig verwirrt aus und öffnete den Umschlag. Eine Geschenkkarte fiel heraus. „Ups." Er griff nach der Karte und warf sie auf den Tisch in der Nähe. „Danke für die Geschenkkarte, Leute."
Ich sah Harman mit ein wenig Enttäuschung in den Augen an. „Ähm, die Karte, Harman. Er muss die Karte lesen."
„Ich weiß." Harman hob die Karte auf und gab sie Eli, der bereits zum nächsten Geschenk gegangen war. „Hier, Eli. Lies, was wir hineingeschrieben haben."
Er verdrehte die Augen und sagte: „Ist es etwas Rührseliges, das euch zum Weinen bringt? Denn ich hasse es, wenn ich etwas lesen muss, das euch alle zum Weinen bringt."
Harman legte die Karte in die Hand seines Sohnes. „Lies es einfach."
Eli öffnete die Karte und las laut vor: „Frohe Weihnachten, großer Bruder." Er sah mich an und dann meinen Bauch. „Bekommst du ein Baby, Rebel? Werde ich ein großer Bruder?" Er war immer schon klug gewesen.

Ich nickte und der Junge eilte auf mich zu und umarmte mich viel fester als gewöhnlich. „Bist du glücklich, Eli?"
„Ja! Ich werde ein großer Bruder!" Er konnte all die Freude, die ich in seinem Gesicht sah, unmöglich vortäuschen, als er mich endlich losließ, um seinen Vater zu umarmen. „Danke, Dad."
Tara kam mit Tränen in den Augen zu mir und umarmte mich. „Glückwunsch, Rebel."
„Danke.", Ich weinte mit ihr. „Ich war noch nie so glücklich."
„Wie weit bist du, Rebel?", fragte Mark.
„Im zweiten Monat." Ich wusste, dass ich noch einen langen Weg vor mir hatte. „Die morgendliche Übelkeit hat vor ein paar Tagen begonnen. Das hat mich darauf aufmerksam gemacht, dass meine Periode sich verspätet hatte, und wir haben einen Test gemacht. Es ist noch früh, aber wir dachten, heute ist die perfekte Gelegenheit, um die gute Neuigkeit zu verkünden."
Mark nickte und nahm Taras Hand. „Ich habe auch auf diesen Tag gewartet."
Eli, Harman und ich sahen zu, wie Mark vor Tara auf ein Knie sank. Als er einen Diamantring aus seiner Tasche zog, konnte ich den Ansturm der Tränen nicht zurückhalten. „Tara Marie Hunter, würdest du mir die große Ehre erweisen, meine Frau zu werden?", fragte er.
„Ja!", quietschte sie, als er den Ring über ihren Finger streifte und ich sah Tränen über ihr Gesicht rinnen.
„Anscheinend haben wir alle gute Neuigkeiten zu Weihnachten", sagte Harman mit einem Lächeln auf seinem hübschen Gesicht.

Eli sprang auf und ab. „Ja! Es ist das schönste Weihnachten aller Zeiten!"

Später, nachdem wir alle unsere Geschenke geöffnet und das üppige Essen genossen hatten, das Rene für uns zubereitet hatte, lag ich im Bett und beobachtete, wie Harman auf mich zukam. Seine Augen wanderten über meinen Körper, bevor er meine Decke langsam zurückzog.

Nackt lag ich auf dem Rücken und er fuhr mit seiner Hand über meinen Bauch. „Ich kann das nicht glauben, Rebel. Ich bekomme ein Baby mit der Liebe meines Lebens. Kann es noch besser werden?"

Lachend dachte ich über alles nach, worauf wir uns freuen konnten. „Ich hoffe, du empfindest immer noch so, wenn du alle zwei Stunden aufstehen musst, um das Baby zu füttern. Und wenn du Windeln wechseln musst."

„Oh, ich weiß, was ich vor mir habe." Er küsste meinen Bauch. „Ich werde jede Minute davon lieben."

Als er mich wieder ansah, hatte er Feuer in den Augen. Er ließ seine Pyjamahose fallen und bedeckte meinen Körper mit seinem, als ich meine Beine spreizte, um ihn in mir aufzunehmen.

Als er seinen harten Schwanz in mich stieß, stöhnte ich vor Verlangen. „Was du mit mir machst, ist unglaublich, Harman Hunter."

Seine Lippen berührten meinen Hals, als er sich langsam bewegte. „Für dich tue ich alles, Rebel Hunter."

Ich zog meinen Fuß an seinem hinteren Bein hoch und war froh, dass er sich so sehr um mich bemüht hatte. „Du bist einfach unglaublich."

Sein warmer Atem an meinem Ohr sandte einen Schauder durch mich. Seine Zähne erwischten mein Ohrläppchen und bissen hinein, sodass mein ganzer Körper erbebte. Er bewegte sich etwas schneller, führte mich noch höher, knabberte an meinem Hals und machte mich vor Begierde verrückt.

Ich fuhr mit meinen Nägeln über seinen Rücken, als ich mich ihm entgegenwölbte, um seinen harten Stößen zu begegnen. Was langsam und sanft angefangen hatte, war hart und wild geworden. Unser Keuchen hallte von den Wänden unseres großen Schlafzimmers wider. Dann kam das Crescendo, als mein Körper die Kontrolle verlor, und er mir folgte.

Schwer atmend lagen wir vollkommen still. Dann pressten sich seine Lippen für einen Moment gegen meine. Als er seinen Mund wegzog, blickte er tief und liebevoll in meine Augen. „Du bist mein Geschenk, Rebel. Das warst du schon immer."

Ich fuhr mit meiner Hand durch seine welligen Haare und erwiderte seinen Blick. Ich wusste ohne Zweifel, dass unsere Liebe ein Leben lang halten würde. „Harman Hunter, du bist auch mein Geschenk. Ich wusste nicht, was Liebe ist, bis ich sie in dir gefunden habe. Und jetzt hast du mich zur Mutter gemacht. Dafür kann ich dir nicht genug danken."

„Du warst schon Mutter. Eli liebt dich und du behandelst ihn so, wie es eine Mutter tun würde." Er küsste mich erneut. „Du bist perfekt in meinen Augen, Baby. Absolut perfekt. Und ich werde dich bis zu meinem letzten Atemzug wertschätzen."

„Ich will nicht einmal an diesen Tag denken, Harman."
Ich schloss die Augen und versuchte, den Gedanken, ihn eines Tages zu verlieren, aus dem Kopf zu bekommen. „Ich will, dass das nie endet."
Er küsste meine Lippen und lenkte mich von allem anderen ab. Dann bewegte er sich wieder in mir und entzündete die Flamme, die immer zwischen uns schwelte. Es überraschte mich, wie leicht dieser Mann mich von allem Möglichen ablenken konnte.
Er führte mich noch einmal zum Mond, dann lagen wir da und keuchten wieder. Das Geräusch meines Handys, das beim Empfang einer SMS klingelte, ließ mich den Kopf drehen, um auf den Nachttisch zu schauen. „Ich frage mich, wer mir um diese Zeit eine SMS schickt."
Harman lächelte, als er sich auf seinen Arm stützte und seinen Kopf auf seine Handfläche legte. „Ja, ich frage mich, wer das sein könnte."
Ich ergriff das Handy und stellte fest, dass ich die Nummer nicht in meinen Kontakten gespeichert hatte. „Es ist eine unbekannte Nummer." Ich legte das Handy wieder weg. „Wahrscheinlich irgendeine Werbeaktion."
„Baby, lies die Nachricht." Er griff über mich, um das Handy zurückzuholen.
Er hatte sich etwas ausgedacht, soviel war sicher. Also nahm ich das Handy und öffnete die SMS. Ich musste ein paar Mal blinzeln, bevor ich es glauben konnte. „Auf keinen Fall."
„Du wurdest anscheinend ausgewählt, Doktor Hunter." Harman lächelte, nahm mir das Handy weg und legte es wieder auf den Nachttisch. „Und bevor du mich der

Vetternwirtschaft beschuldigst, muss ich dich daran erinnern, dass ich mich aus dem Gremium, das die Gewinner prämiert, zurückgezogen habe. Dein Aufsatz hat fair und ehrlich gewonnen."

Ich hatte Harman keines meiner Studentendarlehen zurückzahlen lassen. Ich hatte das Gefühl, es wäre nicht fair, wenn er das für mich tat. Aber ich nahm an dem Wettbewerb teil, den er finanziert hatte – und anscheinend hatte ich gewonnen. „Aus mehr als fünftausend Beiträgen wurde mein Aufsatz ausgewählt?" Ich konnte es nicht glauben.

Er beugte sich vor und küsste mich auf die Stirn. „Es wurden zwanzig Gewinner ausgewählt. Anscheinend bist du einer davon. Ich bin stolz auf dich, Doktor Hunter."

Ich hatte hart an diesem Aufsatz gearbeitet und war ebenfalls stolz auf mich. „Wenn ich es also jemals leid werde, Tierärztin zu sein, könnte ich Schriftstellerin werden. Ich muss besser sein, als ich dachte."

Er nickte. „Ich habe deinen Text gelesen, Rebel. Ich habe alle Siegertexte gelesen. Und ich bin ehrlich mit …"

„Oh oh, nicht zu ehrlich, hoffe ich", unterbrach ich ihn. Ich schob ihn auf den Rücken und kuschelte mich an ihn.

Er küsste mich auf den Kopf. „Von den zwanzig Aufsätzen, die ich gelesen habe, war deiner mit Abstand der beste."

„Das sagst du nur, weil du mich liebst." Ich küsste seine Brust und strich mit meiner Hand darüber.

„Nein, das tue ich nicht. Es waren keine Namen angegeben. Ich fand deinen Text herausragend, noch bevor mir das Gremium die Namen der Gewinner

übermittelt hat." Er umarmte mich fest. „Ich habe deinen Aufsatz ausgewählt, ohne zu wissen, dass du ihn verfasst hast. Verrückt, was?"
„Du und ich haben anscheinend etwas ganz Besonderes. Ich würde dich hundertmal auswählen, Harman."
Wir hatten alle unser Glück gefunden und ich betete, dass es noch sehr lange andauern würde.

Ende

Die Anordnungen des Arztes
Erweiterter Epilog

Zwei Jahre später …

Harman
„Fang ihn, Eli!", rief ich, als wir hinter dem fünfzehn Monate alten Peyton herrannten, bevor er die Treppe erreichte. Jemand hatte versehentlich vergessen, sie mit der Babytür zu verschließen. „Du weißt, was für ein Wildfang dieser Junge ist. Er wird versuchen, die Treppe hinaufzusteigen und sich am Ende den Hals brechen, wenn er hinfällt."
Peyton kam ein bisschen umständlicher auf die Welt als die meisten anderen Babys. Er befand sich in Steißlage und musste in letzter Minute per Kaiserschnitt geholt werden, weil er sich als zu stur erwies, um sich umzudrehen – selbst mithilfe des Arztes. Er hatte einen unerbittlichen Ehrgeiz, der dazu führte, dass er anderen Babys Monate voraus war. Er ging mit sieben Monaten

und machte uns das Leben schwer, bevor wir darauf vorbereitet waren.

Rebel raste an mir vorbei und erwischte unseren Sohn noch vor uns. „Ich habe ihn." Sie hob ihn in ihren Armen hoch, als er kicherte und zappelte, um wegzukommen. „Harman, kannst du das Tor finden und aufstellen, bevor sich unser kleiner Abtrünniger umbringt?"

„Schon dabei", sagte Eli, bevor ich etwas sagen konnte. „Ich denke, das Hausmädchen räumt immer noch oben auf. Deshalb ist es weg."

Es war nicht ihre Schuld. Wir sollten noch gar nicht zu Hause sein. Aber wir hatten unseren Urlaub auf Tahiti nach der Hälfte abgebrochen. Als wir den Anruf von Mark bekamen, dass seine und Taras Zwillinge früher kamen, sind wir zurück nach Seattle geflogen.

Taras Blutdruck war viel zu hoch und ihr Arzt wollte die Zwillinge früher als ursprünglich geplant holen. Eli wollte dabei sein, wenn seine neuen kleinen Schwestern geboren wurden. Ich fand, dass sich die frühe Rückkehr lohnte, wenn unser Sohn dadurch dabei war, wenn seine nächsten beiden Geschwister zur Welt kamen.

Rebels Handy klingelte in ihrer Tasche und sie zog es heraus, während sie mit unserem Sohn kämpfte, der verzweifelt versuchte, sich aus ihrem Griff zu befreien, damit er die Treppe hinaufsteigen konnte, bevor sein großer Bruder mit dem Tor zurückkehrte und dies unmöglich machte. Sie schaute mich an, nachdem sie gesehen hatte, von wem der Anruf war. „Es ist Tara."

„Ich hoffe, alles ist in Ordnung." Ich wollte ihr Peyton abnehmen, damit sie rangehen konnte, ohne dass er sie ablenkte.

„Hi, Tara", begrüßte Rebel sie, als Eli mit dem Tor zurückkam und die Treppe sicherte. „Ist alles in Ordnung?"

„Nicht wirklich. Der Anstieg meines Blutdrucks beunruhigt die Ärzte. Sie haben den Geburtstermin vorverlegt", hörte ich Tara sagen. „Ich würde es wirklich zu schätzen wissen, wenn ihr Eli hierher bringen könntet, um mich zu sehen, bevor sie mich in den OP bringen. Ich fühle mich nicht gut, Rebel. Um die Wahrheit zu sagen, macht es mir Angst."

Eli kam zu uns, nachdem er das Tor aufgestellt hatte. „Ist das Mom?"

Rebel nickte. „Ja. Wir werden dich so schnell wie möglich zu ihr bringen, Eli. Die Ärzte haben den Geburtstermin geändert. Sie wird die Zwillinge heute bekommen, nicht morgen, wie sie gedacht hatte."

Eli streckte die Hand aus. „Kann ich mit Mom reden?"

Rebel gab ihm das Telefon. „Sicher, Kleiner."

„Mom, geht es dir gut?", fragte er.

„Eli, ich denke, mir geht es bald wieder besser. Ich fühle mich einfach unwohl", sagte sie zu ihm. „Und ich habe den Drang, dich zu sehen, bevor sie mich operieren."

„Okay, Mom", sagte er und setzte ein tapferes Gesicht auf. „Wir werden bald da sein."

Wir gingen wieder in die Garage, stiegen in den SUV und fuhren dann zum Krankenhaus. Rebel und ich tauschten

nervöse Blicke und wussten, dass Taras Situation gefährlich war.
Als wir im Krankenhaus ankamen und die Entbindungsstation betraten, war offensichtlich, dass die Dinge so schlecht waren, wie sie nur sein konnten. Krankenschwestern rannten herum und die Hälfte von ihnen ging in dasselbe Zimmer, das wir ansteuerten.
Elis Gesicht wurde blass. „Irgendetwas stimmt nicht, Dad." Er fing an zu rennen und wir folgten ihm durch die Menge, so gut wir konnten.
Als Code Blue über die Lautsprecher verkündet wurde, wusste ich, dass Tara und ihre Zwillinge in großer Not waren. „Scheiße!"
Rebel hatte unseren Sohn im Arm und auch sie wurde blass. „Oh Gott!"
Eli schaffte es nicht in das Zimmer, da das medizinische Personal niemanden hereinlassen konnte, während sie versuchten, Tara wiederzubeleben. Er kam mit panischem Gesicht zu mir. „Dad, was ist los?"
„Ich bin nicht sicher. Wir müssen hier warten, Sohn." Ich legte meinen Arm um seine Schultern und versuchte, ihm etwas von meiner Kraft zu geben. Ich wusste, dass der Junge Todesangst hatte.
Der lange Piepton verstummte und regelmäßige Herztöne waren wieder zu hören. Rebel und ich sahen uns mit erleichterten Augen an. Sie flüsterte: „Gut."
Nickend sagte ich: „Sie müssen die Babys rausholen, dann wird ihr Zustand besser."
Die Worte hatten gerade meinen Mund verlassen, als Taras Bett auf den Flur geschoben wurde. Das

medizinische Personal machte sich mit ihr auf den Weg
zum OP und alle sahen besorgt aus.
Mark folgte ihnen und eine Krankenschwester versuchte,
ihn zu trösten. „Ich bin sicher, dass sie es gut überstehen
wird. Sobald die Babys auf der Welt sind, können wir viel
mehr für Ihre Frau tun."
Marks Augen fanden meine und er kam zu mir. „Warum
muss es so sein?"
Ich hatte keine Antwort für ihn. Ich schüttelte den Kopf
und sagte: „Wir müssen daran glauben, dass alles wieder
gut wird."
Rebel reichte mir das Baby und streckte die Arme nach
Mark aus, der direkt zu ihr kam. Dann stieß er ein
Schluchzen aus, bei dem mein Herz für ihn schmerzte.
„Warum?", rief er. „Wenn ich gewusst hätte, dass ihr das
passieren würde, hätte ich sie nie gebeten, ein Baby zu
bekommen."
„Ich weiß, dass du das nicht getan hättest", sagte Rebel
leise zu ihm. „Und ich weiß, dass ich nur Tierärztin bin,
aber ich habe das schon bei vielen Tieren beobachtet.
Taras Blutdruck wird sich schnell wieder stabilisieren,
wenn die Babys geboren sind."
Mark schluckte seine Tränen herunter und löste sich aus
Rebels Armen. „Okay. Ich glaube dir." Er bückte sich,
griff nach Eli und umarmte ihn. „Sie wird wieder gesund,
Eli. Und du musst keine Angst haben, dass sie das noch
einmal durchmachen wird."
Rebel und ich sahen uns besorgt an. Es war
offensichtlich, dass Mark keine weiteren Kinder haben
wollte. Und wenn Tara sich nicht sterilisieren ließ,

würden zukünftige Schwangerschaften höchstwahrscheinlich auf seine Missbilligung stoßen.
Rebel
Dreißig Minuten vergingen, ohne dass wir ein Wort aus dem OP hörten. Mark und Eli saßen nebeneinander im Wartezimmer, während Harman und ich versuchten, Peyton davon abzuhalten, wegzulaufen und den Rest des Krankenhauses zu terrorisieren.
Als eine Krankenschwester aus der Doppeltür kam, sahen Harman und ich sie beide an. Sie wies auf Harman.
„Doktor Hunter, kann ich mit Ihnen sprechen?"
Jetzt war ich sehr besorgt. Ich wusste, dass sie nur mit ihm sprechen würde, wenn Taras Zustand schrecklich war. Ansonsten würde sie mit Mark sprechen. Und als Harman sich zu mir umdrehte, ließ mich die aschfahle Farbe seines Gesichts wissen, dass etwas furchtbar schiefgelaufen war.
Er nahm meine Hand und zog mich zurück zu Mark und Eli, die verdammt beunruhigt aussahen. Mark stand auf.
„Was ist los? Ich weiß, dass etwas passiert ist. Der einzige Grund, warum diese Krankenschwester mit dir statt mit mir spricht, ist, dass etwas schiefgelaufen ist."
Harman legte seine Hand auf Marks Schulter. „Tara hatte einen Schlaganfall."
Ich presste meine Hand auf meine Brust und fühlte mich ohnmächtig. Dann schaute ich auf Elis geschocktes Gesicht und umarmte ihn, als er anfing zu weinen. „Es ist okay, Eli. Sie wird sich wieder erholen." Ich sah Harman mit tränenden Augen an. „Richtig?"

Er nickte. „Mark wird Hilfe mit den Zwillingen brauchen. Tara wird eine Weile ausfallen. Aber ich werde dafür sorgen, dass sie die beste Rehabilitation bekommt."
„Geht es meinen Babys gut?", fragte Mark.
Eli sah zu seinem Vater, als er das verkündete, was alle hören wollten: „Es geht ihnen gut."
Alle atmeten erleichtert auf. Dann ließ ich Mark wissen, dass er nicht allein sein würde. „Ihr könnt mit uns nach Hause kommen, Mark. Wir helfen dir mit den Babys, bis es Tara wieder besser geht."
Elis Arme schlangen sich um Peyton und mich. „Danke, Rebel. Du bist die Allerbeste."
Mark nickte. „Ich werde dieses Angebot annehmen. Ich weiß nicht, was ich tun würde, wenn ich allein für unsere Babys sorgen müsste." Tränen liefen ihm über die Wangen, als er seine Aufmerksamkeit auf Harman richtete. „Ist das okay für dich, Harman?"
„Ich würde es nicht anders haben wollen, Mark." Harman umarmte den Mann, der seine Ex-Frau geheiratet hatte. „Du bist nicht allein. Du hast uns alle zur Unterstützung."
Als eine andere Krankenschwester herauskam, ging sie direkt zu Mark. „Mr. Cofield, Sie können jetzt Ihre Töchter sehen."
„Okay." Er wischte sich mit dem Handrücken die Augen ab. Dann sah er mich an. „Kannst du mit mir kommen, Rebel? Ich fühle mich momentan nicht besonders stabil."
Ich übergab Peyton an Harman und sagte: „Natürlich werde ich mit dir kommen."

Wir folgten der Krankenschwester zur Säuglingsstation, wo die Zwillinge friedlich schlafend in ihren Betten lagen. Rosa Mützen bedeckten ihre winzigen Köpfe. „Sie wiegen jeweils 1.500 Gramm. Sie werden bei uns bleiben, bis sie 2.300 Gramm erreichen. Aber Sie können sie so oft besuchen, wie Sie möchten", sagte die Krankenschwester.
Mark sah mich an, dann blickte er zurück zu der Krankenschwester. „Können diese Frau und ihr Mann auch vorbeikommen?"
Sie sah mich an. „Sie sind die Stiefmutter von Mrs. Cofields Sohn, oder?"
Ich nickte. „Ja."
„Nun, das macht Sie zur Familie. Ich weiß nicht, warum Sie nicht auf der Besucherliste stehen sollten", sagte sie. „Und Ihr Ehemann auch. Wir brauchen Ihre Ausweisdokumente, um Sie zu registrieren. Ich werde mich darum kümmern, bevor Sie heute nach Hause gehen."
Mark seufzte, als er seine winzigen Babys ansah. „Sie sind hier. Ich bin jetzt Vater. Ich habe mich bis jetzt nicht wirklich so gefühlt." Er sah mich an. „Es ist erschreckend."
Ich nickte, weil ich wusste, wovon er sprach. „Du wirst dich daran gewöhnen, die ganze Zeit Angst zu haben. Ich weiß, das klingt verrückt, aber es ist wahr."
„Ich muss Sie jetzt mit nach hinten nehmen, Mr. Cofield. Sie müssen Papiere für die Rehabilitation Ihrer Frau unterschreiben." Sie führte ihn weg und er sah mich wieder an. „Kannst du mit mir kommen?"

Nickend folgte ich ihnen und trat neben ihn. Ich hatte keine Ahnung, wie er sich fühlte. Er musste sich um zwei Babys kümmern und um eine Frau, die möglicherweise nie mehr so sein würde wie der Mensch, in den er sich verliebt hatte.

Mark würde sich vielleicht dauerhaft um alle drei kümmern müssen. Ich war mir sicher, dass er den Gedanken entmutigend fand. Ich wusste, dass ich so empfunden hätte.

Die Krankenschwester führte uns in das Zimmer, in das sie Tara gebracht hatten. Sie lag bewusstlos auf dem Bett. Eine Seite ihres Gesichts hing auf schreckliche Weise herunter. Ich war froh, dass ich Mark begleitet hatte. Er fiel neben dem Bett seiner Frau auf die Knie und verlor sich in Trauer. Ich legte meine Hand auf seine Schulter, um ihn wissen zu lassen, dass ich für ihn da war. Die Krankenschwester und ich tauschten Blicke, die besagten, dass wir alles wieder gut machen würden, wenn wir nur könnten.

Leider würde nur die Zeit diese Art von Schmerz heilen – einen Schmerz, den ich hoffentlich niemals spüren musste. Wenn ich Harman so gesehen hätte, wüsste ich nicht, was ich getan hätte. Höchstwahrscheinlich wäre ich genauso zusammengebrochen wie Mark.

Ich streckte die Hand aus, um sie auf Taras Stirn zu legen. „Wir sind für dich da, Tara. Ich verspreche dir, dass wir uns gut um deinen Ehemann und deine wunderschönen kleinen Mädchen kümmern. Ruhe dich einfach aus und werde wieder gesund. Ich möchte nicht, dass du dir um irgendetwas Sorgen machst. Ich bin für dich da, solange du mich brauchst."

Mark stand auf, wischte sich die Augen ab und umarmte mich. „Danke, Rebel. Du bist ein Engel, den der Himmel geschickt hat."

Das wusste ich nicht, aber ich wusste, wenn es um die Familie ging, würde ich alles tun, um zu helfen.

Harman

Zwei Monate vergingen und Mark konnte endlich seine Töchter nach Hause mitnehmen. Wir hatten die Suite, in der Tara einst gewohnt hatte, für Mark und die Babys eingerichtet. Wenn wir die Zwillinge im vorderen Raum ließen, konnten wir ihm helfen und ihn schlafen lassen, während wir die ganze Nacht über in Schichten arbeiteten.

Tara hatte einen schweren Schlaganfall erlitten und konnte immer noch nicht sprechen. Aber ich hatte dafür gesorgt, dass sie die bestmögliche Hilfe bekam, und sie hatte bereits Fortschritte gemacht. Als wir sie im Pflegeheim besuchten, hatte sie für kurze Zeit die Möglichkeit, ihre Babys zu halten.

Sie saß im Bett und ihre grünen Augen leuchteten, als Mark mit ihren Babys hereinkam. „Hallo, meine Schöne", begrüßte er sie. „Sieh mal, wen ich hier habe."

Taras schiefes Lächeln tat mir im Herzen weh. Die Lähmung hatte kaum nachgelassen und die linke Seite ihres Gesichts hing immer noch herunter. Ihr linker Arm und ihr linkes Bein funktionierten auch nicht. Ihre Augen bewegten sich schnell hin und her, sodass ich wusste,

dass Worte in ihren Kopf gekommen waren, die sie nicht aussprechen konnte.
Mark küsste sie auf die Stirn. „Ich weiß, Baby." Er legte eines der Mädchen in Taras rechten Arm. „Das ist Betty." Er fuhr mit dem Finger über den Namen, der auf ihren Strampelanzug gedruckt war. „Ich habe den größten Teil ihrer Kleidung mit ihren Namen versehen, damit wir wissen, wer wer ist. Winzige eineiige Zwillinge zu haben ist nicht einfach."
Es war Rebels Idee, ihre Namen auf ihren Kleidern zu lassen, bis wir die Gelegenheit hatten, die Mädchen wirklich kennenzulernen. Ihre größte Angst bestand darin, sie zu verwechseln und ihre Identitäten zu vertauschen.
Tara nickte und ließ ihn wissen, dass sie damit einverstanden war, was er getan hatte. Sie konnte nicht mehr tun, als das Baby anzusehen, aber die Art, wie ihre Augen funkelten, ließ uns wissen, wie sehr sie es liebte, ihre Tochter zu halten.
Rebel lehnte sich an meine Seite und legte ihren Kopf auf meine Schulter. „Ich denke, wir sollten die Babys jeden Tag zu ihr bringen, Harman. Sie könnten ihr dabei helfen, schneller Fortschritte zu machen. Ich bin froh, dass sie endlich genug zugenommen haben, um aus dem Krankenhaus entlassen zu werden. Ich gehe davon aus, dass Taras Genesung schneller voranschreitet, wenn sie die Mädchen sehen und halten kann."
Das dachte ich auch. „Einverstanden."
Mark nahm Betty aus Taras Armen und ersetzte sie durch das andere Mädchen. „Und das ist Carol."

Tara sah das Baby lange an, bevor Mark es zurücknahm. Als er es tat, streckte Tara ihre rechte Hand aus und berührte ihn an der Nase.

Mark sah verwirrt aus, bis Rebel sagte: „Sie meint, dass Carol deine Nase hat, Mark."

Tara nickte und schenkte Rebel ein schiefes Lächeln. Rebel trat näher und umarmte Tara. „Du hast sehr schöne Töchter, Tara. Ich bin neidisch auf dich." Sie sah mich an. „Am liebsten würde ich selbst auch noch ein Mädchen bekommen. Natürlich erst, wenn wir euch mit euren Kindern geholfen haben. Ich möchte nicht, dass du dir um irgendetwas Sorgen machst. Wir haben deine alte Suite für deinen Mann und die Babys eingerichtet. Alle werden gut versorgt, Tara."

Tara tätschelte Rebels Arm, während sie in ihre Augen sah. Eine Träne lief über ihre Wange, dann wischte Rebel sie schnell weg. Mark sah mich an und versuchte, nicht zu weinen. Ich nickte und ließ ihn wissen, dass es mir auch nicht leichtfiel, mich zu beherrschen.

Als Rebel von Tara wegging, sah ich, wie Tara auf mich zeigte. Dann küsste sie ihre Handfläche und hielt sie mir hin. Ich nickte. „Gern geschehen. Deine Familie ist in guten Händen, Tara. Konzentriere dich ganz darauf, gesund zu werden."

Sie nickte und schloss die Augen. Wir alle sahen zu, wie sie schnell einschlief. Ich wusste, dass sie sich ausruhen musste. Unfähig zu sein, etwas für sich und ihre Familie zu tun, musste sie hart getroffen haben. Sie war so glücklich über die Zwillinge gewesen. Es war ihre zweite Chance gewesen, Babys zu bekommen, und dieses Mal war sie nicht wütend darüber, was die Schwangerschaft für sie viel besser machte.

Als wir ihr Zimmer verließen, nahm Rebel Mark eines der Babys ab. „Lass mich sie nach draußen tragen." Sie rieb ihre Nase an Carols Nase. „Deine Mama hat bemerkt, dass du die Nase deines Vaters hast, Carol. Jetzt haben wir eine Möglichkeit, dich und deine Schwester auseinanderzuhalten, da sie die Nase deiner Mutter hat." Tara hatte bei Eli keinen natürlichen Mutterinstinkt gehabt. Ich war froh zu sehen, dass sie ihn im Laufe der Jahre doch noch entwickelt hatte. Selbst in ihrem jetzigen Zustand war sie schon mehr eine Mutter als sie es bei Elis Geburt gewesen war.

Als wir zu den Autos gingen, dachte ich, wie traurig es war, dass Tara während Elis erster Lebensjahre nicht gewusst hatte, was die Rolle einer Mutter im Leben ihres Kindes war. Und jetzt konnte sie sich nicht um ihre neugeborenen Babys kümmern. Sie würde wieder so viel verpassen.

Als wir die Autos auf dem Parkplatz des Pflegeheims erreichten, hatte ich eine gute Idee. „Hey, warum engagieren wir keine Vollzeit-Krankenschwestern für Tara? Dann könnten wir sie nach Hause holen. Auf diese Weise würde sie viel mehr Zeit mit ihren Babys haben." Wenn ich schon nichts anderes tun konnte, würde ich Tara zumindest mehr Zeit mit ihren Kindern geben.

Mark sah mich mit großen Augen an. „Harman, würdest du das für uns tun?"

Rebel tätschelte mir den Rücken. „Tara so viel Zeit zu geben, wie sie mit ihren Kindern haben möchte, ist eine

von Harmans großen Leidenschaften. Und eines der Dinge, die mich mehr als stolz auf ihn machen. Ich denke, das ist eine großartige Idee. Wir können die Spezialisten ins Haus kommen lassen. Dann muss Tara nicht zu den Therapiesitzungen gebracht werden. Was nützt Geld, wenn man es nicht dazu verwendet, anderen Menschen zu helfen?"
Ich nickte. „Stimmt."
Rebel
Seit Tara auch zu Hause war, war alles viel besser. Mark war glücklich, Eli war glücklich, die Babys waren glücklich und Tara war überglücklich. In nur zwei Wochen hatte sie gelernt wieder zu sprechen, auch wenn sie noch Mühe damit hatte.
Ihr linker Arm und ihr linkes Bein waren zehn Prozent aktiver, was vielleicht nicht viel klingt, aber für sie bedeutete es, dass sie endlich wieder ihre Gliedmaßen bewegen konnte.
Ich ging in das Kinderzimmer, um nach den schlafenden Zwillingen zu sehen, und stellte fest, dass Tara in einem der beiden Schaukelstühle saß. Sie starrte ihre schlafenden Babys an und bemerkte mich nicht einmal. Einen Moment stand ich still da und dachte, ich sollte sie ihren Gedanken überlassen. Dann trafen ihre Augen meine. „Hallo."
„Hallo", sagte ich und war nicht sicher, ob ich bleiben sollte oder nicht. „Möchtest du Zeit allein mit deinen Babys verbringen, Tara? Ich kann gehen."
Sie schüttelte den Kopf und schaute auf den Stuhl neben sich. „Komm, setze dich zu mir."

„Ich wollte nur nachsehen, wie es ihnen geht." Ich folgte ihrer Einladung und setzte mich. „Ich habe mich in deine Babys verliebt, Tara."

„In alle von ihnen", sagte sie mit einem schon viel weniger schlaffen Lächeln. „Zuerst Eli und jetzt Betty und Carol." Sie berührte meinen Handrücken und fragte: „Möchtest du ihre Patin sein, Rebel? Mark und ich haben uns letzte Nacht unterhalten und wir kennen keine anderen Menschen auf der ganzen Welt, die bessere Paten für unsere Töchter wären als du und Harman."

Ich konnte es nicht glauben. Sie teilte ihre Kinder mit uns auf eine Weise, wie ich es mir nie vorgestellt hatte. „Wir würden uns geehrt fühlen, Tara. Wirklich."

Eine Träne rann über ihre Wange. „Ich fühle mich geehrt, Rebel. Es ist mir eine Ehre, dich kennengelernt zu haben. Du bist gekommen und hast eine echte Familie aus uns gemacht. Es ist, als wären wir nie zerbrochen gewesen. Und jetzt wirst du meine Töchter genauso empfinden lassen wie meinen Sohn – so als wären sie ein Teil von dir. Das Wissen, dass du hinter mir stehst, hat diese schwere Zeit viel erträglicher gemacht."

„Gut." Ich nahm ihre Hand und hielt sie fest. „Ich habe das nie kommen sehen, Tara. Nicht in einer Million Jahren hätte ich mir mein Leben so vorgestellt. Und ich würde nichts daran ändern."

„Ich bin froh, das zu hören", sagte sie.

Ich dachte, ich würde sie in ein Geheimnis einweihen, das Harman und ich hatten. „Nun, ich möchte eine Sache ändern. Harman und ich versuchen, ein kleines Mädchen zu bekommen."

Tara lächelte. „Gut. Dann haben Betty und Carol jemanden zum Spielen. Peyton ist ein bisschen zu wild für sie, fürchte ich."

„Ich weiß nicht." Der Junge war tatsächlich ein Wildfang. Ich betrachtete Peyton als Einzelgänger, der wahrscheinlich niemals einer Herausforderung aus dem Weg gehen würde. „Vielleicht wird er ruhiger, jetzt da er kleine Schwestern hat."

Tara lachte. „Ich würde nicht damit rechnen. Ich habe ihn heute Morgen hier vorbeirennen sehen. Er hatte einen Schürhaken in der Hand und lachte hysterisch, während er vor Harman davonlief. Es war gefährlich, aber ich musste lachen, als dieser kleine Junge mit seinen kurzen Beinen dem langbeinigen Harman entwischte."

„Dieses Kind ist ein echtes Phänomen." Ich hätte es geliebt, Harman für Peytons Verhalten verantwortlich zu machen. Aber in Wahrheit war ich dem Jungen sehr ähnlich gewesen, als ich ein Baby war. Zumindest sagten das meine Eltern. Ich hatte Probleme, ihnen das zu glauben. Sie sagten mir immer wieder, dass Peyton eine komplette Kehrtwende machen würde, sobald er die Pubertät erreichte, so wie ich es getan hatte. Ich konnte nur hoffen, dass dies bei meinem Sohn der Fall war.

„Also, ich wünsche dir, dass du dieses Mal ein Mädchen bekommst", sagte Tara. „Eine ruhige kleine Prinzessin."

Eines der Babys regte sich und ich stand auf, um zu sehen, welches von ihnen aufwachte. Bettys grüne Augen öffneten sich und ich lächelte sie an. „Morgen, Schatz." Ich hob sie hoch und küsste sie auf die Stirn, bevor ich sie Tara reichte. „Ich werde ihr ein Fläschchen machen."

„Danke", sagte Tara und sah ihre Tochter an.
Ich ging in die angrenzende Küche und machte zwei Fläschchen, da ich wusste, dass auch Bettys Schwester bald hungrig aufwachen würde. Mark kam herein und lehnte sich an den Türrahmen. „Hat Tara dich und Harman gefragt, ob ihr die Paten unserer Mädchen werden wollt?"
„Ja, das hat sie." Ich drehte mich mit einem Lächeln auf dem Gesicht zu ihm um. „Und ich habe für meinen Mann und mich mit einem Ja geantwortet. Es ist eine Ehre, die ich nicht kommen sah."
„Ihr seid beide Helden für meine Familie und mich", sagte er und ich wurde rot. „Ich weiß nicht, was ich ohne euch gemacht hätte."
Ich erinnerte mich an eine Zeit, als Tara mir fast das Gleiche über Eli erzählt hatte. Sie hatte gesagt, Harman sei immer sein Held gewesen und als ich aufgetaucht war, habe Eli mich auch so betrachtet. Aber ich hatte nie so gedacht. „Ich schätze, jeder hätte das getan, was Harman und ich getan haben, wenn Geld kein Problem wäre."
„Ich denke, da irrst du dich." Mark verschränkte die Arme vor der Brust. „Meine eigenen Eltern sagten mir, dass sie nichts tun können. Sie haben ihr kleines Klempnergeschäft in Ohio, von dem sie nicht wegkönnen. Du liegst also falsch. Die meisten Menschen nehmen sich nicht die Zeit, um anderen zu helfen. Du und Harman seid einzigartig. Um ehrlich zu sein, fand ich eure ganze Situation seltsam, als ich zum ersten Mal vorbeikam. Aber jetzt sehe ich es so, wie es ist. Ihr seid eine echte Familie, in der Blutsverwandtschaft keine Rolle

spielt. Und du hast uns in deine Familie aufgenommen. Ich habe mich noch nie so besonders gefühlt."
„All dieses Lob ist mir peinlich, Mark." Ich winkte ab.
„Hör auf damit. Ich muss die Fläschchen zu deinen Babys bringen."
Er nahm sie aus meinen Händen. „Nein. Ich werde mich dieses Mal um sie kümmern. Tara und ich können damit umgehen. Du gehst zu Harman und verbringst Zeit allein mit ihm. Wir nehmen Eli und Peyton heute Nacht. Macht eine Pause und lasst mich das Kommando übernehmen. Ich kann das."
„Ich weiß, dass du es kannst." Das Lächeln wollte nicht von meinem Gesicht verschwinden, als ich ihre Suite verließ, um meinen Mann zu finden und eine Pause mit ihm zu machen.

Harman

Ich saß im Wintergarten, als ich hörte, wie sich die Tür öffnete. „Da bist du ja. Komm. Wir haben heute Nacht frei. Mark kümmert sich um alle, auch um Eli und Peyton." Rebel kam zu mir und nahm mich bei den Händen. „Ich denke an ein Hotel, einen Whirlpool, jede Menge Whiskey-Cola und dich."
Monate harter Arbeit lagen hinter uns, aber es hatte sich gelohnt. „Ich bin dabei."
Rebel führte mich zum Packen nach oben und sagte: „Wir wurden gebeten, Carols und Bettys Paten zu sein. Ich habe schon Ja gesagt."
„Ich hätte das Gleiche getan." Ich zog sie in meine Arme, trat unsere Schlafzimmertür zu und küsste sie mit all dem

Verlangen, das ich seit der Ankunft von Taras Zwillingen verdrängt hatte.
Wir hatten beschlossen, dass wir versuchen wollten, ein Mädchen zu bekommen, aber wir hatten wenig bis gar keine Zeit dafür. Ich dachte allerdings, wir könnten vor unserem Aufbruch ins Hotel noch ein bisschen zu Hause üben.
Rebels Beine schlangen sich um mich, als ich sie hochhob. Sie hielt sich fest und küsste mich mit einem Hunger, den ich schmecken konnte. Wir hatten so viele Leute so lange vor unser eigenes Wohlergehen gestellt, dass es sich fantastisch anfühlte, Zeit für uns zu haben. Ich ging mit ihr zum Bett, sank auf die Knie und legte sie zurück, ohne dass sich unsere Lippen trennten. Ich wollte den Körperkontakt nicht unterbrechen. Ich hatte sie so lange begehrt und durfte sie endlich haben. Und ich wollte alles von ihr – jetzt sofort.
Ich schob meine Hand unter ihr Shirt, zerrte ihren BH nach oben und spürte, wie ihre Brustwarzen immer härter wurden, als ich meinen erigierten Schwanz gegen ihr heißes Zentrum drückte.
Rebel bäumte sich auf und knurrte leise, als sie mit ihren Händen unter mein Hemd fuhr und ihre Nägel in meinen Rücken krallte. Ich setzte mich auf, zog ihr das Shirt über den Kopf und warf mein Oberteil beiseite. Dann öffnete ich ihren BH und vergrub mein Gesicht zwischen ihren großen Brüsten.
„Harman", keuchte sie. „Oh Baby, das fühlt sich so gut an."

Ich saugte hart an der einen Brust und spielte mit der anderen, bis sie stöhnte. „Ich komme gleich."
Also saugte ich fester, bis sie bei ihrem Orgasmus wimmerte. Erst dann zog ich ihr die Jeans und das Höschen aus.
Ich ließ meine Jeans fallen, zog alles, was ich sonst noch anhatte, aus und bewegte dann meinen Körper über ihren, bevor ich meinen harten Schwanz in sie stieß. „Oh ja." Sie fühlte sich wie mein Zuhause an, als ich in ihr war. „Oh, Baby. Wie machst du das nur? Du bist so eng wie beim ersten Mal."
Ihre Nägel bewegten sich über meine Schultern.
„Beckenbodengymnastik." Sie spannte die Muskeln in ihrem Inneren an und ich hätte mich fast in sie ergossen bei dem wahnsinnigen Gefühl, das es mir gab.
„Verdammt!" Ich packte sie an den Schultern und drehte uns um, sodass sie auf mir saß. „Tu das immer wieder, Baby."
Sie ritt mich nicht so, wie sie es normalerweise tat. Diesmal saß sie vollkommen still und spannte rhythmisch ihre Vagina um meinen Schwanz an, was mich in eine ganz andere Welt führte. „Gefällt dir das?", flüsterte sie heiser.
„Es ist fast so, als würdest du mir einen Blowjob geben, nur ganz anders." Ich konnte es ihr in diesem Moment nicht beschreiben, weil ich mich hauptsächlich auf dieses verrückte Gefühl konzentrierte. „Mach weiter. Ich kann nicht genug davon bekommen."
Sie legte ihre Hände auf meine Brust und presste ihr heißes Zentrum um mich zusammen, bis ich kurz davor

war zu kommen. Dann drehte ich sie schnell um und rammte mich in sie, während ich eine Hand hinter ihr rechtes Knie legte und ihr Bein hochzog, bis ihr Fuß über ihrer Schulter war.

Sie hielt meine Arme fest umklammert, als sie nach Luft schnappte. „Ich bin ganz nah dran!"

Ich schaute ihr in die Augen und stellte ihr eine Frage: „Willst du mein Baby haben, Rebel Hunter?"

„Gott, ja!", schrie sie, als ich spürte, wie sich ihr Körper um meinen Schwanz zusammenzog.

Dann ließ ich alles los und ergoss meinen Samen in sie. Ich drückte meinen Schwanz so tief wie möglich in sie hinein und versuchte mein Bestes, um ihr zu geben, was sie wollte. Ihr gerundeter Bauch mit meinem Baby war das, was ich in naher Zukunft sehen wollte.

Ich hielt lange still, damit sich meine Spermien hoffentlich in einer ihrer Eizellen einnisteten, sodass ein lebendiger, atmender Mensch entstand.

„Der ganze Prozess erstaunt mich", stöhnte ich, als noch ein bisschen mehr Sperma aus mir herauskam.

„Die Geburt?", fragte sie, als sie endlich wieder zu Atem kam.

„Ja, aber auch das Leben selbst." Ich küsste sie sanft auf die Lippen. „Ich hoffe, du hast so wenig Probleme, schwanger zu werden, wie bei Peyton."

„Ich auch." Sie hob eine Hand und kreuzte die Finger.

„Und ich hoffe, dass wir dieses Mal ein Mädchen haben."

„Ich auch." Ich küsste sie erneut. „Ich liebe dich. Und ich liebe unsere Familie."

„Ich auch." Sie lächelte mich an. „Alle von ihnen."

Wenn mir jemand gesagt hätte, dass eines Tages meine Ex-Frau und ihre ganze Familie mit meiner neuen Frau und meinen neuen Kindern unter einem Dach wohnen würde, hätte ich gesagt, dass er verrückt sei.
Aber genau das war passiert. Neun Monate nach diesem Tag bekamen meine Frau und ich ein kleines Mädchen zur Ergänzung dieser verrückten Familie. Die kleine Olivia bereicherte unser Leben, bescherte uns unser Happy End und machte unsere Liebe stärker als je zuvor.

Ende

ALLE RECHTE VORBEHALTEN. Kein Teil dieser Publikation darf in irgendeiner Form, elektronisch oder mechanisch, einschließlich Fotokopieren, Aufzeichnen oder durch ein Informationsspeicher- oder -abrufsystem ohne ausdrückliche schriftliche, datierte und unterzeichnete Genehmigung des Autors reproduziert oder übertragen werden.

HAFTUNGSAUSSCHLUSS UND / ODER RECHTLICHE HINWEISE:
Es wurden alle Anstrengungen unternommen, um dieses Buch und sein Potenzial genau darzustellen. Die Ergebnisse variieren von Person zu Person, und Ihre Ergebnisse können von den abgebildeten abweichen oder auch nicht. Es wurden keine Zusicherungen, Garantien oder Garantien abgegeben, ob angegeben oder stillschweigend, dass Sie mit diesem Buch ein bestimmtes Ergebnis erzielen. Ihre Bemühungen sind individuell und einzigartig und können von den gezeigten abweichen. Ihr Erfolg hängt von Ihren Bemühungen, Ihrem Hintergrund und Ihrer Motivation ab.

Das Material in dieser Veröffentlichung dient nur zu Bildungs- und Informationszwecken und ist nicht als medizinische Beratung gedacht. Die in diesem Buch enthaltenen Informationen sollten nicht zur Diagnose oder Behandlung von Krankheiten, Stoffwechselstörungen, Krankheiten oder Gesundheitsproblemen verwendet werden. Fragen Sie immer Ihren Arzt oder Ihre Ärztin, bevor Sie ein Ernährungs- oder Trainingsprogramm beginnen. Die

Verwendung der in diesem Buch enthaltenen
Programme, Ratschläge und Informationen unterliegt
allein der Wahl und dem Risiko des Lesers.

www.ingramcontent.com/pod-product-compliance
Lightning Source LLC
LaVergne TN
LVHW021652060526
838200LV00050B/2318